suhrkamp taschenbuch 357

Howard Phillips Lovecraft wurde am 20. August 1890 in Providence, Rhode Island, geboren. Er führte das Leben eines Sonderlings, der den Kontakt mit der Außenwelt scheute und mit seinen Freunden und gleichgesinnten Autoren fast nur schriftlich verkehrte. Er starb am 15. März 1937, und sein hinterlassenes Werk ist nicht umfangreich. Zu seinen Lebzeiten erschien nur ein einziges Buch, *The Shadow over Innsmouth.* Etwa 40 Kurzgeschichten und 12 längere Erzählungen veröffentlichte er in Magazinen, vor allem in der Zeitschrift »Weird Tales« (Unheimliche Geschichten). Lovecrafts Ruhm als Meister des Makabren ist ständig gewachsen, und seine unheimlichen Geschichten wurden inzwischen in viele Sprachen übersetzt. In dem amerikanischen Verlag für phantastische Literatur, Arkham House, erschienen u. a. *The Outsider and Others* (1939), *Beyond the Wall of Sleep, The Dunwich Horror and Others* (1963), *Dagon and Other Macabre Tales* (1965).

Der »Cthulhu«-Mythos lebt weiter, ein neuer Band mit Gruselgeschichten rankt sich um das legendäre Geheimbuch Necronomicon, das angeblich von dem legendären Araber Abdul Alhazred verfaßt wurde.(»Cthulhu Geistergeschichten« erschienen als *suhrkamp taschenbuch* Band 29.)

»Lovecrafts Geistergeschichten konzentrieren sich ohne Ausnahme auf einen Prozeß des Grauens, der sich in einer Sphäre des Verwesenden, des Zerfallenden abspielt: in Stadtvierteln, die von den meisten Menschen gemieden werden, in abgeschiedenen Einöden, die seit Generationen verflucht sind... Wenn das Grauen, das sich meist unsichtbar im Verborgenen aufhält, einmal sichtbar wird, fallen die Zeugen des Unbeschreiblichen in Ohnmacht oder tragen Schaden an Leib und Seele davon.«

Frankfurter Rundschau

H. P. Lovecraft
Das Ding auf der Schwelle

Unheimliche Geschichten

Mit einem Nachwort
von Kalju Kirde

Phantastische Bibliothek
Band 2

Suhrkamp

Deutsch von Rudolf Hermstein
Umschlagabbildung: Jeffrey Combs in dem Film
Necronomicon, USA 1994.
Foto: IFTN, Hamburg

suhrkamp taschenbuch 357
Erste Auflage 1976
Alle Rechte an der deutschen Ausgabe:
Insel Verlag Frankfurt am Main 1969
Lizenzausgabe mit freundlicher Genehmigung
des Insel Verlags Frankfurt am Main
Copyright-Vermerke am Schluß des Bandes
Suhrkamp Taschenbuch Verlag
Alle Rechte vorbehalten,
insbesondere das der Übersetzung,
des öffentlichen Vortrags sowie der Übertragung
durch Rundfunk und Fernsehen, auch einzelner Teile.
Kein Teil des Werkes darf in irgendeiner Form
(durch Fotografie, Mikrofilm oder andere Verfahren)
ohne schriftliche Genehmigung des Verlages reproduziert
oder unter Verwendung elektronischer Systeme
verarbeitet, vervielfältigt oder verbreitet werden.
Druck: Nomos Verlagsgesellschaft, Baden-Baden
Printed in Germany
Umschlag nach Entwürfen von
Willy Fleckhaus und Rolf Staudt

14 15 16 17 – 04 03 02

Inhalt

Das Ding auf der Schwelle

1

Es ist wahr, daß ich meinem besten Freund sechs Kugeln durch den Kopf gejagt habe, und doch hoffe ich, mit dieser Erklärung beweisen zu können, daß ich nicht sein Mörder bin. Zunächst wird man mich einen Verrückten nennen – verrückter als der Mann, den ich in seiner Zelle in der Heilanstalt von Arkham erschossen habe. Später werden dann einige meiner Leser jede meiner Behauptungen gegen die bekannten Tatsachen abwägen und sich fragen, ob ich überhaupt zu einem anderen Schluß kommen konnte, nachdem ich dieses schreckliche Beweisstück vor Augen gehabt hatte – dieses Ding auf der Schwelle.

Bis dahin hatte auch ich nur Irrsinn hinter den abenteuerlichen Geschichten gesehen, nach denen ich schließlich gehandelt habe. Und sogar jetzt frage ich mich noch, ob ich nicht doch irregeführt wurde – oder ob ich am Ende nicht doch verrückt bin. Ich weiß es nicht – aber auch andere können seltsame Dinge über Edward und Asenath Derby berichten, und sogar die dickfelligen Polizisten sind mit ihrem Latein am Ende, wenn sie eine Erklärung für diesen fürchterlichen letzten Besuch finden sollen. Sie haben einen schwachen Versuch unternommen, sich eine Theorie zurechtzuzimmern, nach der es sich um einen grausigen Scherz oder einen Racheakt der entlassenen Dienstboten gehandelt habe, aber im Innersten wissen sie, daß die Wahrheit unendlich viel schrecklicher und unglaublicher ist.

Ich behaupte also, daß ich Edward Derby nicht ermordet habe. Ich habe ihn vielmehr gerächt und dadurch die Erde von einem Scheusal befreit, das unaussprechlichen Schrecken über die ganze Menschheit hätte bringen können, wenn es weitergelebt hätte. Am Rande unseres Lebensweges gibt es schwarze Schattenzonen, aus denen hin und wieder eine besessene Seele hervorbricht. Wenn das geschieht, muß ein Mensch, der es miterlebt, zuschlagen, ohne sich zunächst um die Folgen zu kümmern.

Ich habe Edward Pickman Derby sein ganzes Leben lang gekannt. Er war acht Jahre jünger als ich, aber so frühreif, daß wir schon zu einer Zeit, als er acht und ich sechzehn Jahre alt war, sehr viel gemeinsam hatten. Er war das phänomenalste Wunderkind, das ich je gekannt habe, und mit sieben schrieb er Gedichte mit so düsterem, phantastischem, ja schauerlichem Inhalt, daß seine Privatlehrer entsetzt waren. Vielleicht hatte seine auf Verzärtelung und Absonderung beruhende Erziehung zu dieser Frühreife beigetragen. Er war ein Einzelkind und hatte körperliche Schwächen, die seine in ihn vernarrten Eltern beunruhigten und sie veranlaßten, ihn immer in ihrer Nähe zu halten. Er durfte nie ohne Kindermädchen weggehen und hatte selten Gelegenheit, unbeaufsichtigt mit anderen Kindern zu spielen. All das nährte sicherlich das seltsam geheimnisträchtige Innenleben des Jungen, der sich nur durch die Phantasie Zugang zur Freiheit verschaffen konnte.

Auf jeden Fall war seine frühreife Gelehrsamkeit erstaunlich und bizarr; und was er mit leichter Hand schrieb, war bemerkenswert genug, um mich trotz des Altersunterschieds zu fesseln. Zu jener Zeit hatte ich eine Vorliebe für Kunst mit einem Einschlag ins Groteske, und ich war froh, in diesem jüngeren Kind eine verwandte Seele zu finden. Den Hintergrund für unsere gemeinsame Liebe zu allem Düsteren und Wunderbaren bildete ohne Zweifel die alte, verfallende und auf fast unmerkliche Weise furchteinflößende Stadt, in der wir lebten – das verwunschene, legendenumwobene Arkham, aus dessen geduckten, durchhängenden Walmdächern und zerbröckelnden georgianischen Balustraden der Dunst der jahrhundertelangen Nachbarschaft zu der von dunklem Gemurmel erfüllten Miskatonic-Universität aufstieg.

Als die Jahre vergingen, wandte ich mich der Architektur zu und gab meinen Plan auf, ein Buch mit Edwards dämonischen Gedichten zu illustrieren, aber das beeinträchtigte unsere Freundschaft nicht. Die wunderliche Begabung des jungen Derby entwickelte sich zusehends, und in seinem achtzehnten Lebensjahr löste eine Sammlung seiner Nachtmahr-Lyrik, die unter dem Titel *Azathoth und andere Ungeheuer* veröffentlicht wurde, eine regelrechte Sensation aus. Er korrespondierte eifrig mit dem berüchtigten Dichter Justin Geoffrey, einem Verehrer Baudelaires, der *Das Volk des Monolithen* geschrieben hatte und 1926 schreiend in einem Irrenhaus starb, nachdem er ein finsteres, berüchtigtes Dorf in Ungarn besucht hatte.

Was jedoch Selbständigkeit und praktische Dinge anlangte, war Derby infolge der Verzärtelung stark zurückgeblieben. Sein Gesundheitszustand hatte sich gebessert, aber die kindliche Unselbständigkeit, an die er sich gewöhnt hatte, wurde von seinen allzu vorsichtigen Eltern noch gefördert; so kam es, daß er nie alleine reiste, nie selbständig Entscheidungen traf und nie Verantwortung tragen mußte. Es war schon bald klar, daß er nie einem Existenzkampf im Geschäftsleben oder in einem freien Beruf gewachsen sein würde, aber das Familienvermögen war so ansehnlich, daß dies nicht weiter tragisch war. Als er erwachsen wurde, behielt er ein trügerisch kindliches Aussehen. Er war blond und blauäugig und hatte die frische Gesichtsfarbe eines Kindes; und seine Versuche, sich einen Bart wachsen zu lassen, waren nur mit Mühe wahrzunehmen. Seine Stimme war weich und hell, und seine unsportliche Lebensweise äußerte sich mehr in jugendlicher Pausbäckigkeit als in vorzeitigem Altersspeck. Er war hochgewachsen, und mit seinem hübschen Gesicht wäre ihm der Erfolg bei Frauen sicher gewesen, hätte er sich nicht aus Schüchternheit abgesondert und Zuflucht bei seinen Büchern gesucht.

Derby fuhr mit seinen Eltern jedes Jahr ins Ausland, und es fiel ihm leicht, sich – wenn auch nur oberflächlich – gewisse Grundzüge europäischer Denk- und Ausdrucksweisen anzueignen. Sein an Poe erinnerndes Talent entwickelte sich mehr und mehr zum Dekadenten hin, und andere künstlerische Empfindungen und Sehnsüchte begannen in ihm zu erwachen. In jener Zeit hatten wir lange Diskussionen. Ich hatte mein Studium in Harvard beendet, hatte in einem Bostoner Architekturbüro gelernt, hatte geheiratet und war schließlich nach Arkham zurückgekehrt, um meinen Beruf auszuüben – ich bezog unseren Familiensitz in der Staltonstall Street, weil mein Vater seiner Gesundheit zuliebe nach Florida gezogen war. Edward pflegte uns fast jeden Abend zu besuchen, bis er schließlich beinahe zur Familie gehörte. Er hatte eine ganz bestimmte Art zu läuten oder den Türklopfer zu betätigen, die nach und nach den Charakter eines Erkennungszeichens annahm, so daß ich nach dem Abendessen immer auf die vertrauten drei schnellen Schläge wartete, denen nach einer Pause zwei weitere folgten. Weniger oft kam es vor, daß ich ihn in seinem Haus besuchte und neidisch die obskuren Bände in seiner ständig wachsenden Bibliothek betrachtete.

Derby studierte an der Miskatonic-Universität in Arkham, weil seine Eltern es nicht zuließen, daß er woanders hinzog. Er trat mit sechzehn Jahren ein und war in drei Jahren fertig; er studierte englische und französische Literatur als Hauptfächer und erhielt in allen Fächern außer Mathematik und Naturwissenschaften gute Noten. Er gab sich sehr wenig mit den anderen Studenten ab, obwohl er gerne zu den »Unkonventionellen« und den »Bohemiens« gehört hätte, deren oberflächlich »geistreiche« Sprache und sinnlose ironische Affektiertheit er nachäffte und deren zweifelhaftes Benehmen er gerne übernommen hätte, wenn er den Mut dazu gehabt hätte.

Statt dessen wurde er aber ein beinahe fanatischer Anhänger der magischen Geheimwissenschaften, für welche die Miskatonic-Bibliothek berühmt war und heute noch ist. Schon immer hatte er sich an der Oberfläche des Phantastischen und Merkwürdigen aufgehalten, jetzt aber stürzte er sich kopfüber in die echten Runen und Rätsel, die eine legendäre Vergangenheit der Nachwelt zur Belehrung oder Verwirrung hinterlassen hat. Er las Sachen wie das fürchterliche *Buch von Eibon,* von Junzts *Unaussprechliche Kulte* und das verbotene *Necronomicon* des verrückten Arabers Abdul Alhazred; allerdings sagte er seinen Eltern nie, daß er diese Bücher gelesen hatte. Edward war zwanzig, als mein einziger Sohn geboren wurde, und er schien sich zu freuen, als ich das Kind nach ihm benannte – Edward Derby Upton.

Mit fünfundzwanzig war Derby ein erstaunlich gelehrter Mann und ein recht gut bekannter Dichter und Phantast, wenn auch der Mangel an Kontakten und die fehlende Verantwortung seine literarische Entwicklung verlangsamt hatte und aus seinen Arbeiten allzu gelehrsame Sekundär-Literatur werden ließ. Ich war vielleicht sein engster Freund – für mich war er eine unerschöpfliche Quelle bedeutsamer theoretischer Themen, während er sich bei mir in allen Dingen Rat holte, die er nicht mit seinen Eltern besprechen wollte. Er blieb ledig – mehr wegen seiner Schüchternheit, seiner Trägheit und der Fürsorge seiner Eltern, als aus Neigung – und zeigte sich nur selten in der Gesellschaft. Als der Krieg kam, hielten ihn sowohl sein Gesundheitszustand als auch seine tiefverwurzelte Ängstlichkeit zu Hause. Ich ging nach Plattsburg, um eine Offiziersstelle anzutreten, kam aber nie nach Übersee.

So vergingen die Jahre. Edwards Mutter starb, als er vierunddreißig war; daraufhin litt er monatelang an einer mysteriösen psychischen Krankheit und war zu nichts fähig. Sein Vater fuhr jedoch mit ihm nach Europa, wo es ihm gelang, die Störung ohne erkennbare Folgen zu überwinden. Danach schien er eine Art grotesker Heiterkeit zu empfinden, als sei er zumindest teilweise einer unsichtbaren Hörigkeit entronnen. Er begann, in den »fortschrittlicheren« Kreisen an der Universität zu verkehren, obwohl er eigentlich schon zu alt dafür war, und beteiligte sich an einigen wilden Exzessen; einmal zahlte er sogar eine beträchtliche Summe – die er sich von mir geliehen hatte – als Schweigegeld, um seine Beteiligung an einer bestimmten Affäre vor seinem Vater geheimzuhalten. Manche der flüsternd verbreiteten Gerüchte über die »Wilden« von der Miskatonic-Universität waren unbeschreiblich. Es wurde sogar von schwarzer Magie und gänzlich unvorstellbaren Vorkommnissen gesprochen.

2

Edward war achtunddreißig, als er Asenath Waite kennenlernte. Sie war damals schätzungsweise dreiundzwanzig; sie hatte einen Lehrgang in mittelalterlicher Metaphysik an der Miskatonic-Universität belegt. Die Tochter eines meiner Freunde hatte sie schon früher kennengelernt – in der Hall-Schule in Kingsport –, war ihr damals aber meistens ausgewichen, weil sie in einem seltsamen Ruf stand. Sie war dunkel, ziemlich klein und sehr hübsch, abgesehen von ihren auffällig hervorquellenden Augen; aber irgend etwas in ihrem Gesichtsausdruck stieß besonders feinfühlige Leute ab. Ansonsten waren aber ihre Herkunft und ihre Gesprächsthemen der Grund, weshalb auch durchschnittliche Leute ihr aus dem Weg gingen. Sie gehörte zu den Waites aus Innsmouth, und seit Generationen ranken sich dunkle Legenden um das verfallende, halbverlassene Innsmouth und seine Bewohner. Es gibt Geschichten über schreckliche Tauschgeschäfte um das Jahr 1850 und über eine seltsame, »nicht ganz menschliche« Erbanlage in den alteingesessenen Familien dieses heruntergekommenen Fischerhafens – Geschichten, die nur Yankees von echtem Schrot und Korn sich ausdenken und so recht furchteinflößend erzählen können.

Bei Asenath kam noch hinzu, daß sie Ephraim Waites Tochter war – ein Kind, das er in hohem Alter mit einer unbekannten Frau gezeugt hatte, die immer verschleiert ging. Ephraim lebte in einem halbverfallenen Haus in der Washington Street in Innsmouth, und diejenigen, die es gesehen hatten (Leute aus Arkham vermeiden es, nach Innsmouth zu fahren, wenn es irgend geht), erklärten, daß an den Fenstern im Dachgeschoß immer die Läden geschlossen und in den späten Abendstunden seltsame Geräusche aus dem Haus zu hören seien. Man erzählte sich, daß der alte Mann zu seiner Zeit ein hervorragender Student der Magie gewesen war; er konnte, so will es die Legende, nach Belieben Stürme auf dem Meer entfachen oder besänftigen. Ich hatte ihn in meiner Jugend ein- oder zweimal gesehen, als er nach Arkham kam, um verbotene Bücher zu konsultieren, und sein wolfsähnliches, finsteres Gesicht mit dem verfilzten, eisengrauen Bart hatte mich abgestoßen. Er war im Wahnsinn gestorben – unter recht merkwürdigen Umständen – kurz bevor seine Tochter (die seinem testamentarischen Wunsch entsprechend zum Mündel des Direktors erklärt worden war) in die Hall-Schule eintrat; sie war seine lernbegierige Schülerin gewesen und sah manchmal genauso teuflisch aus wie er.

Der Freund, dessen Tochter mit Asenath zur Schule gegangen war, erzählte noch viele andere seltsame Dinge, als die Neuigkeit von Edwards Bekanntschaft mit ihr sich herumsprach. Asenath, so schien es, war als eine Art Magierin in der Schule aufgetreten und hatte tatsächlich verblüffende Kunststücke fertiggebracht. Sie behauptete, Gewitter hervorrufen zu können; ihr scheinbarer Erfolg wurde jedoch eher einer unheimlichen Fähigkeit der Weissagung zugeschrieben. Es war auffallend, daß alle Tiere ihr aus dem Weg gingen, und sie konnte mit bestimmten Bewegungen ihrer rechten Hand jeden Hund zum Heulen bringen. Manchmal erschreckte sie ihre Zuhörer damit, daß sie von Dingen sprach, die ein junges Mädchen eigentlich nicht wissen sollte, oder sie schockierte ihre Schulkameradinnen mit ganz unerklärlichen Blicken oder Gesten und schien sich auf unanständige, ironische Weise an deren Reaktion zu freuen.

Das Außergewöhnlichste an ihr aber waren die glaubhaft bezeugten Beweise ihres Einflusses auf andere Menschen. Sie war ohne Zweifel eine echte Hypnotiseurin. Sie brauchte nur eine ihrer Kameradinnen auf besondere Art und Weise anzuschauen, um dieser das Gefühl zu geben, sie habe mit ihr die Persönlichkeit getauscht – so als ob sie sich im Körper der Zauberin befände und in der Lage sei, durch das Zimmer auf ihren eigenen Körper zu schauen, dessen Augen hervortraten und mit fremdartigem Ausdruck glänzten. Asenath stellte oft wilde Behauptungen über die

Natur des Bewußtseins und seine Unabhängigkeit von der körperlichen Hülle auf – oder zumindest von den Lebensvorgängen des Körpers. In höchste Wut aber konnte sie darüber geraten, daß sie kein Mann war; sie glaubte nämlich, ein männliches Gehirn habe bestimmte einzigartige und weitreichende kosmische Kräfte. Mit dem Gehirn eines Mannes, so erklärte sie, könnte sie es ihrem Vater in der Beherrschung unbekannter Kräfte nicht nur gleichtun, sondern ihn sogar übertreffen.

Edward lernte Asenath bei einem Treffen der »Intelligentsia« kennen, das in einem der Studentenräume abgehalten wurde, und sprach von nichts anderem, als er mich am folgenden Tag besuchte. Am meisten beeindruckte ihn, wie gebildet sie war und wie vielfältige Interessen sie hatte, aber außerdem war er von ihrer Erscheinung restlos begeistert. Ich hatte die junge Frau nie gesehen und erinnerte mich nur schwach an gelegentliche Erzählungen, aber ich wußte, wer sie war. Es schien mir recht bedauerlich, daß Derby ihretwegen den Kopf verloren hatte; aber ich riet ihm nicht ab, denn Verblendung gedeiht durch Widerspruch. Seinem Vater gegenüber erwähne er sie nicht, sagte er.

In den nächsten Wochen sprach der junge Derby fast nur über Asenath. Andere machten jetzt ihre Bemerkungen über Edwards späten Frühling, aber sie mußten zugeben, daß er viel jünger aussah, als er war, und keineswegs ein unangemessener Begleiter für seine bizarre Göttin schien. Er war trotz seiner Trägheit und Disziplinlosigkeit nur ein bißchen dicklich und hatte keine einzige Falte im Gesicht. Asenath hatte dagegen die vorzeitigen Krähenfüße, die auf hohe Willenskraft schließen lassen.

In dieser Zeit besuchte mich Edward einmal zusammen mit dem Mädchen, und ich sah sofort, daß sein Interesse keineswegs einseitig war. Sie sah ihn ständig mit besitzergreifenden Blicken an, und es wurde mir klar, daß ihr Verhältnis schon zu intim war, als daß man es wieder hätte auflösen können. Bald danach besuchte mich der alte Mr. Derby, den ich immer bewundert und geachtet hatte. Er hatte von der neuen Freundschaft seines Sohnes gehört und nach und nach die ganze Wahrheit aus »dem Jungen« herausgeholt. Edward wollte Asenath heiraten und hatte sich sogar schon Häuser in den Vororten angesehen. Der Vater wußte, daß ich ansonsten großen Einfluß auf Edward ausübte, und fragte mich, ob ich ihm nicht helfen könnte, die unüberlegte Affäre zu beenden; aber zu meinem Bedauern mußte ich ihm sagen, daß ich das bezweifelte. Diesmal ging es nicht um Edwards Willensschwäche, sondern um die Willensstärke der Frau. Das ewige Kind hatte seine Abhängigkeit von dem Leitbild der Eltern auf ein neues, stärkeres Leitbild übertragen, und dagegen waren wir machtlos.

Die Trauung wurde einen Monat später vollzogen – auf den Wunsch der Braut durch einen Friedensrichter. Auf meinen Rat hin hatte Mr. Derby nichts dagegen unternommen, und er, meine Frau, mein Sohn und ich waren bei der kurzen Zeremonie zugegen – die anderen Gäste waren wild aussehende junge Leute aus dem College. Asenath hatte das alte Crowninshield-Anwesen draußen vor der Stadt am Ende der High Street gekauft, und sie wollten sich dort niederlassen, sobald sie von einer kurzen Reise nach Innsmouth zurückgekehrt waren, von wo sie drei Bedienstete sowie einige Bücher und Haushaltsgegenstände mitbringen wollten. Es war wahrscheinlich nicht so sehr die Rücksicht auf Edward und seinen Vater, als vielmehr ihr persönlicher Wunsch, in der Nähe des Colleges, seiner Bibliothek und seiner versnobten Intellektuellen zu leben, der Asenath veranlaßt hatte, sich in Arkham niederzulassen, anstatt für immer nach Hause zurückzukehren.

Als Edward mich nach den Flitterwochen aufsuchte, fand ich, daß er sich ein wenig verändert hatte. Asenath hatte ihn dazu gebracht, sich seinen unterentwickelten Bart abnehmen zu lassen, aber das war nicht alles. Er sah nüchterner und nachdenklicher aus, der gewohnte kindlich schmollende, aufsässige Ausdruck war sozusagen einer echten Traurigkeit gewichen. Ich war mir nicht im klaren, ob mir die Veränderung gefiel oder nicht. Sicher war, daß er im Augenblick mehr wie ein normaler Erwachsener aussah als je zuvor. Vielleicht war die Heirat das Richtige gewesen – konnte nicht der Wechsel in der Art der Abhängigkeit wirklich den Anstoß zu einer Neutralisierung geben, die schließlich zu verantwortlicher Unabhängigkeit führen mochte? Er war allein gekommen, denn Asenath war sehr beschäftigt. Sie hatte eine Unmenge Bücher und Apparate aus Innsmouth mitgebracht (Derby schauderte, als er den Namen aussprach), und vollendete die Renovierung von Haus und Garten auf Crowninshield.

Ihr Wohnhaus – in dieser Stadt – war ziemlich abstoßend, aber manche der Gegenstände, die sich darin befanden, hatten ihn erstaunliche Dinge gelehrt. Er machte jetzt unter Asenaths Anleitung schnelle Fortschritte in den esoterischen Geheimwissenschaften. Manche der Experimente, die sie vorgeschlagen hatte, waren sehr riskant und tiefgreifend – er fühlte sich nicht berechtigt, sie zu beschreiben –, aber er vertraute auf die Kräfte und Absichten seiner Frau. Die drei Bediensteten waren sehr sonderbar – ein unglaublich altes Paar, das dem alten Ephraim gedient hatte und bisweilen geheimnisvolle Andeutungen über ihn und seine verstorbene Mutter machte, und ein dunkelhäutiges, junges Bauernweib, das auffällige körperliche Mißbildungen hatte und ständig einen Fischgeruch auszuströmen schien.

3

In den folgenden zwei Jahren sah ich Derby immer seltener. Manchmal vergingen vierzehn Tage ohne die vertrauten drei und zwei Schläge an der Haustür; und wenn er kam – oder wenn, was immer seltener geschah, ich ihm einen Besuch abstattete – hatte er nur wenig Lust, sich über wesentliche Dinge zu unterhalten. Er tat jetzt sehr geheimnisvoll mit seinen okkulten Studien, die er früher so eingehend beschrieben und diskutiert hatte, und zog es vor, nicht von seiner Frau zu sprechen. Sie war seit der Hochzeit sehr stark gealtert und wirkte jetzt sonderbarerweise wie die Ältere von beiden. Ihr Gesicht hatte einen Ausdruck konzentrierter Entschlossenheit, wie ich ihn nie zuvor bei jemandem gesehen hatte, und ihr ganzes Aussehen schien auf unbestimmte und unerklärliche Weise immer abstoßender zu werden. Meine Frau und mein Sohn bemerkten das ebenso wie ich, und wir alle hörten nach und nach auf, sie zu besuchen, wofür sie uns – wie Edward in einem seiner kindlich taktlosen Augenblicke zugab – uneingeschränkt dankbar war. Von Zeit zu Zeit machten die Derbys lange Reisen – angeblich nach Europa, aber Edward sprach andeutungsweise von geheimnisvolleren Zielen.

Sie waren ein Jahr verheiratet, als die Leute über die Veränderung zu reden begannen, die an Edward Derby festzustellen war. Man sprach nur beiläufig darüber, denn der Wandel war rein psychologisch; trotzdem kamen einige interessante Punkte zu Tage. Anscheinend wurde hin und wieder beobachtet, daß Edward einen Gesichtsausdruck hatte und Dinge tat, die mit seinem gewohnt schlappen Wesen gänzlich unvereinbar schienen. Zum Beispiel sah man ihn jetzt – obwohl er früher nicht imstande gewesen war, ein Auto zu lenken – bisweilen in Asenaths starkem Packard mit hoher Geschwindigkeit die alte Auffahrt in Crowninshield hinaus- oder hineinfahren, sah ihn das Auto meisterlich lenken und schwierige Verkehrssituationen mit einem Geschick und einer Bestimmtheit überwinden, wie man es nie für möglich gehalten hätte. In solchen Fällen befand er sich anscheinend immer gerade am Beginn oder am Ende einer längeren Fahrt – wohin er fuhr, wußte kein Mensch, obwohl er meistens die Straße nach Innsmouth nahm.

Seltsamerweise fand niemand die Wandlung erfreulich. Die Leute sagten, er sehe in solchen Augenblicken zu sehr wie seine Frau aus, oder sogar wie der alte Ephraim selbst – vielleicht wirkten aber diese Augenblicke nur deshalb so unnatürlich, weil sie so selten waren. Manchmal kehrte er Stunden nachdem er losgefahren war zurück und saß müde hingerekelt auf dem Rücksitz, während ein offensichtlich bezahlter Chauffeur oder Mechaniker den Wagen lenkte. Auch war sein Verhalten, wenn er auf dem Weg zu einem seiner immer seltener werdenden Besuche – und das galt auch für seine Besuche bei mir – gesehen wurde, nach wie vor meist unschlüssig, ja seine kindische Unsicherheit schien sogar noch ausgeprägter. Während Asenaths Gesicht alterte, erschlaffte Edwards Gesicht – abgesehen von jenen seltenen Augenblicken – in einer Art übertriebener Unreife, wenn nicht gerade ein Anflug jener neuen, verständnisinnigen Traurigkeit darüberhuschte Es war wirklich rätselhaft. Mittlerweile zogen sich die Derbys immer mehr aus dem Kreis der ausschweifenden College-Studenten zurück – nicht weil sie selbst der Sache überdrüssig geworden wären, sondern, so war zu hören, weil irgend etwas an ihren derzeitigen Studien sogar die abgebrühtesten Mitglieder dieses dekadenten Zirkels schockierte.

Im dritten Jahr seiner Ehe begann Edward, mir gegenüber offene Andeutungen über eine gewisse Angst und Unzufriedenheit zu machen. Er machte Bemerkungen darüber, daß dies »zu weit gehe«, und sprach dunkel über die Notwendigkeit, »seine Identität zu erlangen«. Zuerst ignorierte ich diese Andeutungen, aber nach und nach stellte ich ihm vorsichtige Fragen, denn mir fiel ein, was die Tochter meines Freundes über Asenaths hypnotischen Einfluß auf die anderen Schülerinnen erzählt hatte – jene Fälle, in denen die Mädchen das Gefühl gehabt hatten, sie befänden sich in Asenaths Körper und könnten sich selbst am anderen

Ende des Raumes stehen sehen. Diese Fragen riefen anscheinend in ihm Furcht und Dankbarkeit zugleich hervor, und einmal murmelte er etwas über ein ernsthaftes Gespräch, das er später einmal mit mir führen müsse.

Etwa zu dieser Zeit starb der alte Derby, wofür ich später sehr dankbar war. Edward war tief erschüttert, aber keineswegs aus dem Gleis geworfen. Er hatte seinen Vater seit der Hochzeit erstaunlich selten gesehen, weil Asenath seinen ausgeprägten Familiensinn ganz auf sich selbst gelenkt hatte. Manche warfen ihm vor, er setze sich leichtfertig über den Verlust hinweg – besonders da die sorglosen und selbstsicheren Eskapaden mit dem Auto immer häufiger wurden. Er wollte jetzt wieder den Familiensitz beziehen, aber Asenath bestand darauf, auf Crowninshield zu bleiben, denn sie hatte sich dort gut eingelebt.

Ein paar Tage darauf hörte meine Frau von einer Freundin eine sonderbare Geschichte – die Frau war eine der wenigen, die sich nicht von den Derbys zurückgezogen hatten. Sie sei draußen am Ende der High Street gewesen, um dem Paar einen Besuch abzustatten, und habe beobachtet, wie ein Wagen die Einfahrt herausgeschossen kam, und Edwards selbstsicheres und beinahe höhnisches Gesicht über dem Lenkrad erkannt. Sie habe geläutet, und das abstoßende Weib habe ihr gesagt, Asenath sei auch nicht zu Hause; zufällig habe sie aber im Weggehen noch einmal zu dem Haus zurückgeschaut. Dabei habe sie an einem der Fenster von Edwards Bibliothek für einen kurzen Augenblick ein Gesicht gesehen, das sofort wieder verschwunden sei – ein Gesicht, dessen Ausdruck von Schmerz, Niederlage und sehnsuchtsvoller Hoffnungslosigkeit über alle Maßen erbarmungswürdig gewesen sei. Es war – und das war angesichts ihrer sonst zur Schau getragenen herrschsüchtigen Miene völlig unglaublich – Asenaths Gesicht; doch in jenem Augenblick, so versicherte die Frau, hätten die traurigen, verschleierten Augen des armen Edward aus diesem Gesicht geblickt.

Edwards Besuche bei mir wurden jetzt etwas häufiger, und seine Andeutungen wurden hin und wieder etwas konkreter. Was er erzählte, war unvorstellbar, sogar im jahrhundertealten, legendenumwobenen Arkham; aber er berichtete von seinem dunklen Wissen mit einer Aufrichtigkeit und Überzeugungskraft, die mich um seinen Verstand fürchten ließen. Er sprach von entsetzlichen Zusammenkünften in einsamen Gegenden, von zyklopischen

Ruinen tief im Innersten der Wälder von Maine, unter denen endlose Treppen in Abgründe umnachteter Geheimnisse führten, von verwinkelten Geheimgängen, die durch unsichtbare Mauern in andere Gegenden von Ort und Zeit führten, und von scheußlichen Seelenwanderungen, bei denen Erkundungsreisen in ferne und verbotene Regionen, in andere Welten und unbekannte Raum-Zeit-Kontinuen möglich waren.

Hin und wieder zeigte er mir zum Beweis für einige seiner verrückten Andeutungen Gegenstände, die mich in tiefste Verwirrung stürzten – Dinge von unbestimmbarer Farbe und verblüffender Beschaffenheit, wie sie die Erde noch nicht gesehen hat, deren irrsinnige Einbuchtungen und Oberflächen keinerlei erkennbarem Zweck dienten und keiner erdenklichen Geometrie gehorchten. Diese Dinge, sagte er, kämen »von draußen«; und seine Frau wüßte, wie man sie beschaffen konnte. Manchmal – und das stets mit verängstigter, flüsternder Stimme und unklaren Worten – deutete er bestimmte Dinge im Zusammenhang mit dem alten Ephraim Waite an, den er in früheren Tagen gelegentlich in der College-Bibliothek gesehen hatte. Diese Andeutungen waren nie verständlich, aber sie schienen um einen ganz besonders fürchterlichen Zweifel darüber zu kreisen, ob der alte Hexenmeister wirklich tot war – in geistigem wie auch körperlichem Sinn.

Manchmal brach Derby mitten in seinen Enthüllungen plötzlich ab, und ich frage mich, ob es Asenath möglich war, aus der Ferne zu erraten, was er sagte, und ihn durch irgendeinen telepathischen Mesmerismus am Weitersprechen zu hindern – durch eine Kraft von der Art, wie sie sie in der Schule unter Beweis gestellt hatte. Bestimmt argwöhnte sie, daß er mir etwas erzählte, denn nach einigen Wochen versuchte sie, seine Besuche mit Worten und Blicken von unheimlicher Stärke zu verhindern. Er konnte mich nur unter Schwierigkeiten aufsuchen, denn obwohl er vorgab, woandershin zu gehen, hemmte irgendeine unsichtbare Kraft seine Bewegungen oder ließ ihn vorübergehend vergessen, was er vorgehabt hatte. Er kam meistens dann, wenn Asenath fort war – »fort in ihrem eigenen Körper«, wie er sich einmal zu meinem Erstaunen ausdrückte. Hinterher erfuhr sie es immer – die Dienstboten überwachten sein Kommen und Gehen –, aber offensichtlich hielt sie es nicht für ratsam, drastisch dagegen vorzugehen.

4

An jenem Augusttag, als ich das Telegramm aus Maine bekam, war Derby über drei Jahre verheiratet. Ich hatte ihn monatelang nicht gesehen, man hatte mir aber gesagt, er sei »geschäftlich« unterwegs. Es hieß, Asenath sei mit ihm weggefahren, obwohl wachsame Klatschweiber berichteten, es sei jemand im oberen Stockwerk des Hauses hinter den mit doppelten Vorhängen verhängten Fenstern. Sie hatten die Einkäufe der Dienstboten beobachtet. Und jetzt hatte mir der Polizeichef von Chesuncook in seinem Telegramm von dem verdreckten Wahnsinnigen berichtet, der unter irrem Gestammel aus dem Wald getorkelt war und nach mir um Hilfe geschrien hatte. Es war Edward – er war gerade noch fähig gewesen, seinen Namen und seine Adresse anzugeben.

Chesuncook liegt dicht an dem wildesten, tiefsten und am wenigsten erforschten Waldgürtel von Maine, und ich mußte einen ganzen Tag mit dem Auto in fieberhafter Eile auf holprigen Straßen durch phantastische, drohende Landschaften fahren, um dorthin zu gelangen. Ich fand ihn in einer Zelle des städtischen Gefängnisses, zwischen Raserei und Apathie schwankend. Er erkannte mich sofort und begann einen sinnlosen, fast unzusammenhängenden Wortschwall auf mich loszulassen. »Dan – Gott sei Dank! Die Höhle der Schaggoten! Die sechstausend Stufen hinab... Greuel aller Greuel... Ich habe es nie zugelassen, daß sie mich nahm, und dann fand ich mich dort – Iä! Schab-Niggurath! – Die Gestalt erhob sich vom Altar, und es waren fünfhundert, die heulten – Das Ding mit der Kapuze blökte ›Kamog! Kamog!‹ – das war der Geheimname des alten Ephraim in diesem Loch – ich war dort, dabei hatte sie versprochen, mich nie dorthin zu bringen – Eine Minute vorher war ich in der Bibliothek eingesperrt, und dann war ich dort, wohin sie mit meinem Körper gegangen war – am Ort der schrecklichsten Blasphemie, die gottlose Höhle, wo das Schattenreich beginnt und der Wächter das Tor bewacht – ich sah einen Schaggoten – er wechselte die Gestalt – ich halte es nicht aus – ich werde sie umbringen, wenn sie mich noch einmal dorthin schickt – ich werde dieses Etwas umbringen – sie, ihn, es – ich bringe es um! Ich bringe es mit meinen eigenen Händen um!«

Ich brauchte eine Stunde, um ihn zu beruhigen, aber schließlich hörte er auf. Am nächsten Tag kaufte ich ihm im Dorf anständige Kleider und machte mich mit ihm auf den Weg nach Arkham. Seine hysterische Wut hatte sich gelegt, und er schien am liebsten zu schweigen, obwohl er dunkel vor sich hinmurmelte, als der Wagen durch Augusta fuhr – so als weckte der Anblick einer Stadt unangenehme Erinnerungen. Es war klar, daß er nicht nach Hause wollte; und angesichts der phantastischen Wahnvorstellungen, die er anscheinend im Zusammenhang mit seiner Frau hatte – Wahnvorstellungen, die zweifellos einem realen hypnotischen Zwang entsprangen, dem er unterworfen gewesen war – hielt ich es auch für besser, wenn er es nicht tat. Ich beschloß, ihn für einige Zeit bei mir aufzunehmen, ganz gleich, welchen Ärger ich deswegen mit Asenath bekommen würde. Später würde ich ihm dann helfen, sich scheiden zu lassen, denn es gab offensichtlich seelische Faktoren, die diese Ehe für ihn selbstmörderisch werden ließen. Als wir wieder offenes Land erreichten, erstarb sein Gestammel, und ich ließ ihn auf dem Nebensitz einnicken und dösen, während ich weiterfuhr.

Als wir bei Sonnenuntergang Portland durcheilten, begann das Gemurmel wieder, diesmal verständlicher, und wie ich ihm so zuhörte, verstand ich etwas von dem absolut wahnsinnigen Gefasel über Asenath. Das Ausmaß, in dem sie an seinen Nerven gezehrt hatte, war offensichtlich, denn er hatte ein ganzes Netz von Halluzinationen um sie gesponnen. Seine augenblickliche Notlage, murmelte er verstohlen, war nur eine in einer langen Reihe. Sie war dabei, sich seiner zu bemächtigen, und er wußte, daß sie ihn eines Tages für immer in der Hand haben würde. Sogar jetzt ließ sie ihn wahrscheinlich nur los, wenn sie dazu gezwungen war, weil sie ihn nicht längere Zeit auf einmal halten konnte. Immer wieder nahm sie seinen Körper und fuhr an namenlose Orte, um namenlosen Riten beizuwohnen, während sie ihn in ihrem Körper zurückließ und im oberen Stockwerk des Hauses einsperrte. Aber manchmal konnte sie sich nicht lange genug halten, und dann fand er sich in seinem eigenen Körper wieder, an irgendeinem weit entfernten, grausigen und womöglich unbekannten Ort. Manchmal bemächtigte sie sich seiner und manchmal gelang es ihr wieder nicht. Manchmal ließ sie ihn hilflos zurück, so wie ich ihn gefunden hatte – immer wieder mußte er aus ungeheueren Entfernungen den Weg nach Hause suchen, wenn er den Wagen gefunden und jemanden angeheuert hatte, der ihn chauffierte.

Das Schlimmste war, daß sie sich mit jedem Mal länger in ihm halten konnte. Sie wollte ein Mann sein – um vollkommen Mensch zu sein; das war der Grund, weshalb sie sich seines Körpers bemächtigte. Sie hatte an ihm die Mischung aus einem fein gebauten Gehirn und einem schwachen Willen bemerkt. Eines Tages würde sie ihn ganz verdrängen und mit seinem Körper verschwinden – verschwinden, um ein großer Magier wie ihr Vater zu werden, und ihn hilflos in dieser weiblichen Hülle zurücklassen, die noch nicht einmal ganz menschlich war. Ja, er wußte jetzt über das Blut der Leute aus Innsmouth Bescheid. Sie hatten sich auf einen Schacher mit Wesen aus dem Meer eingelassen – es war entsetzlich... Und der alte Ephraim – er hatte das Geheimnis gekannt, und als er alt wurde, beging er eine fürchterliche Schandtat, um weiterzuleben – er wollte ewig leben – es würde Asenath gelingen – eine erfolgreiche Probe hatte schon stattgefunden.

Während Derby weitermurmelte, drehte ich meinen Kopf, um ihn genauer zu betrachten und festzustellen, ob er sich wirklich veränderte – ich hatte schon vor einer Weile diesen Eindruck gehabt. Paradoxerweise sah er besser aus als gewöhnlich – härter, normaler entwickelt und ohne ein Anzeichen der krankhaften Schlappheit, die seiner trägen Lebensweise zuzuschreiben war. Es war, als sei er zum ersten Mal in seinem verzärtelten Leben wirklich aktiv und diszipliniert gewesen, und ich erklärte es mir damit, daß Asenaths Macht ihn zu ungewohnter Beweglichkeit und Wachsamkeit gezwungen hatte. Aber gerade in diesem Augenblick war sein Verstand in bedauernswerter Verfassung; er schwafelte wildes, ausschweifendes Zeug über seine Frau, über schwarze Magie, über den alten Ephraim und über irgendeine Enthüllung, die sogar mich überzeugen würde. Er murmelte immer wieder Namen, die mir von längstvergangenem Stöbern in verbotenen Büchern her bekannt waren, und ließ mich von Zeit zu Zeit erschauern durch die mythische Folgerichtigkeit – oder den überzeugenden Zusammenhang – in seinem Geschwätz. Immer wieder machte er eine Pause, gleichsam um Kräfte zu sammeln für eine endgültige, furchtbare Offenbarung.

»Dan, Dan, erinnerst du dich nicht an ihn – die wilden Augen und der ungepflegte Bart, der nie weiß wurde? Er starrte mich einmal an, und das habe ich nie vergessen. Jetzt starrt sie mich genauso an. Und ich weiß warum! Er hat sie in *Necronomicon* gefunden – die Formel. Ich wage es noch nicht, dir die Seite zu nennen, aber wenn ich es einmal tue, dann wirst du lesen und verstehen. Dann wirst du wissen, was mich verschlungen hat. Weiter, weiter, weiter, weiter – von Körper zu Körper zu Körper zu Körper – er will nie sterben. Das Lebenslicht – er weiß, wie man das Bindeglied zerbrechen kann... es kann noch eine Weile weiterflackern, wenn der Körper schon tot ist. Ich gebe dir ein paar Hinweise und vielleicht kommst du von selbst darauf. Hör zu, Dan – weißt du, warum sich meine Frau immer soviel Mühe mit dieser idiotischen nach links geneigten Handschrift macht? Hast du jemals ein Manuskript des alten Ephraim gesehen? Willst du wissen, warum ich schauderte, als ich einmal ein paar von Asenath hastig hingeworfene Zeilen sah?

Asenath – gibt es diese Person überhaupt? Warum hat man vermutet, daß im Magen des alten Ephraim Gift war? Warum tuscheln die Gilmans darüber, wie er schrie – es war das Angstgeschrei eines Kindes – als er verrückt geworden war und Asenath ihn in das gepolsterte Dachzimmer einschloß, in dem... der andere... gewesen war? Wurde die Seele des alten Ephraim eingesperrt? Wer hat wen eingesperrt? Warum hatte er monatelang nach jemandem mit einem scharfen Verstand und einem schwachen Willen gesucht? – Warum fluchte er, weil seine Tochter kein Sohn war? Sag mir, Daniel Upton – welch teuflischer Tausch wurde in diesem Haus des Schreckens begangen, in dem das vertrauensvolle, willensschwache, halb-menschliche Kind diesem gotteslästerlichen Scheusal auf Gedeih und Verderb ausgeliefert war? Hat er nicht dafür gesorgt, daß nichts mehr rückgängig zu machen war – so wie es Asenath eines Tages auch mit mir tun wird? Sag mir, warum dieses Etwas, das sich Asenath nennt, anders schreibt, wenn es sich unbeobachtet glaubt, so daß seine Handschrift sich nicht unterscheidet von...«

Da passierte es. Derbys Stimme stieg, während er sich immer mehr hineinsteigerte, zu einem schrillen Quietschen an und brach plötzlich mit einem fast mechanischen Klicken ab. Ich dachte an die Augenblicke bei mir zu Hause, als seine Vertraulichkeit plötzlich abgebrochen war – als ich selbst beinahe geglaubt hatte, daß irgendeine durch Asenaths Geisteskräfte ausgesandte mysteriöse telepathische Welle ihn am Weitersprechen hinderte. Aber dies hier war etwas ganz anderes – und, das spürte ich, etwas viel Furchtbareres. Das Gesicht neben mir verzerrte sich für einen Augenblick fast bis zur Unkenntlichkeit, während ein Zittern durch den ganzen Körper lief, als ob sich alle Knochen, Organe, Muskeln, Nerven und Drüsen auf eine grundlegend andere Haltung, andere Belastungen und eine andere allgemeine Persönlichkeit einstellen müßten.

Was eigentlich das Schreckliche daran war, konnte ich beim besten Willen nicht feststellen; aber es überkam mich eine so erdrückende Welle der Übelkeit und des Abscheus – ein so eisiges, lähmendes Gefühl äußerster Befremdung und Abnormität –, daß ich kaum noch das Lenkrad richtig halten konnte. Die Gestalt neben mir glich weniger einem alten Freund, als vielmehr irgendeinem monströsen Eindringling aus dem Weltraum – einer fluchwürdigen, abscheulichen Konzentration unbekannter, bösartiger kosmischer Kräfte.

Ich hatte nur einen Moment lang versagt, aber im nächsten Augenblick hatte mein Beifahrer das Lenkrad ergriffen und mich gezwungen, mit ihm den Platz zu tauschen. Es dämmerte jetzt schon sehr stark und die Lichter von Portland lagen weiter hinter uns, so daß ich sein Gesicht kaum sehen konnte. Aber das irre Flackern in seinen Augen war nicht zu übersehen; und ich wußte, daß er sich jetzt in jenem sonderbaren, energiegeladenen Zustand befinden mußte, der seinem wirklichen Wesen so fremd war, den aber so viele Leute an ihm beobachtet hatten. Es schien unglaublich und verrückt, daß der laue Edward Derby – er, der sich nie durchsetzen konnte und nie gelernt hatte, ein Auto zu lenken – mich herumkommandieren und mir das Steuer meines eigenen Wagens entreißen könnte, aber genau das war geschehen. Eine ganze Weile sagte er nichts, und in meinem unerklärlichen Grauen war ich dankbar dafür.

Unter den Lichtern von Biddeford und Saco sah ich seinen entschlossenen Mund und schauderte beim Anblick seiner flackernden Augen. Die Leute hatten recht – er sah seiner Frau und dem alten Ephraim auf fürchterliche Weise ähnlich, wenn er in dieser Stimmung war. Ich wunderte mich nicht, daß ihn in solchen Augenblicken niemand mochte – denn dieser Stimmung haftete ohne Zweifel etwas Unnatürliches an, und ich spürte dieses finstere Element um so deutlicher, als ich gerade noch seine wilden Ausbrüche gehört hatte. So wahr ich Edward Pickman Derby sein Leben lang gekannt habe – dieser Mann war ein Fremder, ein sonderbares Wesen, das aus dem schwarzen Abgrund gekommen und in diese Welt eingedrungen war.

Er schwieg, bis wir eine dunkle Strecke erreicht hatten, und als er zu reden anfing, kam mir seine Stimme völlig fremd vor. Sie war tiefer, fester und entschiedener als je zuvor, während Akzent und Aussprache ganz anders waren – wenn auch doch wieder auf vage, entfernte, verwirrende und nicht recht zu bestimmende Art vertraut. Es war, so bemerkte ich, eine Spur von tiefer und echter Ironie im Ton dieser Stimme – nicht die grelle, sinnlose, muntere Pseudo-Ironie des unreifen Snobs, die Derby sich zur Gewohnheit gemacht hatte, sondern etwas Grausames, Grundlegendes, Durchdringendes und potentiell Böses. Ich war erstaunt über diese Selbstsicherheit, die so unvermittelt dem Anfall panischen Gestammels gefolgt war.

»Ich hoffe, du vergißt meinen Ausfall von vorhin, Upton«, hörte ich ihn sagen. »Du weißt, in welchem Zustand meine Nerven sind, und ich glaube, du kannst solche Dinge verzeihen. Natürlich bin ich dir sehr dankbar dafür, daß ich mit dir nach Hause fahren kann.

Und du solltest auch das verrückte Zeug vergessen, das ich dir vielleicht über meine Frau erzählt habe – und über mein Leben überhaupt. Das kommt davon, wenn man auf einem Gebiet wie dem meinen allzuviel studiert. Meine Philosophie ist voll von seltsamen Begriffen, und wenn der Geist überanstrengt wird, gaukelt er einem alle möglichen konkreten Anwendungen vor. Ich werde mich in der nächsten Zeit ausruhen – wahrscheinlich wirst du mich für eine ganze Weile nicht sehen und darfst dann nicht Asenath dafür verantwortlich machen.

Diese Fahrt war ein bißchen sonderbar, aber sie ist wirklich leicht zu erklären. In den Wäldern im Norden gibt es Zeugnisse vergangener indianischer Kultur – steinerne Denkmäler und ähnliches –, die für die Volkskunde von einiger Bedeutung sind, und Asenath und ich machen eine Untersuchung über diese Dinge. Die Suche war anstrengend, und so habe ich wohl vorübergehend den Kopf verloren. Wenn wir zu Hause sind, muß ich jemanden nach dem Wagen schicken. Ein Monat Erholung wird mich wieder auf die Beine bringen.«

Ich erinnere mich nicht mehr, was mein eigener Beitrag zu der Unterhaltung war, denn mein ganzes Bewußtsein war von der verblüffenden Fremdheit meines Nebenmannes erfüllt. Mit jedem Augenblick verstärkte sich mein Gefühl unbeschreiblichen, kosmischen Grauens, bis ich schließlich wie im Delirium das Ende der Fahrt herbeisehnte. Derby machte keine Anstalten, mich wieder ans Steuer zu lassen, und ich war froh über die Geschwindigkeit, mit der Portsmouth und Newburyport vorbeihuschten.

An der Abzweigung, wo die Hauptstraße ins Landesinnere führte, ohne Innsmouth zu berühren, befürchtete ich schon, mein Fahrer würde die öde Küstenstraße nehmen, die durch diesen verfluchten Ort führt. Er tat es aber nicht, sondern raste über Rowles und Ipswich unserem Ziel entgegen. Wir kamen in Arkham vor Mitternacht an und fanden das alte Crowninshield noch hell erleuchtet. Derby verließ den Wagen mit einer hastigen Wiederholung seines Dankes, und ich fuhr mit einem seltsamen Gefühl der Erleichterung nach Hause. Es war eine schreckliche Fahrt gewesen – um so schrecklicher, als ich nicht wußte, weshalb – und ich bedauerte keineswegs Derbys Ankündigung, daß ich ihn eine ganze Weile nicht sehen würde.

Die nächsten zwei Monate waren von Gerüchten erfüllt. Die Leute erzählten, daß sie Derby immer öfter in seinem neuen energiegeladenen Zustand sähen, und Asenath war fast nie für ihre Besucher zu sprechen. Mich besuchte Edward nur einmal, als er in Asenaths Wagen kurz vorbeikam – der inzwischen aus Maine, wo immer er ihn dort hatte stehenlassen, zurückgebracht worden war –, um einige Bücher abzuholen, die er mir geliehen hatte. Er war in seinem neuen Zustand und blieb gerade so lange, um ein paar ausweichend höfliche Bemerkungen zu machen. Es war klar, daß er nichts mit mir zu besprechen hatte, wenn er in dieser Verfassung war – und es fiel mir auf, daß er sich nicht einmal die Mühe machte, sein altes Erkennungszeichen zu verwenden, als er läutete. Wie an jenem Abend im Auto fühlte ich ein schwaches, aber unendlich tiefes Grauen, das mir völlig unerklärlich war; ich war regelrecht erlöst, als er schon so bald wieder ging.

Mitte September war Derby für eine Woche verreist, und einige der dekadenten College-Studenten sprachen davon wie Eingeweihte – wobei sie Andeutungen über eine Zusammenkunft mit dem berüchtigten Führer einer spiritistischen Sekte machten, der erst vor kurzem aus England vertrieben worden war und jetzt sein Hauptquartier in New York aufgeschlagen hatte. Was mich betraf, so ging mir die sonderbare Heimfahrt von Maine nicht aus dem Kopf. Die Verwandlung, deren Zeuge ich geworden war, hatte mich tief beeindruckt, und ich ertappte mich immer wieder dabei, daß ich nach einer Erklärung dafür suchte – und für das unbeschreibliche Grauen, das sie mir verursacht hatte.

Aber die sonderbarsten Gerüchte betrafen die Seufzer in dem alten Haus auf Crowninshield. Die Stimme schien die einer Frau zu sein, und manche der jüngeren Leute fanden, sie klänge wie Asenaths Stimme. Die Seufzer waren nur in ziemlich großen Abständen zu hören, und manchmal brachen sie plötzlich ab, als würden sie gewaltsam erstickt. Man munkelte bereits von einer Untersuchung, aber das gab sich wieder, als eines Tages Asenath auf der Straße auftauchte und sich lebhaft mit einer ganzen Anzahl von Bekannten unterhielt, wobei sie sich für ihre Abwesenheit während der letzten Zeit entschuldigte und beiläufig den Nervenzusammenbruch und die hysterischen Anfälle eines Gastes aus Boston erwähnte. Der Gast wurde nie gesehen, aber nach Asenaths Auftreten verstummten die Gerüchte. Und dann komplizierte jemand die ganze Angelegenheit, indem er im Flüsterton verbreitete, die Seufzer hätten sich ein- oder zweimal so angehört, als kämen sie von einem Mann.

An einem Abend im Oktober hörte ich die vertrauten drei Klingeltöne, denen zwei weitere folgten. Ich öffnete selbst die Haustür und sah Edward auf der Treppe stehen; ich bemerkte sofort, daß er in seinem früheren Persönlichkeitszustand war, in dem ich ihn seit seinen Anfällen damals während der schrecklichen Heimfahrt von Chesuncook nicht mehr gesehen hatte. Sein Gesicht war in einer Mischung seltsamer Gefühle verzerrt, unter denen Furcht und Triumph um die Vorherrschaft zu streiten schienen, und er sah verstohlen über seine Schulter zurück, als ich die Tür hinter ihm schloß.

Nachdem er mir umständlich in mein Arbeitszimmer gefolgt war, bat er um einen Whisky, um seine Nerven zu beruhigen. Ich vermied es, ihm Fragen zu stellen, und wartete statt dessen, bis er sich imstande fühlte, von sich aus anzufangen, was immer er auch auf dem Herzen haben mochte. Schließlich wagte er es, mit erstickter Stimme über einige Dinge zu berichten.

»Asenath ist weg, Dan. Wir hatten letzte Nacht eine lange Unterredung, als die Dienstboten nicht im Hause waren, und ich ließ mir von ihr versprechen, daß sie aufhören würde, mich auszubeuten. Natürlich hatte ich bestimmte … bestimmte okkulte Verteidigungsmittel, von denen ich dir nie erzählte. Sie mußte einlenken, wurde aber schrecklich böse. Packte einfach ihre Sachen und fuhr nach New York – sie verließ sofort das Haus, um noch den Zug um acht Uhr zwanzig nach Boston zu erreichen. Ich fürchte, die Leute werden darüber reden, aber ich kann's nicht ändern. Du brauchst nirgends zu erwähnen, daß wir Krach gehabt haben – sag einfach, sie sei auf eine längere Forschungsreise gegangen.

Wahrscheinlich wird sie bei einer der fürchterlichen Gruppen bleiben, deren Mitglieder sie geradezu anbeten. Ich hoffe, sie geht nach dem Westen und läßt sich scheiden – auf jeden Fall habe ich ihr das Versprechen abverlangt, wegzubleiben und mich in Ruhe zu lassen. Es war schrecklich, Dan – sie war auf dem besten Wege, mir meinen Körper zu stehlen, mich hinauszudrängen, mich zum Gefangenen zu machen. Ich spielte den Unterwürfigen und tat so, als ließe ich sie gewähren, aber ich mußte auf der Hut sein. Wenn ich aufpaßte, konnte ich meine eigenen Pläne machen, denn sie ist nicht in der Lage, meine Gedanken in allen Einzelheiten zu lesen. Alles, was sie von meinen Absichten erraten konnte, war eine Art allgemeiner Auflehnung – und sie glaubte immer, ich sei hilflos. Kam nie auf den Gedanken, ich könnte ihr einen Strich durch die Rechnung machen... aber ich hatte ein paar Zaubermittel, die wirksam waren.«

Derby sah sich scheu um und nahm noch etwas Whisky.

»Ich habe diese verdammten Dienstboten ausbezahlt, als sie heute morgen zurückkamen. Sie machten Schwierigkeiten und stellten Fragen, aber schließlich gingen sie. Sie gehören zu der gleichen Sorte Mensch wie Asenath – Leute aus Innsmouth – und waren mit ihr ein Herz und eine Seele. Ich hoffe, sie werden mich in Ruhe lassen – es gefiel mir gar nicht, wie sie lachten, als sie weggingen. Ich muß möglichst viele von Vaters alten Dienern zurückholen. Ich werde jetzt wieder zu Hause wohnen.

Sicher glaubst du, ich bin verrückt, Dan – aber in der Geschichte von Arkham gibt es genug seltsame Dinge, die das bestätigen, was ich dir gesagt habe – und was ich dir sagen werde. Außerdem hast du ja eine der Verwandlungen selbst miterlebt – in deinem Auto, nachdem ich dir auf jener Heimfahrt von Maine etwas über Asenath erzählt hatte. Damals kriegte sie mich – vertrieb mich aus meinem eigenen Körper. Das letzte, woran ich mich erinnere, ist, daß ich ganz aufgebracht war und dir beizubringen versuchte, *was dieser weibliche Satan wirklich ist.* Dann hatte sie mich, und mit einem Schlag befand ich mich zu Hause – in der Bibliothek, wo diese verdammten Dienstboten mich einschlossen – und in dem Körper dieser teuflischen Furie ... der nicht einmal ein menschlicher Körper ist. Du mußt mit ihr nach Hause gefahren sein, weißt du, mit diesem reißenden Wolf in meinem Körper. Eigentlich hättest du den Unterschied bemerken müssen!«

Mich schauderte, während er eine Pause machte. Und ob ich den Unterschied bemerkt hatte, aber konnte ich eine derartig irrsinnige Erklärung akzeptieren? Aber mein Besucher ließ sich nicht beirren und erregte sich immer mehr.

»Ich mußte mich retten, Dan, ich mußte einfach! An Allerheiligen hätte sie mich für immer in ihre Gewalt bekommen – da halten sie einen Hexensabbat, dort oben hinter Chesuncook, und das Opfer hätte die Sache besiegelt. Dann hätte sie mich für immer gehabt – sie wäre ich gewesen, und ich wäre sie gewesen – für immer – zu spät – Mein Körper wäre auf ewig der ihre gewesen – Sie wäre ein Mann gewesen, und ein richtiger Mensch, so wie sie es immer gewollt hatte. – Ich glaube, sie hätte mich aus dem Weg geräumt – ihren früheren Körper und damit auch mich getötet, genauso, wie sie es schon einmal gemacht hat – wie sie, es oder er es schon einmal gemacht hat –« Edwards Gesicht war jetzt grauenhaft verzerrt und er kam unangenehm dicht an mich heran, während seine Stimme zu einem Flüstern absank.

»Du mußt erfahren, was ich dir damals im Auto andeutete, daß sie nämlich gar nicht Asenath ist, sondern in Wirklichkeit der alte Ephraim selbst. Der Verdacht ist mir vor anderthalb Jahren gekommen, und heute weiß ich es sicher. Ihre Handschrift verrät sie, wenn sie sich gehen läßt – manchmal wirft sie schnell ein paar Zeilen hin, die aufs Haar der Handschrift ihres Vaters gleichen, Zeichen für Zeichen – und manchmal sagt sie Dinge, die nur ein alter Mann wie Ephraim sagen könnte. Er tauschte seinen Körper gegen den ihren aus, als er den Tod herannahen fühlte – sie war die einzige mit der richtigen Art von Verstand und einem genügend schwachen Willen, deren er habhaft werden konnte – er nahm sich ihren Körper für immer, so wie sie sich beinahe meinen genommen hätte, und vergiftete dann den alten Körper, in den er sie gesteckt hatte. Hast du nicht dutzendmal die Seele des alten Ephraim in den Augen dieses weiblichen Satans funkeln sehen – und in meinen, wenn sie sich meines Körpers bemächtigt hatte?«

Sein Flüstern ging in ein Keuchen über, und er hielt inne, um

Atem zu holen. Ich sagte nichts; und als er weitersprach, war seine Stimme wieder normaler. Das, so überlegte ich, war ein Fall für die Heilanstalt, aber nicht ich würde ihn dorthin schicken. Vielleicht würden die Zeit und die Erlösung von Asenath das ihre tun. Ich war sicher, daß er nie wieder den Wusch haben würde, sich mit morbidem Okkultismus abzugeben.

»Später werde ich dir mehr erzählen – ich muß mich jetzt lange ausruhen. Ich werde dir von den verbotenen Greueln erzählen, in die sie mich führte – von den uralten Greueln, die sogar heute noch in gottverlassenen Winkeln weiterschwelen, am Leben erhalten von monströsen Götzendienern. Manche Menschen wissen Dinge über das Universum, die keiner wissen dürfte, und können Dinge tun, die niemand tun können dürfte. Ich habe bis zum Halse darin gesteckt, aber jetzt ist Schluß. Ich würde noch heute das verfluchte *Necronomicon* mitsamt dem anderen Zeug verbrennen, wenn ich Bibliothekar am Miskatonic-College wäre.

Aber jetzt kann sie mich nicht mehr kriegen. Ich muß aus diesem verfluchten Haus, sobald es geht, und mich zu Hause einrichten. Du wirst mir helfen, wenn ich Hilfe brauche, das weiß ich. Diese teuflischen Diener, weißt du – und falls die Leute zu aufdringlich werden wegen Asenath. Verstehst du, ich kann ihnen nicht ihre Adresse geben... Dann gibt es da bestimmte Gruppen von Forschern – bestimmte Kulte, du weißt schon – die unsere Trennung falsch verstehen könnten... manche von ihnen haben verdammt sonderbare Ideen und Methoden. Ich weiß, du wirst mir beistehen, falls irgendwas passiert – selbst wenn ich dir manches erzählen muß, was dich aus der Fassung bringen wird...«

Ich überredete Edward zu bleiben und diese Nacht in einem der Gästezimmer zu schlafen, und am Morgen wirkte er ruhiger. Wir besprachen einige notwendige Maßnahmen im Zusammenhang mit seiner Rückkehr auf den Familiensitz der Derbys, und ich hoffte, er würde keine Zeit verlieren, diesen Plan in die Tat umzusetzen. Er besuchte mich am folgenden Abend nicht, aber ich sah ihn öfter während der nächsten Wochen. Wir sprachen so wenig wie möglich über sonderbare und unangenehme Dinge und beschränkten uns darauf, die Renovierung des alten Familiensitzes und die Reisen zu beraten, die Edward mit meinem Sohn und mir im nächsten Sommer zu unternehmen versprochen hatte.

Über Asenath sprachen wir fast nie, denn ich hatte bemerkt, daß ihn dieses Thema ganz besonders beunruhigte. Natürlich gab es viel Tratsch; aber das war ja nichts Neues im Zusammenhang mit den Vorkommnissen in dem alten Crowninshield-Haus. Was mir gar nicht gefiel, war die Bemerkung, die Derbys Bankier in einem allzu mitteilsamen Augenblick im Miskatonic-Club gemacht hatte – über die Schecks, die Edward regelmäßig einem Ehepaar Moses und Abigail Sargent sowie einem Eunice Babson nach Innsmouth sandte. Es sah so aus, als ob er sich von den Dienstboten eine Art Tribut abpressen ließe – obwohl er mir nie davon erzählt hatte.

Ich wünschte den Sommer – und damit die Ferien meines in Harvard studierenden Sohnes – herbei, um mit Edward nach Europa fahren zu können. Sein Zustand besserte sich nicht so schnell, wie ich gehofft hatte; seine Heiterkeit, die nur selten zu beobachten war, hatte etwas Hysterisches, und er machte viel zu oft einen verängstigten und niedergeschlagenen Eindruck. Das Haus seiner Eltern war im Dezember fertig, aber er schob den Umzug immer wieder hinaus. Obwohl er Crowninshield sichtlich verabscheute und fürchtete, schien er andererseits auf sonderbare Weise an das Haus gefesselt zu sein. Offenbar war er nicht in der Lage, irgend etwas herauszuräumen, und er erfand jede erdenkliche Ausrede, um noch einen Aufschub zu gewinnen. Als ich ihm das einmal vorwarf, schien es ihn seltsam zu erschrecken. Der alte Butler seines Vaters, der mit anderen, wieder eingestellten Dienern im Hause war, erzählte mir einmal, daß Edward gelegentlich im Haus, und besonders unten im Keller herumstöberte, und daß ihm dies sonderbar und beinahe krankhaft vorkam. Ich wollte wissen, ob Asenath ihm Briefe geschrieben hatte, die ihn verwirrten, aber der Butler meinte, es käme keine Post, die von ihr stammen könnte.

Es war kurz vor Weihnachten, als Derby einmal während eines Besuches bei mir zusammenbrach. Ich hatte das Gespräch auf unsere sommerlichen Reisepläne gelenkt, als er plötzlich aufschrie und mit dem Ausdruck tiefsten Grauens aus dem Stuhl aufsprang – ein so panisches Entsetzen mußte ihn ergriffen haben, wie es ein normaler Mensch schlimmstenfalls aus seinen qualvollsten Alpträumen kennt.

»Mein Gehirn! Mein Gehirn! O Gott, Dan – es zerrt – aus dem Jenseits – es pocht – es krallt sich fest – dieses Satansweib – sogar jetzt noch – Ephraim – Kamog! Kamog! – Die Höhle der Schaggoten – Iä! Schab-Niggurath! Die Ziege mit den tausend Jungen!... Die Flamme – die Flamme – jenseits des Körpers, jenseits des Lebens – in der Erde – oh mein Gott!...«

Ich drückte ihn in seinen Stuhl zurück und flößte ihm etwas Wein ein, während seine Raserei von einer stumpfen Apathie abgelöst wurde. Er wehrte sich nicht, aber seine Lippen bewegten sich in einem fort, als spräche er mit sich selbst. Gleich darauf merkte ich, daß er mit mir zu sprechen versuchte, und neigte mein Ohr zu seinem Mund hinab, um die kaum hörbaren Worte zu verstehen.

»– Wieder, wieder versucht sie's – ich hätte es mir denken können – nichts kann diese Macht aufhalten, nicht Entfernung noch Magie noch Tod – sie kommt und kommt immer wieder, meistens in der Nacht – ich entrinne ihr nicht – es ist furchtbar – oh Gott. Dan, wenn du nur so wie ich wüßtest, wie entsetzlich es ist.«

Als er in eine dumpfe Betäubung versank, stützte ich ihn mit Kissen ab und ließ ihn einschlafen. Ich rief keinen Arzt, denn ich wußte, was dieser über Derbys Geisteszustand sagen würde, und ich wollte, wenn irgend möglich, der Natur noch eine Chance lassen. Gegen Mitternacht wachte er auf, und ich brachte ihn nach oben ins Bett, aber am Morgen war er verschwunden. Er hatte sich heimlich aus dem Haus geschlichen, und sein Butler sagte mir am Telefon, daß er zu Hause sei und unruhig in der Bibliothek auf und ab gehe.

Danach ging es mit Edward rapide abwärts. Er besuchte mich nicht mehr, aber ich ging jeden Tag zu ihm. Er saß stets in seiner Bibliothek, starrte ins Leere und sah aus, als horchte er angestrengt. Manchmal sprach er ganz vernünftig, aber immer über triviale Dinge. Kam ich auf seine Probleme, seine Zukunftspläne oder auf Asenath zu sprechen, so geriet er auf der Stelle in Raserei. Sein Butler berichtete mir, er habe in der Nacht schreckliche Anfälle und man müsse befürchten, daß ihm dabei noch einmal etwas zustoßen werde.

Ich hatte eine lange Unterredung mit seinem Arzt, seinem Bankier und seinem Rechtsanwalt und bat schließlich den Arzt und zwei seiner Kollegen, die Spezialisten waren, ihn zu besuchen. Die Krämpfe, die ihn nach den ersten paar Fragen schüttelten, waren furchtbar und mitleiderregend; noch am selben Abend wurde sein armer, um sich schlagender Körper in einem geschlossenen Wagen in die Heilanstalt von Arkham gebracht. Ich wurde dazu bestellt, mich um ihn zu kümmern, und besuchte ihn zweimal pro Woche – jedesmal kamen mir fast die Tränen, wenn ich seine wilden Aufschreie, sein verstörtes Flüstern und immer wieder dieselben furchteinflößenden, monotonen Sätze hören mußte ... »Ich mußte es tun – ich mußte es tun – es wird mich pakken – es wird mich packen – dort unten – dort unten in der Finsternis – Mutter! Mutter! Dan! Rettet mich – rettet mich –«

Ob eine Aussicht auf Heilung bestand, wagte niemand zu sagen, aber ich tat mein Bestes, um optimistisch zu bleiben. Edward mußte ein Zuhause haben, falls er sich wieder erholte, deshalb ließ ich die Dienerschaft in das Derby-Haus umziehen, was er, wäre er bei Sinnen gewesen, sicher gutgeheißen hätte. Was aus Crowninshield werden sollte, mit seinen umfangreichen Einrichtungen und seinen Sammlungen unerklärlicher Gegenstände, konnte ich nicht entscheiden, weshalb ich zunächst alles so beließ, wie es war, und den Dienern auftrug, einmal in der Woche hinüberzugehen, um die größeren Zimmer sauberzumachen, und dem Heizer zu sagen, daß er an diesen Tagen einfeuern sollte.

Der Höhepunkt des Schreckens kam kurz vor Lichtmeß, angekündigt – grausame Ironie des Schicksals – von einem trügerischen Hoffnungsschimmer. Ende Januar rief eines Morgens das Sanatorium an, um mir mitzuteilen, daß Edward plötzlich wieder bei Verstand sei. Sein Erinnerungsvermögen, so berichtete man mir, sei stark in Mitleidenschaft gezogen, aber es gebe keinen Zweifel, daß sein Geisteszustand wieder völlig normal sei. Natürlich würde man ihn noch für ein paar Tage zur Beobachtung dortbehalten, aber das Ergebnis stehe eigentlich schon fest. Wenn alles gutgehe, könnte er sicher innerhalb von acht Tagen entlassen werden. Voller Freude fuhr ich so schnell wie möglich hinüber, aber ich war wie vor den Kopf geschlagen, als mich eine Schwester in Edwards Zimmer führte. Der Patient stand auf, um mich zu begrüßen, und streckte mir mit einem höflichen Lächeln die Hand hin; aber ich sah sofort, daß er sich in dem energiegeladenen Zustand befand, der seinem natürlichen Charakter so fremd war – jenem selbstbewußten Zustand, der mir ein so unerklärliches Grauen eingeflößt hatte und der, wie mir Edward später versichert hatte, nur eintrat, wenn die Seele seiner Frau sich seines Körpers bemächtigte. Er hatte denselben stechenden Blick, der dem Asenaths und des alten Ephraim so sehr glich, und denselben entschlossenen Mund; und wenn er sprach, entdeckte ich dieselbe harte, durchdringende Ironie in seiner Stimme, jene tiefe

Ironie, die soviel Unheil auszustrahlen schien. Dies war die Person, die meinen Wagen fünf Monate zuvor durch die Nacht gesteuert hatte – jene Person, die ich nicht mehr gesehen hatte seit jenem kurzen Besuch, als er sein altes Erkennungszeichen vergessen und eine so sonderbare Abscheu in mir hervorgerufen hatte – und die mich jetzt mit demselben dumpfen Gefühl blasphemischer Befremdung und unsagbaren, kosmischen Grauens erfüllte.

Er sprach liebenswürdig von den Vorbereitungen für seine Entlassung – und mir blieb nichts anderes übrig als zuzustimmen, obwohl er sich an viele Dinge, die noch gar nicht lange her waren, nicht mehr erinnern konnte. Und trotzdem spürte ich, daß irgend etwas auf schreckliche, unerklärliche Weise falsch und abnorm war. Es war ein furchtbares Rätsel, das ich nicht lösen konnte. Vor mir stand ein normaler Mensch – aber war es wirklich der Edward Derby, den ich gekannt hatte? Wenn nicht, wer oder was war es – und wo war Edward? Sollte dieses Wesen freigelassen oder eingesperrt werden – oder sollte es vom Antlitz der Erde vertilgt werden? In allem, was diese Kreatur sagte, war eine abgrundtiefe zynische Anspielung – die Augen funkelten wie die Asenaths und ließen eine Bemerkung über die Freiheit, die durch eine *besonders harte Gefangenschaft* erlangt worden sei, ganz besonders spöttisch klingen. Ich muß mich sehr tölpelhaft benommen haben und war erleichtert, als ich das Feld räumen konnte.

Den ganzen Tag und auch noch den folgenden zermarterte ich mein Gehirn, um dieses Problem zu lösen. Wessen Geist schaute aus diesen fremdartigen Augen in Edwards Gesicht? Ich konnte an nichts anderes als diese dumpf beunruhigende Frage denken und gab jeden Versuch auf, meiner gewohnten Arbeit nachzugehen. Am Morgen des zweiten Tages rief die Heilanstalt an, um mir mitzuteilen, daß der Zustand des Genesenden unverändert gut sei, und gegen Abend war ich einem Nervenzusammenbruch nahe – ich gebe das zu, obwohl manche behaupten werden, dieser Zustand habe meinen Blick für das, was folgen sollte, getrübt. Ich habe dazu weiter nichts zu sagen, als daß jedenfalls nicht *alle* Beweise meiner krankhaften Phantasie zugeschrieben werden können.

5

Es war in dieser Nacht – nach jenem zweiten Abend – als das nackte Grauen über mich hereinbrach und meine Seele mit einer dumpfen, panischen Angst niederdrückte, von der sie sich nie mehr befreien wird. Es begann mit einem Anruf kurz vor Mitternacht. Ich war als einziger noch wach und hob schläfrig den Hörer in der Bibliothek ab. Aber es meldete sich niemand, und ich war drauf und dran, aufzulegen und zu Bett zu gehen, als mein Ohr eine schwache Andeutung eines Geräusches am anderen Ende der Leitung vernahm. Vielleicht versuchte jemand mit großer Anstrengung zu sprechen. Während ich lauschte, glaubte ich, Geräusche wie von einer glucksenden Flüssigkeit zu vernehmen – »gluck... gluck... gluck...« – die sich anhörten wie sonderbar unartikulierte und unverständliche Silben- und Wortfetzen. Ich rief »Wer ist dort?« Aber die einzige Antwort war »gluck... gluck... gluck-gluck.« Ich konnte nur annehmen, daß die Geräusche mechanischer Art waren; da mir aber noch der Gedanke kam, daß vielleicht der Apparat am anderen Ende kaputt war und der Teilnehmer mich zwar hören, aber nicht mit mir sprechen konnte, fügte ich hinzu. »Ich kann Sie nicht hören. Legen Sie lieber auf und versuchen Sie es mit der Störstelle.« Augenblicklich hörte ich, wie am anderen Ende der Hörer auf die Gabel gelegt wurde.

Das war wie gesagt, ungefähr um Mitternacht. Als ich gleich darauf feststellen ließ, woher der Anruf gekommen war, nannte man mir das alte Haus Crowninshield, obwohl das Dienstmädchen erst in drei oder vier Tagen wieder hätte dort sein müssen. Was in dem Haus schließlich gefunden wurde, will ich nur andeuten – das Durcheinander in einem der hintersten Kellerräume, die Spuren, der Dreck, der hastig durchwühlte Kleiderschrank, die unerklärlichen Spuren an dem Telefonapparat, das unbeholfen benützte Schreibpapier, und der widerwärtige Gestank, der über allem hing. Die Polizisten, diese armen Irren, haben ein paar hübsche kleine Theorien und suchen noch immer nach jenen finsteren entlassenen Dienstboten – die sich in dem Wirrwarr der letzten Tage aus dem Staub gemacht haben. Sie sprechen von einem teuflischen Racheakt für gewisse Vorkommnisse und behaupten, ich sei mit einbezogen worden, weil ich Edwards bester Freund und Berater gewesen sei.

Idioten! Glauben sie wirklich, diese ungehobelten Narren hätten diese Handschrift fälschen können? Bilden sie sich ein, die hätten das herbeischaffen können, was später kam? Sind sie blind gegenüber den Veränderungen an dem Körper, der einmal Edward gehört hat? Was mich betrifft, so glaube ich jetzt alles, was Edward Derby mir jemals erzählt hat. Es gibt Schrecknisse jenseits unseres Lebens, von denen wir uns nicht träumen lassen, doch manchmal bringt böse menschliche Neugier sie in unsere Nähe. Ephraim – Asenath – dieser Satan rief sie herbei, und sie verschlangen Edward, so wie sie mich verschlingen werden.

Kann ich wissen, ob ich vor ihnen sicher bin? Diese Kräfte überdauern das Leben in seiner physischen Form. Am nächsten Tag – als ich mich nach meinem Zusammenbruch wieder aufraffte und wieder vernünftig gehen und reden konnte – ging ich in das Irrenhaus und erschoß ihn, Edward und der ganzen Welt zuliebe, aber kann ich mich sicher fühlen, solange er nicht eingeäschert ist? Sie halten den Leichnam zurück für irgendwelche albernen Obduktionen durch verschiedene Ärzte – aber ich sage, er muß verbrannt werden. Er muß verbrannt werden – er, der nicht Edward Derby war, als ich ihn erschoß. Ich werde wahnsinnig, wenn er nicht verbrannt wird, denn ich kann der nächste sein. Aber mein Wille ist nicht schwach – und ich werde es nicht dulden, daß er von den Schrecknissen unterhöhlt wird, die um ihn herum brodeln und zischen. Ein einziges Leben – Ephraim, Asenath, und Edward – und wer ist der nächste? Ich werde mich nicht aus meinem Körper vertreiben lassen – ich werde nicht meine Seele gegen die jenes von Kugeln durchsiebten Leichnams im Irrenhaus vertauschen.

Aber lassen Sie mich zusammenhängend von jenem letzten, entsetzlichen Ereignis erzählen. Ich will gar nicht von dem sprechen, was die Polizei hartnäckig ignoriert – den Geschichten von diesem zwergenhaften, grotesken, stinkenden Ding, das von mindestens drei Leuten gesehen wurde, die kurz vor zwei Uhr nachts noch auf der High Street unterwegs waren, will nicht nach der Herkunft der seltsamen Fußspuren fragen, die an mehreren Stellen gefunden wurden. Ich sage nur, daß ziemlich genau um zwei Uhr die Türklingel und der Türklopfer mich weckten – und zwar sowohl die Klingel als auch der Klopfer, die beide abwechselnd und unsicher in einer Art schwacher Verzweiflung betätigt wurden, und die beide versuchten, sich an Edwards altes Erkennungszeichen – drei Schläge, dann zwei – zu halten.

Ich erwachte aus tiefem Schlaf und geriet sofort in höchste Aufregung. Derby an der Tür – und mit seinem alten Erkennungszeichen! In seinem anderen Zustand hatte er sich nicht daran erinnert... hatte Edward plötzlich wieder seine rechtmäßige Natur zurückgewonnen? Warum war er hier, in so offensichtlicher Hast? War er vorzeitig entlassen worden, oder war er ausgebrochen? Vielleicht, so dachte ich, während ich mir einen Mantel überwarf und die Treppe hinabrannte, war sein eigentliches Selbst zurückgekehrt, und er hatte getobt und geschrien, vielleicht hatte man deshalb seine Entlassung rückgängig gemacht, was ihn zu dem verzweifelten Versuch getrieben haben konnte, seine Freiheit wiederzuerlangen. Was immer geschehen war, er war wieder der gute, alte Edward, und ich würde ihm helfen!

Als ich die Tür in die von Ulmen umstandene Dunkelheit öffnete, warf mich ein Schwall unerträglichen Gestanks beinahe zu Boden. Ich würgte vor Ekel, und einen Augenblick lang sah ich kaum die zwergenhafte, bucklige Gestalt auf den Treppenstufen. Das Zeichen an der Tür war das von Edward gewesen, aber wer war diese faulende, verkrüppelte Karikatur? Wohin hatte Edward so schnell verschwinden können? Noch eine Sekunde, bevor ich die Tür öffnete, hatte die Klingel geläutet.

Der Besucher trug einen von Edwards Mänteln – der Saum streifte den Boden, die Ärmel waren aufgekrempelt und bedeckten trotzdem noch die Hände. Auf dem Kopf trug er einen tief herabgezogenen Schlapphut, und das Gesicht war von einem schwarzseidenen Schal verhüllt. Während ich unsicher nähertrat, machte die Gestalt ein blubberndes Geräusch, ganz ähnlich dem, das ich am Telefon gehört hatte – »gluck... gluck...« – und warf mir ein großes, eng beschriebenes Blatt Papier zu, das auf das Ende eines langen Bleistiftes aufgespießt war. Immer noch betäubt von dem unbeschreiblich widerlichen Gestank, nahm ich das Blatt und versuchte es im Licht der Gartenlampe zu lesen.

Keine Frage, es war Edwards Schrift. Aber warum hatte er geschrieben, wenn er nahe genug war, um zu klingeln – und warum war die Schrift so sonderbar unbeholfen und zittrig? Ich konnte in dem trüben Halbschatten nichts lesen und ging ein paar Schritte zurück in den Vorraum; die zwergenhafte Figur schleppte sich mechanisch hinterher, blieb aber auf der Schwelle der Innentür stehen. Der Geruch dieses einzigartigen Besuchers war wirklich ekelhaft, und ich hoffte (gottlob nicht vergebens), meine Frau würde nicht aufwachen und ihn bemerken.

Und dann, als ich las, fühlte ich, wie meine Knie nachgaben und es mir schwarz vor Augen wurde. Als ich wieder zu mir kam, lag ich auf dem Boden, das verwünschte Blatt noch immer in meiner vor Furcht verkrampften Hand. Was darauf geschrieben stand, war folgendes:

»Dan, geh in die Heilanstalt und bring es um. Vernichte es. Es ist nicht mehr Edward Derby. Sie hat mich in ihre Gewalt bekommen – es ist Asenath – und sie ist doch seit dreieinhalb Monaten tot. Ich habe sie umgebracht. Ich mußte es tun. Es kam ganz plötzlich, aber wir waren allein und ich war in meinem richtigen Körper. Ich sah einen Kerzenleuchter und schlug ihr den Schädel ein. An Allerheiligen hätte sie mich für immer bekommen.

Ich vergrub sie in dem hinteren Lagerraum im Keller unter ein paar alten Kisten und beseitigte alle Spuren. Die Dienstboten waren am nächsten Morgen mißtrauisch, aber sie haben selbst so viel zu verbergen, daß sie es nicht wagten, die Polizei zu benachrichtigen. Ich schickte sie weg, aber der Himmel weiß, was sie – und andere Anhänger ihres Kults – tun werden.

Eine Weile dachte ich, alles sei in Ordnung, und dann fühlte ich das Zerren an meinem Gehirn. Ich wußte, was es war – ich hätte gleich daran denken müssen. Eine Seele wie ihre – oder die des alten Ephraim – ist halb losgelöst, sie besteht weiter, solange der Körper noch existiert. Sie war dabei, sich meiner zu bemächtigen – mich zu zwingen, den Körper mit ihr zu tauschen –, mir meinen Körper zu entreißen und mich in ihren Leichnam zu stecken, der im Keller begraben lag.

Ich wußte, was mir bevorstand – deshalb schnappte ich über und mußte in die Irrenanstalt. Dann passierte es – ich fand mich, erstickend in der Finsternis – in Asenaths verfaulendem Körper wieder, drunten im Keller unter den Kisten, wo ich ihn hingeschafft hatte. Und ich wußte, daß sie in meinem Körper in der Heilanstalt sein mußte – endgültig, denn Allerheiligen war vorüber und das Opfer mußte auch wirken, obwohl sie nicht dort gewesen war – bei klarem Verstand und gesund genug, um entlassen zu werden, eine Bedrohung für die ganze Welt. Ich war verzweifelt, und trotz allem scharrte ich mir einen Weg ins Freie.

Ich bin schon zu sehr vergangen, um noch zu sprechen – es gelang mir nicht, zu telefonieren –, aber ich kann noch schreiben.

Irgendwie werde ich mich zurechtmachen und dir dieses letzte warnende Wort bringen. Töte diesen Satan, wenn Dir an der Ruhe und dem Frieden in der Welt gelegen ist. Sorge dafür, daß er verbrannt wird. Wenn Du es nicht tust, wird er ewig weiterleben, von einem Körper zum anderen, und ich kann Dir nicht sagen, was er tun wird. Halte Dich von der schwarzen Magie fern, Dan, sie ist des Teufels Handwerk. Leb wohl – Du warst ein großartiger Freund. Erzähl der Polizei, was immer ihr glaubhaft erscheint – es tut mir entsetzlich leid, Dich in all das hineinziehen zu müssen. Ich werde bald meinen Frieden finden – dieses Ding wird nicht mehr lange zusammenhalten. Ich hoffe, Du kannst es lesen. Und bring diese Kreatur um – bring sie um.

Dein Ed.«

Erst später las ich die zweite Hälfte dieses Briefes, denn ich war am Ende des dritten Absatzes ohnmächtig geworden. Ich fiel aufs neue in Ohnmacht, als ich sah und roch, was sich auf der Treppe breitgemacht hatte, wo ihm die warme Luft entgegengeschlagen war. Der Bote bewegte sich nicht mehr und war ohne Bewußtsein.

Der Butler, aus härterem Holz geschnitzt als ich, wurde nicht ohnmächtig, als er am Morgen die Bescherung sah. Statt dessen rief er die Polizei an. Als sie kam, hatte man mich schon zu Bett gebracht, aber jene andere Masse lag noch dort, wo sie in der Nacht in sich zusammengefallen war. Die Männer hielten sich Taschentücher vor die Nase.

Was schließlich in Edwards sonderbar zusammengestellter Kleidung gefunden wurde, war hauptsächlich entsetzlicher, sich verflüssigender Brei. Es waren auch Knochen darunter – und ein eingeschlagener Schädel. Eine zahntechnische Untersuchung ergab einwandfrei, daß es Asenaths Schädel war.

Der Außenseiter

Unglücklich ist derjenige, dem die Erinnerungen seiner Kindheit nur Angst und Traurigkeit bringen. Elend ist derjenige, der nur auf einsame Stunden in weiten, trostlosen Gemächern mit braunen Wandbehängen und düsteren Reihen uralter Bücher zurückschauen kann, oder auf beklommene Blicke in zwielichtige Haine grotesker, gigantischer, weinbewachsener Bäume, die hoch oben lautlos ihre verschlungenen Zweige wehen lassen. Solches Los haben mir die Götter beschieden – mir, dem Verwirrten, dem Enttäuschten; dem Unfruchtbaren, dem Gebrochenen. Und doch bin ich merkwürdig zufrieden und klammere mich verzweifelt an diese welken Erinnerungen, wenn meine Seele sich einen Augenblick lang nach *jenem anderen* sehnt.

Ich weiß nicht, wo ich geboren wurde, außer daß das Schloß unendlich alt und unendlich grauenvoll war, voll dunkler Gänge und mit hohen Decken, an denen das Auge nur Spinnweben und Schatten wahrnehmen konnte. Die Steine in den verfallenden Korridoren schienen immer schrecklich feucht, und überall war ein widerwärtiger Geruch wie von den übereinander gestapelten Leichen toter Generationen. Nie war es hell, so daß ich manchmal Kerzen anzündete und sie still betrachtete, um mich zu trösten; auch schien draußen nie die Sonne, denn die schrecklichen Bäume wuchsen weit über den höchsten zugänglichen Turm hinaus. Es gab einen einzigen schwarzen Turm, der über die Bäume hinaus in den unbekannten äußeren Himmel ragte, aber dieser war teilweise eine Ruine und man konnte ihn nicht ersteigen, es sei denn, man hätte das schier Unmögliche vollbracht, Stein für Stein die senkrechten Wände emporzuklimmen.

Ich muß Jahre an diesem Ort verbracht haben, aber ich habe kein Maß für die Zeit. Irgendwelche Wesen müssen mich versorgt haben, doch ich kann mich an keine Person außer mich selbst erinnern, noch an irgend etwas Lebendiges außer den lautlosen Ratten und Fledermäusen und Spinnen. Wer immer mich aufgezogen hat, muß, so glaube ich, entsetzlich alt gewesen sein, denn mein erster Eindruck von einer lebenden Person war der von einer Gestalt, die auf beunruhigende Weise wie ich selbst war, jedoch verzerrt, verschrumpelt und hinfällig wie das Schloß. Für mich war nichts Groteskes an den Gebeinen und Skeletten, die in einigen der steinernen Krypten tief unten zwischen den

Grundmauern herumlagen. Ich brachte diese Dinge auf phantastische Weise mit alltäglichen Ereignissen in Verbindung, und sie kamen mir natürlicher vor als die kolorierten Bilder lebender Wesen, die ich in vielen der schimmeligen Bücher fand. Aus diesen Büchern lernte ich alles, was ich weiß. Kein Lehrer mahnte mich oder leitete mich an, und ich kann mich nicht entsinnen, in all den Jahren eine menschliche Stimme gehört zu haben – nicht einmal meine eigene; denn obwohl ich oft von der Sprache gelesen hatte, war es mir nie in den Sinn gekommen, laut zu sprechen. Über mein Aussehen dachte ich ebensowenig nach, denn es gab keine Spiegel in dem Schloß, und ich betrachtete mich nur instinktiv als verwandt mit den jugendlichen Gestalten, die ich in den Büchern gezeichnet und gemalt fand. Ich fühlte mich jung, weil ich so wenig Erinnerungen hatte.

Draußen, jenseits des faulig riechenden Grabens und unter den dunklen, stummen Bäumen, lag ich oft und träumte stundenlang von dem, was ich in den Büchern gelesen hatte; und ich malte mir sehnsüchtig aus, wie ich selbst unter den fröhlichen Wesen in der sonnigen Welt jenseits der endlosen Wälder einherging. Einmal versuchte ich, dem Wald zu entrinnen, aber als ich mich weiter von dem Schloß entfernte, wurden die Schatten dichter und die Luft füllte sich noch mehr mit drohender Angst; deshalb rannte ich wie wahnsinnig zurück, um mich nicht in einem Labyrinth nächtlicher Stille zu verirren.

So träumte und wartete ich in endlosem Zwielicht, obwohl ich nicht wußte, worauf ich wartete. Dann wurde in der schattigen Einsamkeit meine Sehnsucht nach Licht so stark, daß ich nicht länger ruhen konnte, und ich erhob beschwörend die Hände zu dem einzelnen, schwarzen, verfallenen Turm, der über den Wald hinaus in den unbekannten äußeren Himmel ragte. Und endlich beschloß ich, diesen Turm zu ersteigen, mochte ich auch abstürzen; denn es würde besser sein, den Himmel zu sehen und unterzugehen, als weiterzuleben, ohne jemals das Tageslicht erblickt zu haben.

In dem dumpfigen Dämmerlicht stieg ich die ausgetretenen, uralten Steintreppen hinauf, bis sie aufhörten, und von da an klammerte ich mich halsbrecherisch an jeden kleinen Vorsprung, der mich ein Stück weiter hinauf brachte. Gespenstisch und grauenvoll war dieser tote, treppenlose Zylinder aus Fels; schwarz, verfallen, verlassen und unheimlich wimmelnd von aufgeschreckten

Fledermäusen, deren Schwingen kein Geräusch verursachten. Doch gespenstischer und grauenvoller noch war die Langsamkeit meines Aufstieges; denn so viel ich auch klettern mochte, die Dunkelheit über mir lichtete sich nicht, und ein neuer eisiger Hauch wahrhafter Grabesluft faßte mich an. Ich schauderte, während ich mich fragte, warum ich das Licht nicht erreichte, und ich hätte nach unten geschaut, wenn ich den Mut dazu aufgebracht hätte. Ich bildete mir ein, daß die Nacht mich plötzlich überrascht habe, und tastete vergebens mit einer freien Hand nach der Leibung eines Fensters, durch das ich hinaus und nach oben hätte schauen können, um zu ermessen, welche Höhe ich erreicht hatte.

Ganz plötzlich, nach einer Ewigkeit angstvollen, blinden Kletterns über diesem jähen, schrecklichen Abgrund fühlte ich, wie ich mit dem Kopf gegen ein festes Hindernis stieß, und ich wußte, daß ich das Dach oder zumindest eine Art Fußboden erreicht haben mußte. In der Dunkelheit hob ich meine freie Hand und tastete es ab, fand aber, daß es unbeweglich und aus Stein war. Also mußte ich mich unter tödlicher Gefahr seitwärts an der Mauer entlanghangeln, wobei ich mich an jeden kleinsten Vorsprung klammerte, den die glitschige Wand bot; bis schließlich meine suchende Hand den Stein nachgeben fühlte; ich kletterte wieder nach oben und stieß die Steinplatte mit meinem Kopf auf, denn ich brauchte beide Hände bei meinem angstvollen Aufstieg. Von oben drang kein Licht herab, und als ich mit meinen Händen höher greifen konnte, wußte ich, daß meine Kletterei fürs erste zu Ende war; denn die Steinplatte bildete die Falltür einer Öffnung, die auf eine waagerechte Steinfläche von größerem Umfang als der untere Turm führte, ohne Zweifel der Fußboden eines hohen, geräumigen Aussichtsraumes. Mühsam kroch ich durch die Öffnung und suchte zu verhindern, daß die schwere Steinplatte hinter mir wieder zuschlug, was mir jedoch nicht gelang. Während ich erschöpft auf dem Steinfußboden lag, vernahm ich die unheimlichen Echos ihres Falls, doch ich hoffte, ich würde sie wieder hochheben können, wenn es notwendig war.

In dem Glauben, mich in schwindelnder Höhe, weit über den Wipfeln der unheimlichen Bäume zu befinden, erhob ich mich mühsam vom Fußboden und tastete die Wände nach Fenstern ab, um zum ersten Mal den Himmel, den Mond und die Sterne zu sehen, von denen ich gelesen hatte. Aber auf allen Seiten wurde ich enttäuscht, denn alles, was ich fand, waren riesige Nischen aus Marmor, in denen unheimliche längliche Kisten von verwirrender Größe standen. Mehr und mehr überlegte ich, und ich fragte mich, was für uralte Geheimnisse dieser seit so langer Zeit vom Schloß abgeschnittene Raum bergen mochte. Da plötzlich fühlten meine Hände eine Tür, über der ein steinernes, rauh gemeißeltes Portal hing. Ich rüttelte daran, fand sie aber verschlossen; doch mit einer ungeheueren Kraftanstrengung überwand ich alle Hindernisse und riß sie nach innen auf. Als ich dies getan hatte, geriet ich in nie gekannte, äußerste Erregung, denn durch ein reich verziertes Eisengitter und eine kurze Treppe herab, die von der eben entdeckten Tür nach oben führte, schien strahlend hell der Vollmond, den ich nie zuvor gesehen hatte außer in Träumen und vagen Visionen, die ich nicht Erinnerungen zu nennen wagte.

Ich war jetzt überzeugt, die höchste Zinne des Schlosses erreicht zu haben, und begann, die wenigen Treppen hinter der Tür hinaufzulaufen; aber der plötzlich von einer Wolke verdunkelte Mond ließ mich straucheln, und ich tastete mich langsam in der Dunkelheit weiter. Es war noch immer sehr dunkel, als ich das Eisengitter erreichte – das ich vorsichtig untersuchte und unverschlossen fand, aber nicht öffnete, weil ich Angst hatte, ich würde aus der schwindelnden Höhe herabfallen, die ich erklommen hatte. Dann kam der Mond heraus.

Der dämonischste aller Schrecken ist derjenige, den das zutiefst Unerwartete und grotesk Unglaubliche auslöst. Nichts von dem, was ich bis jetzt durchgestanden hatte, war so entsetzlich gewesen wie das, was ich jetzt sah, und meine bizarre Überraschung über diesen Anblick. Was ich sah, war ebenso einfach wie bestürzend, denn es war nicht mehr als dies: anstatt eines schwindelnden Ausblicks aus erhabener Höhe auf tief unten liegende Baumwipfel erstreckte sich jenseits des Gitters auf der gleichen Höhe mit mir nichts anderes als *der feste Erdboden,* bedeckt mit bizarren marmornen Platten und Säulen und überschattet von einer alten Steinkirche, deren verfallener Turm gespenstisch im Mondlicht glänzte.

Halb bewußtlos öffnete ich das Gitter und stolperte auf den weißen Kiesweg hinaus, der in zwei Richtungen führte. Meine Seele, so verwirrt und benommen sie auch sein mochte, war noch immer von der verzweifelten Sehnsucht nach Licht erfüllt, und nicht einmal das phantastische Wunder, das mir widerfahren war, konnte mich von meinem Weg abbringen. Ich wußte nicht, und es kümmerte mich auch nicht, ob mein Erlebnis Wahnsinn, Traum oder Zauberei war; aber ich war entschlossen, einen Blick auf strahlende Helligkeit und Fröhlichkeit zu werfen, koste es, was es wolle. Ich wußte nicht, wer ich war oder was ich war oder was meine Umgebung sein konnte; doch als ich allein weiterstolperte, dämmerte eine fürchterliche, verschwommene Erinnerung in mir auf, die mir meinen Weg nicht gänzlich zufällig erscheinen ließ. Unter einem Bogen hindurch verließ ich die Gegend der Platten und Säulen und wanderte über das offene Land; manchmal folgte ich einer sichtbaren Straße, doch immer wieder verließ ich sie, um quer über Wiesen zu gehen, wo nur vereinzelte Ruinen verrieten, daß dort früher einmal eine Straße gewesen sein mußte. Einmal schwamm ich über einen rasch dahinfließenden Fluß, in dem zerbröckelndes, moosbewachsenes Mauerwerk von einer seit langer Zeit verschwundenen Brücke zeugte.

Über zwei Stunden mußten vergangen sein, bevor ich das erreichte, was mein Ziel zu sein schien, ein ehrwürdiges, efeubewachsenes Schloß in einem Park mit dichten Wäldern, das mir auf unheimliche Art bekannt vorkam, aber doch auch wieder verwirrend fremd war. Ich sah, daß der Graben Wasser führte und daß einige der wohlbekannten Türme beschädigt waren; andererseits bemerkte ich mit Erstaunen einige neu erbaute Trakte. Was mich jedoch mit besonderem Interesse und Vergnügen erfüllte, waren die offenen Fenster, die prächtig im hellsten Licht erglänzten und aus denen der fröhliche Lärm einer Festlichkeit ins Freie drang. Als ich an eines herantrat und hineinschaute, sah ich eine wahrhaft kurios gekleidete Gesellschaft; man vergnügte sich und unterhielt sich angeregt miteinander. Ich hatte anscheinend nie zuvor menschliche Sprache gehört und konnte nur vage Vermutungen über das anstellen, was sie sagten. Der Ausdruck auf manchen der Gesichter schien unglaublich ferne Erinnerungen zu wecken, während andere mir völlig fremd waren.

Ich ging jetzt durch die Glastür in den prächtig erleuchteten Raum, doch damit ging ich auch aus meinem einzigen hoffnungsfrohen Moment in den schwärzesten Abgrund der Verzweiflung und der Erkenntnis. Das entsetzliche Ereignis ließ nicht lange auf sich warten, denn als ich eintrat, bot sich mir unvermittelt das schrecklichste Schauspiel, das ich je gesehen habe. Kaum hatte ich die Schwelle überschritten, da ergriff die ganze Gesellschaft ein jähes Entsetzen von unglaublicher Intensität; jedes Gesicht verzerrte sich und gräßliche Schreie drangen aus jeder Kehle. Auf der Stelle wandten sich alle kopflos zur Flucht, und inmitten des Lärms und der allgemeinen Panik fielen mehrere in Ohnmacht und wurden von ihren in wilder Hast fliehenden Begleitern mitgeschleift. Viele bedeckten mit den Händen ihre Augen und rannten blind und tölpelhaft dem rettenden Ausgang entgegen, warfen Möbel um und stießen gegen Wände, bevor es ihnen gelang, eine der vielen Türen zu erreichen.

Ihre Schreie waren grauenhaft; und als ich allein und benommen in dem glänzenden Saal stand und ihren verhallenden Echos nachhorchte, zitterte ich bei dem Gedanken, was sich unsichtbar in meiner Nähe verbergen mochte. Auf den ersten Blick schien der Raum verlassen, aber als ich auf eine der Nischen zutrat, glaubte ich dort eine Gestalt zu erkennen – einen beweglichen Schatten hinter einer mit einem goldenen Bogen überwölbten Türöffnung, die in einen weiteren, ähnlichen Raum zu führen schien. Als ich auf diesen Bogen zuging, begann ich die Erscheinung deutlicher zu sehen; und dann, mit dem ersten und letzten Ton, den ich je hervorgebracht habe – einem schaurigen Geheul, das mich mit fast ebenso durchdringendem Abscheu erfüllte wie seine makabre Ursache –, sah ich in voller, schrecklicher Lebendigkeit das unvorstellbare, unbeschreibliche und unnennbare Scheusal, das durch sein bloßes Erscheinen eine fröhliche Gesellschaft in einen Haufen kopflos flüchtender Wesen verwandelt hatte.

Ich kann nicht einmal andeuten, wie es aussah, denn es war eine Mischung aus allem Unreinen, Unheimlichen, Unangenehmen, Abnormen und Abscheulichen. Es war das teuflische Sinnbild von Verfall, Alter und Auflösung; das stinkende, triefende Ergebnis einer abstoßenden Enthüllung, die grauenhafte Entblößung all dessen, was für immer die barmherzige Erde zudecken sollte. Gott weiß, daß es nicht von dieser Welt – oder nicht mehr von dieser Welt – war, und doch sah ich in meinem Schrecken in seinen zerfressenen, die Knochen bloßlegenden Umrissen eine zynische, abstoßende Travestie auf die menschliche Gestalt; und in seiner vermoderten, zerfallenden Kleidung eine unaussprechliche Eigenheit, die mich sogar noch mehr schaudern ließ.

Ich war beinahe gelähmt, doch nicht so sehr, daß ich nicht einen schwachen Fluchtversuch hätte unternehmen können; aber durch mein Zurücktaumeln brach ich nicht den Bann, in dem mich das namenlose, sprachlose Ungeheuer hielt. Verhext von den glasigen Augen, die mich so unheimlich anstarrten, konnte ich keinen Blick wenden, obwohl meine Sicht glücklicherweise getrübt war und ich nach dem ersten Schock die fürchterliche Erscheinung nur undeutlich wahrnahm. Ich versuchte, meine Hand zu heben, um diesem Anblick zu entgehen, doch meine Nerven waren so überreizt, daß mein Arm meinem Willen nicht ganz gehorchte. Aber der Versuch allein genügte, um mich aus dem Gleichgewicht zu bringen, so daß ich rasch einige Schritte vorwärts tun mußte, um nicht zu fallen. Dabei merkte ich plötzlich, wie nahe mir die leichenhafte Gestalt war, deren fürchterlich hohlen Atem ich beinahe zu hören glaubte. Dem Wahnsinn nahe, war ich doch noch imstande, meine Hand auszustrecken, um die stinkende Erscheinung abzuwehren, die so beängstigend nahe herangekommen war; und in einer verheerenden Sekunde kosmischen Schreckens und höllischen Zufalls *berührten meine Finger die verfaulende, ausgestreckte Hand des Ungeheuers unter dem goldenen Bogen.*

Ich schrie nicht, aber alle Ghulen, die auf dem Nachtwind reiten, schrien für mich, als in derselben flüchtigen Sekunde eine Lawine seelentötender Erinnerung über mich hereinbrach. Ich wußte in dieser Sekunde alles, was geschehen war; meine Erinnerung reichte in die Zeit vor dem schrecklichen Schloß und den Bäumen zurück, und ich erkannte das veränderte Gebäude, in dem ich jetzt stand; und was der Gipfel des Entsetzens war, ich erkannte die unselige Spottgeburt, die glotzend vor mir stand, während ich meine besudelten Finger von den ihren zurückzog.

Doch im Kosmos ist Balsam ebenso wie Bitternis, und dieser Balsam ist Nepenthes. In dem äußersten Schrecken jenes Augenblicks vergaß ich, was mich erschreckt hatte, und der Ausbruch schwarzer Erinnerung verschwand in einem Chaos widerhallender Bilder. Wie im Traum floh ich aus diesem verwunschenen, verfluchten Gebäude und lief rasch und lautlos im Mondlicht. Als ich zu dem marmornen Friedhof zurückkam und die Treppe hinabging, fand ich die steinerne Falltür unbeweglich; aber es tat mir nicht leid, denn ich hatte das uralte Schloß und die Bäume gehaßt. Jetzt reite ich mit den spottenden und freundlichen Ghulen auf dem Nachtwind und spiele bei Tage in den Katakomben des Nephren-Ka in dem unzugänglichen und unbekannten Tal von

Hadoth am Nil. Ich weiß, daß es für mich kein Licht gibt, außer dem des Mondes über dem Felsengrab von Neb, noch irgendwelche Fröhlichkeit, außer den namenlosen Festen des Nitokris unter der Großen Pyramide; doch in meiner neuen Freiheit ist mir die Bitternis meines Ausgestoßenseins beinahe willkommen.

Denn obwohl Nepenthes mich besänftigt hat, weiß ich, daß ich immer ein Außenseiter sein werde; ein Fremder in diesem Jahrhundert und unter jenen, die noch Menschen sind. Das weiß ich seit jenem Augenblick, als ich meine Finger ausstreckte, um dieses Ungeheuer in dem vergoldeten Rahmen abzuwehren; meine Finger ausstreckte und *eine kalte, unnachgiebige Fläche polierten Glases* berührte.

Die Farbe aus dem All

Westlich von Arkham steigen wild die Berge auf. Dort gibt es Täler mit tiefen Wäldern, an die nie die Axt gelegt wurde. Es gibt dunkle, enge Schluchten, wo Bäume phantastisch überhängen und dünne Rinnsale plätschern, die nie ein Sonnenstrahl erreicht hat. Auf den sanfteren Hängen stehen Bauernhöfe, uralt und klobig, mit geduckten, moosbewachsenen Hütten, die seit Ewigkeiten unter dem Schutz riesiger Felswände die Geheimnisse des alten Neu-England hüten; aber sie stehen jetzt alle leer; die großen Kamine zerbröckeln und die Schindelwände neigen sich bedenklich unter den niedrigen Walmdächern.

Die alteingesessenen Bewohner sind fortgezogen, und Ausländer werden dort nicht heimisch. Franko-Kanadier haben es versucht, Italiener haben es versucht, und die Polen kamen und gingen. Es ist nichts, was man sehen oder hören oder anfassen könnte, es ist etwas, das man sich nur vorstellen kann. Der Ort ist nicht gut für die Phantasie und bringt in der Nacht keine erholsamen Träume. Das muß es sein, was die Ausländer fernhält, denn der alte Ammi Pierce hat ihnen nie von den Dingen aus vergangenen Tagen erzählt, an die er sich erinnert. Ammi, der seit Jahren ein bißchen wirr im Kopf ist, ist der einzige, der nicht fortgezogen ist, der einzige, der jemals von den seltsamen Tagen spricht; er hat nur deshalb den Mut dazu, weil sein Haus so nahe an den offenen Feldern und belebten Straßen rings um Arkham steht.

Früher einmal gab es eine Straße über die Berge und durch die Täler, die dort verlief, wo heute die verfluchte Heide ist; aber die Leute hörten auf, sie zu benützen, und eine neue Straße wurde gebaut, die einen weiten Bogen nach Süden macht. Spuren der alten Straße sind noch immer zu sehen inmitten des wuchernden Unkrauts einer zurückkehrenden Wildnis, und manche von ihnen werden zweifellos auch dann noch nicht verschwinden, wenn das halbe Tal mit dem Wasser des neuen Stausees überflutet sein wird. Dann werden die dunklen Wälder abgeholzt werden und die verfluchte Heide wird tief unter blauen Wassern schlummern, deren Oberfläche den Himmel widerspiegeln und sich im Sonnenlicht kräuseln wird. Und die Geheimnisse der seltsamen Tage werden eins sein mit den Geheimnissen des tiefen Wassers; eins mit den geheimen Sagen vom alten Ozean und allen Mysterien der urzeitlichen Erde.

Als ich in diese Berge und Täler kam, um das Gelände für den neuen Stausee zu vermessen, sagte man mir, daß der Ort verwunschen sei. Man sagte es mir in Arkham, und weil dies eine sehr alte Stadt voller Hexenglauben ist, dachte ich, der böse Zauber müsse etwas sein, was seit Jahrhunderten die Großmütter ihren Enkeln mit flüsternder Stimme erzählt hatten. Die Bezeichnung »verfluchte Heide« schien mir sehr sonderbar und theatralisch, und ich fragte mich, wie sie in das Volksgut eines puritanischen Volkes gekommen war. Dann sah ich selbst dieses Gewirr von Schluchten und Abhängen im Westen der Stadt und wunderte mich nicht mehr über die alten Geheimnisse, die es umgaben. Es war Vormittag, als ich es sah, aber dort lauern ständig dunkle Schatten. Die Bäume standen zu dicht und ihre Stämme waren zu dick für einen gesunden Wald in Neu-England. Es war zu still in den düsteren Gassen zwischen ihnen, und der Boden war zu weich von feuchtem Moos und faulenden Resten aus ungezählten Jahren des Verfalls.

Auf den Lichtungen, meist entlang der ehemaligen Straße, waren kleine Bergbauernhöfe; von manchen standen noch alle Gebäude, von anderen nur ein oder zwei, und manchmal war nur ein einsamer Kamin oder ein fast zugewachsener Keller übriggeblieben. Unkraut und Dornengestrüpp hatten die Herrschaft übernommen, und im Unterholz raschelte es geheimnisvoll von wilden Tieren. Über allem lag ein Schleier von Unrast und Bedrückung; ein Hauch des Unwirklichen und Grotesken, so als sei ein wesentliches Element der Perspektive oder des Wechsels von Licht und Schatten zerstört. Ich wunderte mich nicht, daß die Ausländer nicht bleiben wollten, denn dies war keine Gegend, in der man ruhig schlafen konnte. Sie ähnelte zu sehr einer Landschaft von Salvator Rosa, zu sehr einem unheimlichen Holzschnitt aus einer Geistergeschichte.

Aber all dies war nicht so schlimm wie die verfluchte Heide. Ich spürte es im selben Augenblick, als ich im Grund eines weiten Tales auf sie stieß; denn keine andere Erscheinung hätte zu einem solchen Namen gepaßt, und kein anderer Name hätte zu einer solchen Erscheinung gepaßt. Es war, als hätte ein Dichter diese Wendung geprägt, nachdem er dieses Stück Land gesehen hatte. Es mußte, so überlegte ich, von einem Brand verwüstet worden sein; aber warum war danach nichts mehr auf diesem fünf Morgen großen, grauen Ödland gewachsen, das sich offen dem Himmel darbot wie ein großer, von einer Säure kahlgefressener Fleck inmitten der Wälder und Äcker? Es lag zum größten Teil nördlich der alten Straße, aber an einer Stelle griff es auch auf die andere Seite über. Ich fühlte ein seltsames Widerstreben, mich ihm zu nähern, und tat es schließlich nur, weil ich es in Erfüllung meines Auftrags überqueren mußte. Es gab auf diesem breiten Streifen keinerlei Vegetation, sondern nur feinen grauen Staub, der wie Asche aussah und den niemals ein Windstoß aufzuwirbeln schien. Die Bäume auf allen Seiten waren kränklich und verkrüppelt, und viele tote Stümpfe standen oder lagen am Rand. Als ich so hastig darüberging, sah ich zu meiner Rechten die zerborstenen Ziegeln und Steine eines alten Kamins und eines Kellers und den gähnenden schwarzen Rachen eines verlassenen Brunnens, über dessen abgestandenem Wasser die Luft sonderbar flimmernd mit den Sonnenstrahlen spielte.

Sogar der lange, dunkle Waldabhang auf der anderen Seite schien freundlich im Vergleich zu dieser Wüste, und ich wunderte mich nicht mehr über das furchtsame Geflüster der Leute von Arkham. Ich hatte in der Umgebung kein Haus und keine Ruine gesehen; selbst in früherer Zeit mußte die Gegend einsam und verlassen gewesen sein. Und in der Dämmerung scheute ich mich, nochmals an diesem Ort vorüberzugehen, und zog den Umweg auf der nach Süden ausweichenden Straße vor. Ich hatte den undeutlichen Wunsch, es möchten ein paar Wolken aufziehen, denn eine merkwürdige Angst vor dem offenen Himmel über mir hatte sich in meine Seele geschlichen.

Am Abend befragte ich die Leute in Arkham über die verfluchte Heide und die Bedeutung des Ausdrucks »seltsame Tage«, den viele so verstohlen gebrauchten. Ich bekam jedoch keine klaren Antworten, erfuhr aber, daß die mysteriösen Ereignisse längst nicht so weit zurücklagen, wie ich gedacht hatte. Die Sache entsprang keineswegs irgendwelchen alten Legenden, sondern hatte sich zu Lebzeiten der Menschen ereignet, die darüber sprachen. Es war in den achtziger Jahren passiert, und eine Familie war verschwunden oder ums Leben gekommen. Keiner wollte so recht mit der Sprache heraus; und weil alle mir sagten, ich sollte nicht auf die verrückten Erzählungen des alten Ammi hören, suchte ich ihn am nächsten Morgen auf; ich hatte gehört, daß er alleine in einer alten, verfallenden Hütte wohnte, dort wo der dichte Wald anfing. Es war ein bedrückend altes Anwesen und es strömte jenen schwach giftigen Geruch aus, der sich in Häusern festzusetzen pflegt, die schon sehr lange stehen. Der alte Mann hörte mich erst nach anhaltendem Klopfen, und an der Art, wie er furchtsam zur Tür schlurfte, konnte ich erkennen, daß er nicht gerade begeistert war, mich zu sehen. Er war nicht so hinfällig, wie ich erwartet hatte; aber seine Augen blickten müde zu Boden und seine schmuddeligen Kleider und der ungepflegte, weiße Bart ließen ihn sehr heruntergekommen und elend aussehen.

Ich wußte nicht recht, wie ich das Gespräch beginnen sollte, und schützte geschäftliches Interesse vor; ich erzählte ihm von meinen Vermessungen und stellte ihm belanglose Fragen über den Distrikt. Er war viel gescheiter und gebildeter, als man mir hatte einreden wollen, und bevor ich es recht bemerkte, war er ebensogut über mein Vorhaben im Bilde wie irgendein anderer, mit dem ich in Arkham darüber gesprochen hatte. Er war überhaupt nicht wie die anderen Bauern, mit denen ich in anderen Gegenden, in denen Stauseen errichtet werden sollten, zusammengetroffen war. Von ihm kamen keine Proteste über die Meilen alter Wälder und fruchtbaren Ackerlandes, die ausgelöscht werden sollten, aber vielleicht nur deshalb nicht, weil sein Grundstück nicht auf dem Gebiet des zukünftigen Stausees lag. Erleichterung war die einzige Regung, die er erkennen ließ; Erleichterung über den Untergang der dunklen Täler, die er sein Leben lang durchstreift hatte. Es war besser, daß sie jetzt unter Wasser stehen würden – jetzt, nach den seltsamen Tagen. Und als er dies vorausgeschickt hatte, senkte er seine heisere Stimme, während er sich vorbeugte und eindrucksvoll seinen zittrigen rechten Zeigefinger erhob.

Und dann hörte ich die Geschichte, und während er mit kratziger, flüsternder Stimme weitschweifig erzählte, schauderte ich immer wieder trotz des sommerlichen Wetters. Oft mußte ich den Sprecher wieder auf den rechten Weg bringen, wenn er den Faden verloren hatte, mußte wissenschaftliche Einzelheiten ergänzen, die er nur unvollständig in papageiengleich nachgeplapperter Gelehrtensprache hervorbrachte, und Lücken ausfüllen, wenn sein Sinn für Logik und Zusammenhang ihn im Stich ließ. Als er geendet hatte, verstand ich, warum er ein bißchen wunderlich geworden war und die Leute von Arkham nicht gerne über die verfluchte Heide sprachen. Ich hastete vor Einbruch der

Dämmerung zu meinem Hotel zurück, weil ich nicht den offenen Sternenhimmel über mir haben wollte; und am folgenden Tag kehrte ich nach Boston zurück, um meine Stellung zu kündigen. Nie mehr würde ich einen Fuß in dieses Chaos aus Wäldern und Bergen setzen oder mich in der Nähe jener verfluchten Heide aufhalten, wo der schwarze Brunnen neben den zerborstenen Mauerresten sich in gähnende Tiefen öffnet. Der Stausee wird jetzt bald gebaut werden, und all die alten Geheimnisse werden für immer tief unter den Wassermassen begraben liegen. Aber selbst dann würde ich wahrscheinlich nicht gerne bei Nacht in dieser Gegend umherstreifen; jedenfalls nicht, wenn die unheimlichen Sterne am Himmel stehen; und nichts könnte mich dann dazu bringen, das Wasser aus der neuen Versorgungsanlage in Arkham zu trinken.

Angefangen, sagte der alte Ammi, hatte alles mit dem Meteoriten. Davor hatte es seit der Zeit der Hexenprozesse keine düsteren Legenden gegeben, und selbst diese Wälder im Westen waren nicht halb so gefürchtet wie die kleine Insel im Miskatonic, auf der der Teufel Hof hielt, neben einem kuriosen Steinaltar, der älter war als die Indianer. Es seien keine verwunschenen Wälder gewesen, und ihre phantastische Dunkelheit sei bis zu den seltsamen Tagen nie furchteinflößend gewesen. Dann sei diese weiße Wolke um die Mittagszeit gekommen, diese Kette von Explosionen und diese Rauchsäule über dem Tal weit drinnen im Wald. Und in der Nacht hatte ganz Arkham den großen Stein gehört, der vom Himmel fiel und sich neben dem Brunnen auf Nahum Gardners Grundstück in die Erde bohrte. Das war das Haus, das an der Stelle stand, wo später die verfluchte Heide entstehen sollte – das schmucke, weiße Haus von Nahum Gardner mit seinen fruchtbaren Obst- und Gemüsegärten.

Nahum war in die Stadt gegangen, um den Leuten von diesem Stein zu erzählen, und hatte unterwegs bei Ammi Pierce hereingeschaut. Ammi war damals vierzig gewesen, und all die seltsamen Dinge waren ihm noch frisch im Gedächtnis. Er und seine Frau waren mit den drei Professoren der Miskatonic-Universität mitgegangen, die am nächsten Morgen hinausgeeilt waren, um den unheimlichen Besucher aus unbekannten, interstellaren Räumen zu besichtigen; sie alle hatten sich gewundert, warum Nahum am Abend zuvor den Stein als so groß beschrieben hatte. Er sei geschrumpft, sagte Nahum, und zeigte auf den großen, bräunlichen Hügel über der aufgerissenen Erde und das versengte Gras neben dem antiken Wippbaum an seinem Ziehbrunnen; aber die weisen Männer antworteten, daß Steine nicht schrumpfen. Er strahlte noch immer Hitze aus, und Nahum erklärte, in der Nacht habe er schwach geglommen. Die Professoren klopften ihn mit einem Geologenhammer ab und entdeckten, daß er merkwürdig weich war. Er war tatsächlich so weich, daß er fast geknetet werden konnte; und die Probe, die sie zur Untersuchung ins College mitnehmen wollten, mußten sie eher herausstechen als abschlagen. Sie legten sie in einen alten Eimer aus Nahums Küche, denn sogar das kleine Stück wollte nicht abkühlen. Auf dem Rückweg machten sie bei Ammi Rast und schienen nachdenklich zu werden, als Mrs. Pierce sie darauf hinwies, daß der Klumpen kleiner wurde und den Boden des Eimers durchbrannte. Sie gaben zu, daß er ziemlich klein sei, aber vielleicht hätten sie ein kleineres Stück mitgenommen, als sie geglaubt hätten.

Am Tag darauf – all das geschah im Juni '82 – waren die Professoren in höchster Aufregung wiedergekommen. Als sie an Ammis Haus vorüberkamen, erzählten sie ihm, wie merkwürdig die Probe sich verhalten habe und wie sie sich in Nichts aufgelöst habe, als sie sie in ein Becherglas getan hatten. Auch das Becherglas hatte sich aufgelöst, und die weisen Männer sprachen davon, der seltsame Stein habe eine Affinität für Silikon. Er hatte in dem wohlgeordneten Laboratorium ganz unglaublich reagiert; er hatte sich überhaupt nicht verändert und keine adsorbierten Gase gezeigt, als er über Holzkohle erhitzt worden war; er hatte in der Boraxperle völlig negativ reagiert und sich bald als völlig unverdampfbar bei jeder Temperatur herausgestellt, einschließlich der des Knallgasgebläses. Auf einem Amboß hatte er sich als hochgradig verformbar erwiesen, und in der Dunkelheit hatte er auffallend geleuchtet. Da er sich kein bißchen abkühlte, war bald das ganze College in höchste Aufregung geraten; und als er vor dem Spektroskop erhitzt worden war und farbige Streifen gezeigt hatte, die von den normalen Spektralfarben völlig verschieden waren, hatte ein hektisches, atemloses Gerede über neue Elemente, bizarre optische Eigenschaften und andere Dinge eingesetzt, von denen Männer der Wissenschaft gewöhnlich sprechen, wenn sie sich dem Unbekannten gegenübersehen.

Da er so heiß war, wurde er in einem Schmelztiegel mit allen erdenklichen Reagenzien getestet. Wasser bewirkte nichts. Dasselbe Ergebnis bei Salzsäure. Salpetersäure und sogar Königswasser zischten und spritzten nur ohnmächtig gegen seine sengende Unverletzlichkeit an. Ammi hatte Schwierigkeiten, sich an all diese Dinge zu erinnern, erkannte aber einige Lösungsmittel wieder, als ich sie in der gebräuchlichen Reihenfolge der Anwendung erwähnte. Man hatte es mit Ammoniak und Ätznatron, Alkohol und Äther, mit ekelerregendem Schwefelkohlenstoff und einem Dutzend anderer Mittel probiert; aber obwohl das Gewicht ständig abnahm und der Brocken sich leicht abzukühlen schien, war in den Lösemitteln keine Veränderung festzustellen, die darauf hingewiesen hätte, daß sie die Substanz auch nur im geringsten angegriffen hatten. Es war aber ohne Zweifel ein Metall. Denn zum einen war der Brocken magnetisch; und nach dem Eintauchen in die Säuren schien er schwache Spuren der Widmänstattschen Figuren aufzuweisen, die auf Meteoreisen gefunden worden waren. Als die Abkühlung weiter fortgeschritten war, wurden die weiteren Versuche in Gläsern vorgenommen; und in einem Becherglas bewahrten die Professoren auch all die Splitter auf, in die sie das ursprüngliche Fragment während der Arbeit zerkleinert hatten. Am nächsten Morgen waren Becherglas wie auch Splitter spurlos verschwunden, und nur ein verkohlter Fleck markierte die Stelle auf der Holzplatte, auf der sie gestanden hatten.

Das alles erzählten die Professoren Ammi, als sie vor seiner Tür stehengeblieben waren, und wieder ging er mit ihnen, um den steinernen Boten von den Sternen anzuschauen, während seine Frau zu Hause blieb. Diesmal war er deutlich geschrumpft, und sogar die nüchternen Professoren konnten nicht an der Wahrheit dessen zweifeln, was sie sahen. Rings um den braunen Klumpen neben dem Brunnen war freier Raum, außer an den Stellen, wo Erde nachgerutscht war; und während er am Vortag gut sieben Fuß im Durchmesser gehabt hatte, waren es jetzt kaum noch fünf. Er war noch immer heiß, und die Weisen studierten neugierig seine Oberfläche, während sie mit Hammer und Meißel eine neue, größere Probe entnahmen. Diesmal meißelten sie tiefer, und als sie die Probe herausbrachen, bemerkten sie, daß der Kern des Klumpens nicht ganz homogen war.

Sie hatten etwas freigelegt, das wie die Seite einer großen, gefärbten Kugel aussah, die in die umhüllende Substanz eingebettet war. Die Farbe, die einigen der Bänder in dem sonderbaren Spektrum des Meteors ähnelte, war fast nicht zu beschreiben; und man konnte sie eigentlich nur aufgrund einer Analogie als Farbe bezeichnen. Die Kugel glänzte, und durch leichtes Klopfen stellte man fest, daß sie spröde und hohl zu sein schien. Einer der Professoren versetzte ihr einen scharfen Schlag mit dem Hammer, worauf sie mit einem kurzen, leisen Knall zersprang. Es trat nichts aus, und das Ding war verschwunden, als wäre es nie dagewesen. Es hinterließ eine kugelförmige Aushöhlung von etwa drei Zoll Durchmesser, und alle hielten es für wahrscheinlich, daß noch andere solche Kugeln entdeckt werden würden, wenn die umhüllende Substanz sich allmählich auflöste.

Aber solche Vermutungen waren müßig; nach vergeblichen Versuchen, durch Anbohrungen weitere Kugeln zu entdecken, kehrten die Professoren mit ihrem neuen Probestück in die Stadt zurück, es erwies sich jedoch im Laboratorium als genauso widerspenstig wie sein Vorgänger. Abgesehen davon, daß es ebenso leicht zu verformen, heiß und magnetisch war, daß es leuchtete, sich in konzentrierten Lösungen leicht abkühlte, ein unbekanntes Spektrum hatte, sich an der Luft auflöste und Silikonzusammensetzungen mit dem Resultat gegenseitiger Zerstörung angriff, besaß es keinerlei identifizierende Eigenschaften; und am Ende ihrer Untersuchungen mußten die Wissenschaftler sich eingestehen, daß sie den Stein nicht einordnen konnten. Er war nicht von dieser Erde, sondern ein Bestandteil des unendlichen Alls, und besaß als solcher außerirdische Eigenschaften, die außerirdischen Gesetzen gehorchten.

In dieser Nacht gab es ein Gewitter, und als die Professoren am nächsten Tag zu Nahums Haus hinausgingen, erlebten sie eine herbe Enttäuschung. Der Stein, magnetisch wie er war, mußte irgendeine besondere elektrische Eigenschaft gehabt haben; denn er hatte »den Blitz angezogen«, wie Nahum sagte, und zwar mit einzigartiger Beharrlichkeit. Sechsmal innerhalb einer Stunde sah der Farmer den Blitz in die Vertiefung in seinem Vorgarten schlagen, und als das Gewitter vorüber war, befand sich neben dem alten Wippbaum nichts mehr außer einer zerrissenen Grube, halb verschüttet durch nachgerutschte Erde. Grabungen hatten sich als zwecklos erwiesen, und die Wissenschaftler stellten fest, daß der Stein vollständig verschwunden war. Der Mißerfolg war total; es blieb also nichts übrig, als ins Laboratorium zurückzugehen und die Untersuchungen an dem dahinschwindenden Probestück fortzusetzen, das in einem Bleibehälter aufbewahrt wurde. Dieses Stück blieb eine Woche lang erhalten, an deren Ende man nichts Neues herausgefunden hatte. Als es sich aufgelöst hatte, war keine Spur mehr von ihm vorhanden, und nach einiger Zeit waren die Professoren sich nicht mehr sicher, ob sie wirklich mit eigenen Augen diesen geheimnisvollen Zeugen außerirdischer Räume gesehen hatten, diese einzelne, unheimliche Botschaft aus anderen Universen und anderen Systemen von Materie, Kraft und Existenz.

Natürlich stellten die Arkhamer Zeitungen mit Hilfe der College-Professoren den Vorfall groß heraus und schickten Reporter zu Nahum Gardner und seiner Familie. Schließlich entsandte auch eine Bostoner Zeitung einen Korrespondenten, und Nahum wurde bald eine lokale Berühmtheit. Er war ein magerer, freundlicher Mann von etwa fünfzig und lebte mit seiner Frau und seinen drei Söhnen auf der hübschen Farm in dem Tal. Er und Ammi besuchten sich oft gegenseitig, ebenso ihre Frauen; und Ammi wußte nach all den Jahren nur Gutes von ihm zu berichten. Er schien ein wenig stolz über das Aufsehen, das er erregt hatte, und sprach in den folgenden Wochen oft von dem Meteoriten. Der Juli und der August waren heiß, und Nahum arbeitete hart, um das Heu von seinen zehn Morgen Weideland jenseits von Chapman's Bach einzubringen, und sein klappriger Karren grub tiefe Furchen in die schattigen Wege zwischen seinem Haus und den Wiesen. Die Arbeit ermüdete ihn mehr als in früheren Jahren, und er glaubte zu spüren, daß sein Alter ihm allmählich zu schaffen machte.

Dann kam die Zeit der Obsternte. Die Birnen und Äpfel wurden langsam reif, und Nahum erzählte überall, daß seine Obstbäume besser gediehen als je zuvor. Die Früchte wuchsen zu phänomenaler Größe und ungewohntem Glanz heran, und es waren so viele, daß Nahum zusätzlich Körbe bestellte, um die bevorstehende Ernte bewältigen zu können. Aber mit der Reife kam herbe Enttäuschung, denn trotz all der glänzenden Pracht war nicht ein Bissen genießbar. In das Aroma der Birnen und Äpfel hatte sich ein bitterer, zum Erbrechen reizender Beigeschmack gemischt, so daß selbst kleinste Bissen einen lange anhaltenden Abscheu hervorriefen. Mit den Melonen und Tomaten war es dasselbe, und Nahum mußte betrübt feststellen, daß seine ganze

Ernte verdorben war. Er war um eine Erklärung nicht verlegen und behauptete sogleich, der Meteorit habe den Boden vergiftet; und er dankte Gott, daß die meisten seiner Felder auf dem Berggrundstück und neben der Straße lagen.

Der Winter kam früh und war bitterkalt. Ammi sah Nahum nicht so oft wie früher und bemerkte, daß er besorgt aussah. Auch seine Familie schien wortkarg geworden zu sein und erschien längst nicht mit der gewohnten Regelmäßigkeit in der Kirche oder bei den verschiedenen geselligen Zusammenkünften in der Umgebung. Für diese Zurückhaltung oder Niedergeschlagenheit war kein Grund zu entdecken, obwohl alle Mitglieder der Familie hin und wieder über einen verschlechterten Gesundheitszustand und ein vages Gefühl der Beunruhigung klagten. Nahum selbst äußerte sich am deutlichsten von allen, indem er erklärte, er sei beunruhigt über gewisse Fußspuren im Schnee. Es waren die gewohnten Winterspuren von roten Eichhörnchen, weißen Kaninchen und Füchsen, aber der grüblerische Farmer beteuerte, irgend etwas an der Anordnung der Spuren sei nicht in Ordnung. Er ging nie auf Einzelheiten ein, schien aber der Meinung zu sein, daß die Spuren nicht so typisch für die Anatomie und die Gewohnheiten von Eichhörnchen und Kaninchen und Füchsen waren, wie sie sein sollten. Ammi hörte sich diese Berichte teilnahmslos an, bis er eines Nachts in seinem Schlitten auf dem Rückweg von Clark's Corners an Nahums Haus vorbeifuhr. Der Mond hatte geschienen, und ein Kaninchen war über die Straße gerannt, und die Sprünge dieses Kaninchens waren länger, als Ammi und seinem Pferd lieb sein konnte. Das Pferd war beinahe durchgegangen, und Ammi hatte scharf die Zügel anziehen müssen, um es zum Stehen zu bringen. Danach nahm Ammi Nahums Erzählungen ernster und fragte sich, warum die Hunde der Gardners jeden Morgen zitternd und mit eingezogenem Schwanz herumliefen. Sie hatten, so stellte sich heraus, fast nicht mehr den ut zu bellen.

Im Februar waren die McGregor-Jungen aus Meadow Hill auf Murmeltierjagd gegangen, und nicht weit von Nahums Haus hatten sie ein sehr sonderbares Exemplar erbeutet. Die Proportionen des Körpers schienen auf eine seltsame, unbeschreibliche Weise verändert, während das Gesicht einen Ausdruck hatte, den man nie zuvor bei einem Murmeltier gesehen hatte. Die Jungen waren richtig erschrocken und warfen das Ding auf der Stelle weg, so daß die Leute der Umgebung nur aus ihren Erzählungen von diesem grotesken Tier erfuhren. Aber daß in der Nähe von Nahums Haus die Pferde scheuten, war inzwischen allgemein bekannt, und abergläubisches Gerede machte die Runde.

Die Leute beschworen, daß der Schnee um Nahums Haus schneller schmolz als anderswo, und Anfang März gab es in Potters Laden in Clark's Corners eine beklommene Diskussion. Stephen Rice war in der Frühe am Haus der Gardners vorbeigefahren und hatte gesehen, daß aus dem feuchten Boden am Waldrand jenseits der Straße Stinkende Zehrwurz wuchs. Nie waren so riesige Exemplare dieser Pflanze gesehen worden, und sie hatten so seltsame Farben gehabt, daß man es nicht beschreiben konnte. Ihre Form war grotesk gewesen, und die Pferde hatten geschnaubt wegen eines Geruchs, den Stephen als völlig unnormal empfunden hatte. Am selben Nachmittag fuhren mehrere Personen zu der angegebenen Stelle, um die abnormen Pflanzen anzuschauen, und sie waren übereinstimmend der Meinung, daß Gewächse dieser Art in einer normalen Welt nicht wachsen dürften. Die verdorbenen Früchte vom letzten Herbst wurden immer wieder erwähnt, und es ging von Mund zu Mund, daß Nahums Boden vergiftet sei. Natürlich war der Meteorit schuld; und weil sie sich erinnerten, wie merkwürdig die Leute vom College den Stein gefunden hatten, sprachen einige Farmer mit ihnen über die Angelegenheit.

Eines Tages besuchten sie Nahum; da sie aber keinen Hang zu abenteuerlichen Geschichten und Legenden hatten, waren sie in ihren Schlußfolgerungen sehr vorsichtig. Die Pflanzen waren natürlich sehr merkwürdig, aber die Stinkende Zehrwurz hatte fast immer seltsame Formen und Farben. Vielleicht hatte irgendein Mineral aus dem Stein die Erde durchdrungen und würde bald herausgewaschen sein. Und was die Spuren und die scheuenden Pferde anging, so handelte es sich dabei natürlich nur um Gerede, das man nach dem Einschlag eines Meteorsteins fast mit Sicherheit erwarten konnte. Für ernsthafte Männer gab es in solchen Fällen wilden Tratsches nicht viel zu tun, denn man wußte ja, daß die abergläubischen Bauern alles glaubten und weitererzählten. Und so hielten sich während der ganzen seltsamen Tage die Professoren verachtungsvoll fern. Nur einer von ihnen erinnerte sich anderthalb Jahre später, als er zwei Fläschchen mit Staub für die Polizei analysieren sollte, daß die kuriose Farbe dieser Stinkenden Zehrwurz fast dieselbe gewesen war wie die Spektralfarbe des Meteor-Bruchstückes und wie die Farbe der kleinen Kugel, die man in dem vom Himmel gefallenen Stein gefunden hatte. Die Analyse dieser Staubproben zeigte zunächst dasselbe seltsame Spektrum, aber später verlor sich diese Eigenschaft.

Die Bäume um Nahums Haus trieben verfrüht Knospen, und in der Nacht schwankten sie unheimlich im Wind. Nahums zweiter Sohn Thaddeus, ein Bursche von fünfzehn Jahren, schwor, daß sie sich auch dann bewegten, wenn es windstill war; aber das glaubten nicht einmal die Klatschweiber. Dennoch lag zweifellos Unruhe in der Luft. Die ganze Familie Gardner nahm die Gewohnheit an, verstohlen zu lauschen, obwohl sie nicht wußten, worauf sie lauschten. Dieses angestrengte Horchen schien tatsächlich seinen Ursprung eher in solchen Momenten zu haben, in denen sie plötzlich nicht mehr bei vollem Bewußtsein waren. Solche Augenblicke traten leider von Woche zu Woche immer häufiger auf, so daß es schließlich zu einer geläufigen Redensart wurde, daß »mit Nahums Leuten irgendwas nicht ganz in Ordnung« sei. Als der frühe Steinbrech sich zeigte, hatte auch er eine seltsame Farbe; nicht genau dieselbe wie die Zehrwurz, aber offensichtlich von ähnlicher Tönung und ebenso unbekannt für jeden, der sie sah. Nahum brachte einige Blüten nach Arkham und zeigte sie dem Chefredakteur der *Gazette,* aber diese Respektsperson schrieb nur einen witzigen Artikel darüber, in dem die dunklen Ängste des Landvolkes einer höflichen Lächerlichkeit preisgegeben wurden. Es war ein Fehler von Nahum gewesen, einem arroganten Städter davon zu erzählen, wie die Trauermantelschmetterlinge sich verhielten, wenn sie in die Nähe des Steinbrechs kamen.

Im April ergriff eine Art Irrsinn die Leute in der Umgebung, und zu der Zeit begannen sie die an Nahums Haus vorbeiführende Straße zu meiden, bis sie sie schließlich überhaupt nicht mehr benutzten. Es lag an der Vegetation. Alle Obstbäume in Nahums Garten blühten in sonderbaren Farben, und aus der steinigen Erde im Hof und der angrenzenden Weide wuchs eine Pflanze, die nur ein Botaniker mit der normalen Flora dieser Gegend hätte in Verbindung bringen können. Keine vernünftigen, gesunden Farben waren zu sehen, außer am Gras und den Blättern der Bäume; aber überall fanden sich diese hektischen, prismatischen Varianten eines zugrundeliegenden, krankhaften

Farbtons, die nicht der Skala der auf der Erde vorkommenden Färbungen angehörten. Der Doppelsporn entwickelte sich zu einem bedrohlichen Gewächs, und die Blutwurz beleidigte mit einer wahrhaft perversen Färbung das Auge. Ammi und Gardner glaubten, daß ihnen die meisten dieser Farben auf irritierende Weise bekannt vorkamen; sie erinnerten sie an die spröde Kugel in dem Meteorstein. Nahum pflügte und säte seine zehn Morgen Weideland und die höhergelegenen Äcker, ließ aber die Felder um sein Haus brachliegen. Er wußte, daß es keinen Zweck haben würde, und hoffte, die Gewächse dieses Sommers würden alles Gift aus dem Boden ziehen. Er war jetzt beinahe auf alles gefaßt und hatte sich an das Gefühl gewöhnt, daß in seiner Nähe irgend etwas darauf wartete, gehört zu werden. Daß die Nachbarn sein Haus mieden, ging ihm natürlich sehr nahe; aber noch schwerer traf es seine Frau. Die Jungen waren besser daran, weil sie den ganzen Tag in der Schule waren; aber auch sie waren von dem Gerede eingeschüchtert. Thaddeus, ein besonders sensibler Bursche, litt am meisten.

Im Mai kamen die Insekten, und Nahums Anwesen wurde zu einem von summenden und kriechenden kleinen Ungeheuern wimmelnden Alptraum. Die meisten der Insekten waren in Aussehen und Bewegung recht unnormal, und wie sie sich in der Nacht verhielten, widersprach jeder Erfahrung. Die Gardners fingen an, in der Nacht Ausschau zu halten – planlos nach allen Richtungen, ohne zu wissen, wonach sie Ausschau hielten. In diesen Nächten merkten sie alle, daß Thaddeus recht gehabt hatte mit dem, was er über die Bäume erzählt hatte. Mrs. Gardner war die nächste, die es vom Fenster aus beobachtete, während sie die verdickten Ahornäste vor dem mondhellen Himmel ansah. Kein Zweifel, die Zweige bewegten sich, und es war völlig windstill. Es mußte der Saft sein. Ein böser Zauber lag in allen Gewächsen. Doch es war niemand aus Nahums Familie, der die nächste Entdeckung machte. Gewöhnung hatte sie abgestumpft, und was sie nicht sahen, entdeckte ein furchtsamer Windmüller aus Bolton, der eines Nachts ahnungslos am Schauplatz der gespenstischen Ereignisse vorbeifuhr. Was er in Arkham erzählte, stand am nächsten Morgen in der *Gazette;* und erst aus dieser kurzen Meldung erfuhren es die Bauern – und auch Nahum. Die Nacht war finster und der Schein der Wagenlaternen schwach gewesen, aber in der Nähe einer Farm in einem Tal – bei der es sich nur um Nahums Anwesen handeln konnte – war die Dunkelheit nicht so dicht gewesen. Denn die ganze Vegetation, ob Gras, Blatt oder Blüte, schien schwach, aber deutlich erkennbar, zu phosphoreszieren; einen Augenblick lang schien es außerdem, als tanze ein aus dieser Lumineszenz entstandenes Irrlicht im Hof vor der Scheune herum.

Bisher war das Gras verschont geblieben, und die Kühe grasten friedlich auf der Weide beim Haus; aber gegen Ende Mai begann die Milch schlecht zu werden. Nahum ließ daraufhin die Kühe auf die höhergelegenen Wiesen treiben, und das Übel schien behoben. Nicht lange danach war die Veränderung am Gras und den Blättern der Bäume nicht mehr zu übersehen. Alles Grüne wurde grau und fühlte sich merkwürdig spröde an. Ammi war jetzt der einzige, der noch zu Nahum ging, aber auch seine Besuche wurden immer seltener. Während der Schulferien waren die Gardners praktisch von der Welt abgeschnitten und ließen sich manchmal von Ammi ihre Besorgungen machen. Sie versagten auf merkwürdige Weise sowohl physisch als auch geistig, und niemand wunderte sich, als die Neuigkeit von Mrs. Gardners Geistesgestörtheit die Runde machte.

Es passierte im Juni, ungefähr am Jahrestag des Meteoriteneinschlags, und die bedauernswerte Frau schrie vor Entsetzen über Dinge in der Luft, die sie nicht beschreiben konnte. Ihr Gestammel enthielt kein einziges präzises Hauptwort, sondern nur Verben und Pronomen. Dinge bewegten sich und änderten sich und flatterten umher, und die Ohren gellten ihr von Schwingungen, die keine richtigen Töne waren. Irgend etwas würde ihr weggenommen – irgend etwas würde aus ihr herausgesaugt – es dränge sich ihr etwas auf, das nicht sein dürfe – jemand müsse es wegtun – nachts sei nichts ruhig – die Wände und Fenster bewegten sich. Nahum brachte sie nicht in die Distrikts-Heilanstalt, sondern ließ sie im Haus herumlaufen, solange sie sich und den anderen keinen Schaden zufügte. Sogar als ihr Gesichtsausdruck sich veränderte, unternahm er nichts. Erst als die Jungen sich vor ihr zu fürchten begannen und Thaddeus fast in Ohnmacht gefallen war über die Fratzen, die sie ihm schnitt, entschloß er sich, sie in die Dachkammer zu sperren. Als es Juli wurde, sprach sie kein Wort mehr und kroch auf allen vieren, und bevor der Monat zu Ende gegangen war, bemerkte Nahum, daß sie in der Dunkelheit jenen schwachen phosphoreszierenden Schimmer hatte, den er inzwischen auch selbst zweifelsfrei an den Pflanzen rings um sein Haus festgestellt hatte.

Kurz zuvor waren die Pferde durchgegangen. Irgend etwas hatte sie in der Nacht aufgeschreckt und sie hatten im Stall fürchterlich gewiehert und gestampft. Sie waren durch nichts zu beruhigen, und als Nahum die Stalltür öffnete, sprengten sie alle hinaus wie verprellte Waldhirsche. Es dauerte eine Woche, bis alle vier wiedergefunden waren, aber es zeigte sich, daß sie sich nicht mehr dirigieren ließen und zu nichts mehr nütze waren. In ihren Köpfen war irgend etwas zersprungen, und sie mußten alle den Gnadenschuß bekommen. Nahum borgte sich von Ammi ein Pferd für die Heuernte, mußte aber feststellen, daß es nicht in die Nähe der Scheune ging. Es scheute, schlug aus und wieherte, und schließlich konnte er nichts anderes tun, als es in den Hof zu treiben und mit seinen Söhnen den schweren Heuwagen selbst so nahe an die Scheune zu ziehen, daß sie mit den Gabeln den Heuboden erreichten. Und während der ganzen Zeit wurden die Pflanzen grau und spröde. Sogar die Blumen, die zunächst so sonderbare Farben hatten, wurden jetzt grau, und das Obst war grau und verschrumpelt und ohne Geschmack. Die Astern und Goldruten blühten grau und verkümmerten, und die Rosen und Zinnien im Vorgarten boten einen so widerwärtigen Anblick, daß Nahums ältester Sohn Zenas sie abschnitt und wegwarf. Die aufgeblähten Insekten starben und sogar die Bienen verließen ihre Stöcke und flogen in den Wald.

Als der September ins Land ging, zerfiel die gesamte Vegetation schnell zu grauem Staub, und Nahum befürchtete, daß die Bäume absterben würden, bevor das Gift aus dem Boden war. Seine Frau hatte jetzt grauenhafte Schreikrämpfe, und er und seine Söhne litten ständig unter einer nervösen Spannung. Sie wichen jetzt den anderen Leuten aus, und als die Schule wieder anfing, gingen die Jungen nicht hin. Aber es war Ammi, der als erster bei einem seiner seltenen Besuche merkte, daß das Brunnenwasser nicht mehr in Ordnung war. Es hatte einen schlechten Geschmack, der aber nicht eigentlich faulig oder salzig war, und Ammi riet seinem Freund, weiter oben einen Brunnen zu graben und dessen Wasser zu verwenden, bis der Boden wieder gut sein würde. Nahum aber ignorierte den gutgemeinten Rat, denn er war inzwischen gleichgültig gegen sonderbare und unangenehme Dinge geworden. Er und seine Söhne verwendeten weiter das verpestete Wasser und tranken es genauso lustlos und mechanisch, wie sie ihr kärgliches, schlecht zubereitetes Mahl zu sich nahmen und ihren undankbaren, eintönigen Arbeiten während des sinnlos verstreichenden Tages nachgingen. Dumpfe Resignation lag über ihnen allen, als gingen sie halb in einer anderen Welt durch ein Spalier namenloser Wächter einem sicheren und schon erahnten Verderben entgegen.

Thaddeus verlor im September während eines Gangs zum Brunnen den Verstand. Er war mit dem Eimer losgegangen und mit leeren Händen zurückgekehrt, schreiend und mit den Armen um sich schlagend, und verfiel ab und zu in ein albernes Gekicher über »die beweglichen Farben dort unten«. Zwei in einer Familie waren ein harter Schlag, aber Nahum trug es mit Fassung. Er ließ den Jungen noch eine Woche frei herumlaufen, bis er zu stolpern und sich zu verletzen begann, und sperrte ihn dann in ein Dachzimmer, das dem seiner Mutter gegenüberlag. Die Art, wie die beiden sich abwechselnd über den Gang hinweg etwas zuschrien, war grauenhaft, besonders für den kleinen Merwin, der sich einbildete, sie sprächen dabei eine furchtbare Sprache, die nicht von dieser Erde war. Merwin bekam immer schrecklichere Phantasievorstellungen, und seine Rastlosigkeit verschlimmerte sich, nachdem sein Bruder, der sein bester Spielkamerad gewesen war, eingeschlossen worden war.

Fast um dieselbe Zeit begann das Sterben unter den Haustieren. Das Geflügel wurde grau und verendete schnell, das Fleisch erwies sich als trocken und stank, wenn es zerschnitten wurde. Die Schweine wurden abnorm fett und machten dann abstoßende Veränderungen durch, die niemand erklären konnte. Ihr Fleisch war natürlich ungenießbar, und Nahum war am Ende seiner Weisheit. Die ländlichen Tierärzte weigerten sich, auf seinen Hof zu kommen, und der städtische Tierarzt aus Arkham konnte seine Verblüffung nicht verbergen. Die Schweine wurden grau und spröde, bevor sie verendeten, und ihre Augen und Rüssel wiesen einzigartige Mißbildungen auf. Es war völlig unerklärlich, denn sie hatten nie Futter bekommen, das auf dem vergifteten Boden gewachsen war. Dann waren die Kühe an der Reihe. Bestimmte Partien oder manchmal der ganze Körper wurden erbarmungslos ausgedörrt oder zusammengepreßt, und entsetzliche Zusammenbrüche oder Zersetzungen waren meistens die Folge. Im letzten Stadium – und der Ausgang war immer tödlich – wurden sie grau und spröde, genau wie es zuvor mit den Schweinen passiert war. Von Vergiftung konnte keine Rede sein, denn all dies vollzog sich in einem sauberen, verschlossenen Stall. Auch Bisse von herumschleichenden wilden Tieren kamen nicht in Frage, denn welches lebende Tier konnte solide Hindernisse durchdringen? Es mußte eine natürliche Krankheit sein – doch welche Krankheit solche Folgen zeitigen konnte, überstieg alle menschliche Vorstellungskraft. Als die Erntezeit kam, war kein einziges lebendes Tier mehr auf dem Hof, denn Kühe, Schweine und Geflügel waren tot, und die Hunde waren ausgerissen. Diese Hunde, drei an der Zahl, waren alle in einer Nacht verschwunden und nie mehr gesehen worden. Die fünf Katzen waren schon früher davongelaufen, aber ihr Fehlen wurde kaum bemerkt, weil es auch keine Mäuse mehr gab und nur Mrs. Gardner eine Vorliebe für diese grazilen Tiere gehabt hatte.

Am neunzehnten Oktober kam Nahum mit einer schrecklichen Nachricht in Ammis Haus getaumelt. Der Tod hatte den armen Thaddeus in seiner Dachkammer ereilt, und er war in einer Gestalt gekommen, die man nicht schildern konnte. Nahum hatte auf dem eingefriedeten Stück Boden hinter dem Haus, das als Familiengrabstätte ausersehen war, ein Grab geschaufelt und das hineingelegt, was er gefunden hatte. Es konnte nichts von draußen gekommen sein, denn das kleine, vergitterte Fenster und die verschlossene Tür waren unversehrt; aber es war fast dasselbe wie in den Ställen gewesen. Ammi und seine Frau trösteten den gebrochenen Mann so gut sie konnten, aber sie schauderten dabei. Blanker Terror schien allem anzuhaften, was um die Gardners war und was sie berührten, und die bloße Anwesenheit eines solchen Menschen im Haus war wie ein Hauch aus namenlosen unnennbaren Regionen. Ammi begleitete Nahum mit dem größten Widerstreben nach Hause, und tat sein Bestes, um den hysterisch schluchzenden kleinen Merwin zu beruhigen. Zenas bedurfte nicht solchen Trostes. Seit einiger Zeit schon tat er nichts anderes mehr, als ins Leere zu starren und gehorsam auszuführen, was sein Vater ihm auftrug; und Ammi dachte, daß sein Schicksal gnädig mit ihm sei. Hin und wieder erhielten Merwins Schreie eine schwache Antwort aus dem Dachgeschoß, und auf einen fragenden Blick hin sagte Nahum, seine Frau werde zusehends schwächer. Als der Abend anbrach, stahl sich Ammi davon; denn nicht einmal seine freundschaftlichen Gefühle konnten ihn dazu bringen, an diesem Ort zu bleiben, wenn das schwache Leuchten der Vegetation begann und die Bäume sich womöglich biegen würden, obwohl kein Wind ging. Es war Ammis Glück, daß er nicht mehr Phantasie besaß. Selbst bei diesem Stand der Dinge blieb er beinahe ungerührt; aber wäre er imstande gewesen, über all die bösen Omen nachzudenken und sie miteinander in Verbindung zu bringen, er hätte rettungslos den Verstand verlieren müssen. In der Dämmerung hastete er nach Hause, und die Schreie der geistesgestörten Frau und des hysterischen Kindes gellten ihm furchtbar in den Ohren.

Drei Tage darauf kam Nahum frühmorgens in Ammis Küche gestürzt und berichtete vor Verzweiflung stammelnd über ein neues Unglück; Mrs. Pierce – Ammi war gerade nicht zu Hause – lauschte ihm mit wachsendem Entsetzen. Diesmal ging es um den kleinen Merwin. Er war verschwunden. Er war spät abends mit einem Eimer und einer Laterne zum Brunnen gegangen und nicht zurückgekehrt. Schon seit Tagen war er völlig außer sich gewesen und hatte kaum gewußt, was er tat; bei der geringsten Kleinigkeit hatte er zu kreischen angefangen. Als Nahum plötzlich einen gellenden Schrei aus dem Vorgarten gehört hatte, war er zur Tür gestürzt, hatte aber keine Spur mehr von dem Jungen entdeckt. Kein Lichtschein von der Laterne war zu sehen, und das Kind selbst war verschwunden. In diesem Augenblick dachte Nahum noch, die Laterne und der Eimer seien auch verschwunden; aber als er im Morgengrauen von seiner stundenlangen Suche in Wäldern und Wiesen zurückkehrte, fand er ein paar äußerst merkwürdige Dinge neben dem Brunnen. Dort lag ein zusammengepreßter und offenbar teilweise geschmolzener Metallklumpen, der zweifellos einmal eine Laterne gewesen war; und nicht weit davon schienen ein verbogener Henkel und plattgedrückte eiserne Ösen, alles stark angeschmolzen, auf die Überreste des Eimers hinzudeuten. Das war alles. Nahum war längst darüber hinaus, noch irgendwelche Vermutungen anzustellen, Mrs. Pierce war ratlos, und auch Ammi wußte keine Erklärung, als er zurückkam und die schreckliche Neuigkeit erfuhr. Merwin war verschwunden, und es würde keinen Zweck haben, es den Leuten der Umgebung zu sagen, die mittlerweile alle Gardners ängstlich mieden. Ebenso zwecklos würde es sein, die Leute in Arkham zu informieren, da sie ohnehin nur über die ganze Geschichte lachten. Thaddeus war verschwunden, und jetzt war auch noch Merwin verschwunden. Irgend etwas kroch und kroch und wartete darauf, gesehen und gehört zu werden. Auch er, Nahum, würde bald dahingehen, und er bat Ammi, sich um seine Frau und Zenas zu kümmern, falls sie ihn überlebten. Es müsse wohl alles eine Strafe Gottes sein, obwohl er sich nicht vorstellen könne, wofür; denn zeit seines Lebens sei er ein gottesfürchtiger Mann gewesen.

Über zwei Wochen lang sah und hörte Ammi nichts von Nahum; besorgt, wie es ihm gehen mochte, überwand er schließlich seine Angst und fuhr zu ihm hinaus. Aus dem großen Kamin stieg kein Rauch auf, und einen Augenblick lang befürchtete der Besucher das Schlimmste. Die ganze Farm sah schreckenerregend aus – graues, vertrocknetes Gras und Laub bedeckten die Erde und die Kletterpflanzen lösten sich in sprödem Zerfall von den uralten Mauern und Giebeln. Große, kahle Bäume schienen sich mit ostentativer Bosheit dem grauen Novemberhimmel entgegenzustrecken, und Ammi konnte sich nicht des Gefühls erwehren, daß die Zweige sich leicht nach oben gekrümmt hatten. Doch Nahum war gottlob noch am Leben. Er war schwach und lag auf einer Bank in der niedrigen Küche, doch er war bei vollem Bewußtsein und konnte Zenas noch einfache Befehle erteilen. Der Raum war eiskalt; und als Ammi sichtlich fröstelte, rief sein Gastgeber mit heiserer Stimme nach seinem Sohn, er solle Holz nachlegen. Und Holz war wirklich bitter nötig, denn der tiefe Kamin war kalt und leer, und der eisige Wind, der durch den Schornstein kam, blies ab und zu eine Rußwolke in den Raum. Gleich darauf fragte Nahum, ob es jetzt von den nachgelegten Scheiten schon wärmer würde, und da wurde Ammi klar, wie es um ihn stand. Auch das stärkste Seil war jetzt gerissen, und die Seele des unglücklichen Farmers war gegen neue Sorgen gefeit.

Auf seine taktvollen Fragen erhielt Ammi keinerlei klare Auskünfte über den vermißten Zenas. »Im Brunnen, er lebt im Brunnen –« war alles, was der umnachtete Farmer hervorbrachte. Plötzlich kam dem Besucher der Gedanke an Nahums geistesgestörte Frau, und er lenkte seine Befragung vorsichtig auf dieses Thema. »Nabby? Na, hier ist sie doch!« war die überraschte Antwort des armen Nahum, und Ammi sah ein, daß er selber nachsehen mußte. Er ließ den harmlosen Schwätzer auf der Couch zurück, nahm die Schlüssel von einem Nagel neben der Tür, und erklomm die knarrenden Stiegen zum Dachgeschoß. Dort oben war die Luft furchtbar muffig und übelriechend, und kein Laut war zu hören. Von den vier Türen war nur eine verschlossen, und an deren Schloß probierte er die Schlüssel aus, die er von unten mitgebracht hatte. Der dritte Schlüssel erwies sich als der richtige, und nach kurzem Rütteln stieß Ammi die niedrige, weiße Tür auf.

Drinnen war es ziemlich düster, denn das Fenster war klein und wurde noch von dem groben Holzgitter verdunkelt; Ammi sah überhaupt nichts auf dem aus breiten Dielen bestehenden Fußboden. Der Gestank war unerträglich, und bevor er weiter hineinging, mußte er sich erst noch einmal in einen anderen Raum zurückziehen und seine Lungen mit halbwegs frischer Luft füllen. Als er schließlich hineinging, sah er etwas in der Ecke, und als er es genauer betrachtete, schrie er entsetzt auf. Während er noch schrie, glaubte er zu sehen, wie eine Wolke für einen Augenblick das Fenster verdunkelte, und eine Sekunde später fühlte er, daß etwas wie ein Pesthauch an seinem Gesicht entlangstrich. Seltsame Farben tanzten vor seinen Augen, und wäre er nicht von dem gegenwärtigen Entsetzen so benommen gewesen, so hätte er an die Kugel in dem Meteoriten gedacht, die der Geologenhammer zerbrochen hatte, und an die makabren Pflanzen, die im Frühjahr aus der Erde sproßten. So aber dachte er nur an das blasphemische Monstrum, dem er gegenüberstand und das nur allzu offensichtlich das unsagbare Schicksal des jungen Thaddeus und der Haustiere geteilt hatte. Aber das Haarsträubende an diesem Ungeheuer war, daß es sich langsam und sichtbar bewegte, während es sich weiter auflöste.

Ammi berichtete mir über keine weiteren Einzelheiten dieser Szene, aber die Gestalt in der Ecke tauchte in seiner Erzählung nicht mehr als bewegliches Objekt auf. Es gibt Dinge, über die man nicht spricht, und was aus verständlichem Mitleid begangen wird, erfährt manchmal eine grausame Beurteilung durch das Gesetz. Ich folgerte, daß Ammi nichts Bewegliches in dieser Dachkammer zurückließ und daß jede andere Handlungsweise einer Untat gleichgekommen wäre, die mit ewiger Verdammnis hätte bestraft werden müssen. Außer einem unerschütterlichen Bauern hätte niemand diesen Anblick ertragen können, ohne den Verstand zu verlieren, aber Ammi ging im Vollbesitz seiner geistigen Kräfte durch diese niedrige Tür und schloß das abscheuliche Geheimnis hinter sich ein. Er mußte sich jetzt um Nahum kümmern; der mußte gefüttert und versorgt und an einen

Ort gebracht werden, an dem man ihn pflegen konnte.

Als er die Treppe hinabzusteigen begann, hörte Ammi von unten einen dumpfen Fall. Er glaubte sogar, ein Schrei sei plötzlich erstickt worden, und dachte an den widerwärtigen Luftstrom, der in jenem schrecklichen Raum an ihm vorbeigestrichen war. Welche Erscheinung hatte er mit seinem Schrei und seinem Eindringen aufgestört? Durch ein vages Angstgefühl gelähmt, blieb er stehen und vernahm noch weitere Geräusche von unten. Es hörte sich an, als würde ein schwerer Gegenstand herumgeschleift, und außerdem war da ein abschculich schmatzendes, saugendes Geräusch. Mit fieberhaft übersteigerter Einbildungskraft dachte er unwillkürlich an das, was er oben gesehen hatte. Großer Gott! In welche unheimliche Traumwelt war er geraten? Er wagte weder vorwärts noch rückwärts zu gehen und stand zitternd in der dunklen Biegung der engen Treppe. Jede kleinste Einzelheit brannte sich ihm ins Gedächtnis. Die Geräusche, das Gefühl einer schrecklichen Vorahnung, die Dunkelheit, die Steilheit der Treppe – und, gerechter Himmel! – die schwache, aber unübersehbare Lumineszens aller sichtbaren Holzteile, ob Stufen, Wandverkleidung, Leisten oder Balken.

Dann brach Ammis vor dem Haus stehendes Pferd in ein wildes Wiehern aus, dem gleich darauf ein Getrappel folgte, das auf eine überstürzte Flucht schließen ließ. Im nächsten Augenblick waren Pferd und Wagen außer Hörweite und überließen den Mann auf der Treppe seinen Vermutungen darüber, was sie verjagt haben mochte. Aber das war noch nicht alles. Es war noch ein anderes Geräusch von draußen gekommen. Eine Art Platschen – Wasser – es mußte der Brunnen gewesen sein. Er hatte Hero, ohne ihn anzubinden, neben dem Brunnen stehengelassen, und ein Rad des Wägelchens mußte den gemauerten Rand gestreift und einen Stein hineingestoßen haben. Und noch immer leuchtete fahl das abscheulich alte Holz. Gott, wie alt dieses Haus war! Der größte Teil vor 1670 erbaut, und das Walmdach nicht später als 1730.

Ein schwaches Kratzen war jetzt deutlich vom Fußboden im Erdgeschoß zu vernehmen, und Ammis Faust schloß sich um einen Prügel, den er im Dachgeschoß zu irgendeinem Zweck an sich genommen hatte. Er riß sich zusammen, stieg die restlichen Stufen hinab und ging beherzt in die Küche. Aber er ging nicht so weit, wie er vorgehabt hatte, denn was er suchte, war nicht mehr an seinem Platz. Es war ihm entgegengekommen, und war in gewisser Weise noch immer lebendig. Ob es gekrochen oder von irgendwelchen äußeren Kräften über den Boden geschleift worden war, konnte Ammi nicht feststellen; aber der Tod hatte es angerührt. Alles war in der letzten halben Stunde passiert, aber es war schon sehr grau geworden, zusammengefallen und zersetzt. Es war fürchterlich spröde, und trockene Schuppen sprangen ab. Ammi konnte es nicht berühren, sondern blickte nur entsetzt in die verzerrte Fratze, die einmal ein Gesicht gewesen war. »Was war es, Nahum – was war es?« flüsterte er, und die gespaltenen, hervortretenden Lippen waren gerade noch imstande, ihre letzte Antwort zu geben.

»Nichts... nichts... die Farbe... sie brennt... kalt und feucht, aber sie brennt... sie hat im Brunnen gesteckt... ich hab sie gesehen... eine Art von Rauch... grad wie die Blumen letztes Frühjahr... der Brunnen hat geleuchtet in der Nacht... Thad und Merwin und Zenas... alles, was gelebt hat... aus allem das Leben rausgesaugt... in dem Stein... es muß in dem Stein gekommen sein... den ganzen Grund vergiftet... ich weiß nicht, was es will... das runde Ding, das die Männer vom College aus dem Stein gegraben haben... sie haben's zerbrochen... es war dieselbe Farbe ... genau dieselbe, grad wie die Blumen und Pflanzen... müssen ein paar gewesen sein... Samen... Samen... sie sind gewachsen... hab's erst diese Woche wieder gesehn... muß Zena arg gepackt haben... war ein starker Junge, so lustig... bricht dir den Verstand und dann kriegt's dich... verbrennt dich... im Brunnenwasser... hast recht gehabt... böses Wasser... Zenas is nich vom Brunnen wiedergekommen... kannst nich loskommen... zieht dich... du weißt, irgendwas kommt, hat aber keinen Zweck... hab's immer wieder gesehen, seit Zenas weg is... Nabby, Ammi?... mein Kopf is so schwer... weiß nich, wann ich sie zuletzt gefüttert hab... es wird sie kriegen, wenn wir nich aufpassen... nur 'ne Farbe... ihr Gesicht hat manchmal die Farbe am Abend... und es brennt und saugt... es is von woher gekommen, wo die Sachen nich so sind wie hier... einer von den Professoren hat's gesagt ... er hat recht gehabt... paß auf, Ammi, es wird noch mehr tun... saugt das Leben aus...«

Aber das war alles. Was eben noch gesprochen hatte, konnte nicht mehr sprechen, weil es völlig in sich zusammengefallen war. Ammi breitete ein rotkariertes Tischtuch über das, was übriggeblieben war, und rannte durch die Hintertür auf die Felder hinaus. Er stieg den Abhang zu dem zehn Morgen großen Grund hinauf und wankte über die nördliche Straße und durch die Wälder nach Hause. Er konnte nicht an diesem Brunnen vorbeigehen, von dem sein Pferd weggerannt war. Er hatte durch das Fenster nach ihm geschaut und festgestellt, daß kein Stein aus der Einfassung herausgebrochen war. Also hatte der schleudernde Wagen doch nichts weggerissen – das Platschen mußte etwas anderes gewesen sein – irgend etwas, das in den Brunnen gefahren war, als es mit dem armen Nahum fertig war...

Als Ammi zu Hause ankam, waren Pferd und Wagen schon längst da und hatten seine Frau in die ärgste Besorgnis gestürzt. Er beruhigte sie, ohne ihr etwas zu erklären, und machte sich sogleich auf den Weg nach Arkham und unterrichtete die Behörden davon, daß es die Familie Gardner nicht mehr gab. Er ging nicht auf Einzelheiten ein, sondern berichtete nur von Nahums und Nabbys Tod – daß Thaddeus gestorben war, wußte man schon – und fügte hinzu, daß die Todesursache wahrscheinlich dieselbe merkwürdige Krankheit gewesen sei, der der gesamte Tierbestand zum Opfer gefallen war. Er erwähnte auch, daß Merwin und Zenas verschwunden waren. Auf dem Polizeirevier stellte man ihm eingehende Fragen, und schließlich mußte Ammi drei Polizeibeamte sowie den Leichenbeschauer, den Amtsarzt und den Tierarzt, der die kranken Tiere behandelt hatte, zu Nahums Haus begleiten. Er ging nur sehr widerwillig mit, denn der Nachmittag war schon fortgeschritten, und er fürchtete, die Nacht könnte sie an diesem fluchbeladenen Ort überraschen; aber es war ein gewisser Trost, daß so viele Leute mitgingen.

Die sechs Männer fuhren in einer offenen Kutsche hinter Ammis Wagen her, und sie erreichten das von der Pest heimgesuchte Haus gegen vier Uhr. Obwohl die Beamten schaurige Erlebnisse gewöhnt waren, blieb keiner ungerührt beim Anblick dessen, was sie in der Dachkammer und unter dem rotkarierten Tischtuch auf dem Fußboden im Parterre fanden. Das ganze Aussehen der Farm in ihrer grauen Verlassenheit war schrecklich genug, aber diese beiden zerfallenden Objekte waren kaum zu ertragen. Keiner konnte sie länger ansehen, und sogar der Arzt mußte zugeben, daß es nur wenig zu untersuchen gab. Natürlich konnten Proben untersucht werden, also beschäftigte er sich damit, sie zu entnehmen – und hier wäre anzufügen, daß später noch ein rätselhaftes Nachspiel in dem College-Laboratorium stattfand, wohin die zwei Gläschen Staub schließlich gebracht worden waren. Unter dem Spektroskop zeigten beide Proben ein unbekanntes Spektrum, dessen erstaunliche Bänder fast völlig jenen glichen, die im Jahr zuvor an dem seltsamen Meteor festgestellt worden waren. Nach einem Monat verschwand diese Fähigkeit der Proben, und sie bestanden danach im wesentlichen nur noch aus alkalischen Phosphaten und Karbonaten.

Ammi hätte den Männern gar nichts über den Brunnen gesagt, wenn er damit gerechnet hätte, daß sie gleich an Ort und Stelle etwas unternehmen würden. Die Sonne würde bald untergehen, und er wollte auf keinen Fall noch länger bleiben. Aber er konnte es nicht verhindern, daß er immer wieder ängstlich zu der gemauerten Einfassung neben dem großen Wippbaum hinübersah, und als ihn einer der Polizeibeamten fragte, gab er zu, daß Nahum sich vor etwas gefürchtet hatte, was er dort unten wähnte – so sehr, daß er nicht im entferntesten daran gedacht hatte, nach Merwin und Zenas zu suchen. Jetzt gab es für die Männer kein Halten, der Brunnen mußte sofort entleert und untersucht werden, so daß Ammi zitternd zusehen mußte, wie Eimer für Eimer fauligen Wassers hochgezogen und auf die bald durchtränkte Erde neben dem Brunnen ausgeschüttet wurde. Die Männer waren von dem Geruch der Flüssigkeit angeekelt und hielten sich zum Schluß die Nasen zu vor dem entsetzlichen Gestank, den sie aufdeckten. Es dauerte nicht so lange, wie sie befürchtet hatten, da das Wasser erstaunlich seicht war. Es ist nicht notwendig, allzu genau zu beschreiben, was sie fanden. Merwin und Zenas lagen beide dort drinnen, jedenfalls Teile von ihnen, und die entdeckten Reste waren hauptsächlich Skelettknochen. Außerdem fand man einen kleinen Hirsch und einen Hund, beide in demselben Zustand, sowie eine Anzahl von Knochen kleinerer Tiere. Der glitschige Schlamm am Grund schien merkwürdig durchlässig und von Blasen durchsetzt zu sein, und einer der Männer, der sich an einem Strick hinabließ und mit einer langen Stange darin herumstocherte, fand keinen festen Grund, so tief er auch stieß.

Die Dämmerung war jetzt hereingebrochen, und Laternen wurden aus dem Haus geholt. Als es sich dann herausstellte, daß der Brunnen keine weiteren Geheimnisse preisgeben würde, gingen sie alle ins Haus und konferierten in der uralten Wohnstube, während das flackernde Licht eines gespenstischen Halbmondes die graue Trostlosigkeit vor den Fenstern fahl beleuchtete. Die

Männer waren offensichtlich ratlos, was sie von dem ganzen Fall halten sollten, und konnten kein einleuchtendes Verbindungsglied zwischen dem seltsamen Zustand der Vegetation, der unbekannten Krankheit der Menschen und Tiere und dem unerklärlichen Tod von Merwin und Zenas in dem vergifteten Brunnen entdecken. Sie wußten natürlich von den Gerüchten, die in der ganzen Umgebung in Umlauf waren, aber sie wollten nicht glauben, daß etwas geschehen war, das den Naturgesetzen widersprach. Kein Zweifel, der Meteor hatte den Boden vergiftet, aber die Krankheit der Menschen und Tiere, die nichts gegessen hatten, was auf diesem Boden gewachsen war, stand auf einem anderen Blatt. War es das Brunnenwasser? Sehr gut möglich. Es würde sich lohnen, es zu analysieren. Aber welche eigenartige Geistesschwäche konnte die beiden Jungen dazu gebracht haben, in den Brunnen zu springen? Sie hatten sich so gleichartig verhalten – und die Überreste zeigten, daß sie beide den grauen, spröden Tod erlitten hatten. Warum war alles so grau und spröde?

Der Leichenbeschauer, der an dem Fenster zum Vorgarten saß, bemerkte als erster das Leuchten um den Brunnen. Es war inzwischen vollends Nacht geworden, und rings um das Haus schien die Erde noch von einem anderen Glanz als den launenhaften Mondstrahlen schwach zu leuchten; aber dieses neue Licht war klar und deutlich zu sehen; es schien wie der gedämpfte Strahl eines Scheinwerfers aus dem schwarzen Loch aufzusteigen und spiegelte sich schwach in den Pfützen, die das aus dem Brunnen geschöpfte Wasser gebildet hatte. Es hatte eine äußerst merkwürdige Farbe, und als alle Männer ans Fenster drängten, fuhr Ammi entsetzt zusammen. Denn dieser gräßliche, widernatürliche Lichtstrahl war von einer Färbung, die ihm keineswegs unbekannt war. Er hatte diese Farbe schon einmal gesehen und wagte nicht darüber nachzudenken, was dies bedeuten mochte. Er hatte sie in der widerlichen kleinen Kugel in jenem Meteoriten vor zwei Sommern gesehen, hatte sie in den verrückten Frühlingspflanzen gesehen und glaubte sie auch am Morgen dieses Tages einen Augenblick lang durch das vergitterte Fenster jener Dachkammer gesehen zu haben, in der Unsagbares geschehen war. Sie hatte dort für eine Sekunde aufgeleuchtet, und ein kühler, unangenehmer Pesthauch war an ihm entlang gestrichen – und dann war der arme Nahum von etwas getroffen worden, das diese Farbe gehabt hatte. Das hatte er am Schluß gesagt – daß es wie die kleine Kugel und die Pflanzen gewesen sei. Danach waren die Pferde durchgegangen und etwas war in den Brunnen gefallen – und jetzt spie dieser Brunnen einen fahlen, heimtückischen Lichtstrahl von derselben dämonischen Farbe in die Nacht.

Es spricht für Ammis Geistesgegenwart, daß er sogar in diesem gespannten Augenblick über eine Frage nachdachte, die eigentlich wissenschaftlicher Natur war. Er wunderte sich darüber, daß ein flüchtiger Schleier hinter einem vom Morgenlicht durchfluteten Fenster und ein nächtlicher Brodem, der als phosphoreszierender Nebel gegen eine schwarze, verbrannte Landschaft zu sehen war, genau denselben optischen Eindruck hinterließen. Das war nicht in Ordnung – es war gegen die Natur –, und er dachte an jene schrecklichen letzten Worte seines unglücklichen Freundes, »es is von woher gekommen, wo die Sachen nich so sind wie hier ... einer von den Professoren hat's gesagt ...«

Die drei Pferde, die draußen an ein verkrümmtes Bäumchen gebunden waren, begannen plötzlich wild zu wiehern und zu stampfen. Der Fahrer der Kutsche wandte sich zur Tür, um nach ihnen zu sehen, aber Ammi legte ihm seine zittrige Hand auf die Schulter. »Geh'n Sie nicht raus«, flüsterte er. »Da ist was, das verstehen wir nicht. Nahum hat gesagt, in dem Brunnen lebt was, das einem das Leben aussaugt. Er hat gesagt, es muß was aus einer runden Kugel sein, genau wie die, die wir alle in dem Meteorstein gesehen haben, der vor einem Jahr im Juni runtergefallen ist. Es saugt und brennt, hat er gesagt, und ist bloß eine Farbwolke, so wie das Licht da draußen, die man kaum sehen kann und wo man nicht weiß, was es ist. Nahum hat gedacht, es ernährt sich von allem Lebendigen und wird immer stärker. Er hat gesagt, er hat's erst diese Woche noch gesehen. Es muß was sein, was von weither aus dem Himmel gekommen ist, genau was die Leute vom College letztes Jahr von dem Meteorstein gesagt haben. Das Zeug, aus dem es gemacht ist, und die Art, wie es funktioniert, sind nicht von dieser Welt. Es ist was von außerhalb.«

So hielten die Männer unschlüssig inne, während das Licht vom Brunnen sich verstärkte und die angebundenen Pferde immer heftiger stampften und wieherten. Es war wahrhaftig ein furchtbarer Augenblick; das Grauen in diesem uralten, fluchbeladenen Haus, vier Häufchen grausiger Überreste – zwei aus dem Haus und zwei aus dem Brunnen – im Holzschuppen hinter dem Haus, und vorne diese gräßliche, phosphoreszierende Lichtsäule aus den glitschigen Tiefen. Ammi hatte den Fahrer impulsiv zurückgehalten, weil er nicht daran gedacht hatte, daß er selbst ja die Berührung mit dem Pesthauch in der Dachkammer unversehrt überstanden hatte; aber vielleicht hatte er doch richtig gehandelt. Denn niemand wird jemals erfahren, was in dieser Nacht umging; und obwohl diese blasphemische Erscheinung bis dahin keinen Menschen verletzt hatte, der bei klarem Verstand war, konnte man nicht wissen, was sie in jenen letzten Augenblicken nicht noch hätte tun können, denn sie wuchs jetzt mit solcher Stärke dem bewölkten, mondhellen Himmel entgegen, daß ein schrecklicher Höhepunkt unmittelbar bevorzustehen schien.

Plötzlich fuhr einer der Polizisten, der am Fenster stand, mit einem unterdrückten Aufschrei zusammen. Die anderen sahen ihn erschrocken an, und ihre Augen folgten seinem Blick zu einem Punkt, auf den er wie gebannt zu starren schien. Es bedurfte keiner Worte. Was bisher selbst die Klatschweiber auf dem Lande nicht so recht geglaubt hatten, war jetzt unbestreitbare Wirklichkeit. Und was alle Augenzeugen später übereinstimmend erzählten, ist der Grund dafür, daß über die seltsamen Tage nie jemand in Arkham spricht. Es muß vorausgeschickt werden, daß es windstill war. Später erhob sich zwar ein Wind, aber zu diesem Zeitpunkt regte sich noch kein Lüftchen. Nicht einmal die trockenen Spitzen der verkümmerten Wegrauke und die Fransen am Verdeck der Kutsche verrieten die leiseste Bewegung. Aber trotz dieser bedrückenden, gottlosen Stille bewegten sich die langen, kahlen Äste aller Bäume im Garten. Unter unnatürlichen, krampfhaften Zuckungen krümmten sie sich in konvulsivischem, epileptischem Wahn den mondhellen Wolken entgegen und peitschten ohnmächtig die verpestete Luft, als seien sie untrennbar mit wesenlosen, unterirdischen Scheusalen verbunden, die unter ihren schwarzen Wurzeln zuckten und zerrten.

Ein paar Sekunden lang wagte keiner der Männer zu atmen. Dann schob sich eine dickere Wolke vor den Mond, und die Silhouette der himmelwärts gekrümmten Zweige verblaßte. Da schrien sie plötzlich auf – gleichzeitig und alle mit fast derselben vom Schreck erstickten, heiseren Stimme. Denn mit der Silhouette war keineswegs auch das Grauen verblaßt, und in einem bangen Moment tieferer Finsternis sahen sie in Höhe der Baumwipfel tausend kleine Punkte einer schwachen, unheimlichen Strahlung, die aus den Spitzen der Zweige züngelten wie Elmsfeuer oder die Flammen, die zu Pfingsten auf die Häupter der Apostel herabkamen. Es war ein makabres Geflimmer unnatürlichen Lichts, wie ein satter Schwarm aasfressender Feuerfliegen, der höllische Sarabanden über einem verwunschenen Sumpf tanzt; und seine Farbe war dieselbe namenlose Blasphemie, die Ammi kennen und fürchten gelernt hatte. Währenddessen wurde die Lichtsäule über dem Brunnen heller und heller und erfüllte die Seelen der dicht beieinanderstehenden Männer mit einem Gefühl der Verderbnis und der Abnormität. Das Licht *leuchtete* nicht mehr, es *schoß* aus der Tiefe empor; und der formlose Strahl unbestimmbarer Farbe, der unablässig aus dem Brunnen kam, schien direkt in den Himmel aufzusteigen.

Der Tierarzt schauderte und ging zur Vordertür, um noch zusätzlich den großen Riegel vorzuschieben. Ammi zitterte nicht weniger, und weil seine Stimme versagte, mußte er die anderen am Ärmel zupfen und mit dem Finger hinausdeuten, um ihre Aufmerksamkeit auf die verstärkte Lumineszenz der Bäume zu lenken. Das Wiehern und Stampfen der Pferde war im höchsten Grad schrecklich geworden, aber kein einziger der Männer in diesem alten Haus hätte sich für irgendeinen irdischen Lohn hinausgewagt. Das Leuchten der Bäume verstärkte sich zusehends, während sie ihre rastlosen Zweige immer steiler emporzurecken schienen. Jetzt begann das Holz des Wippbaumes zu leuchten, und gleich darauf deutete einer der Polizisten stumm auf ein paar hölzerne Schuppen und Bienenstöcke in der Nähe der Steinmauer an der Westseite. Auch sie begannen zu leuchten, während die angebundenen Fahrzeuge bis jetzt noch nicht in Mitleidenschaft gezogen wurden. Dann hörten sie von der Straße her wildes Geratter und Hufgetrappel, und als Ammi die Lampe löschte, damit sie mehr sehen konnten, stellten sie fest, daß die beiden Grauschimmel in ihrer Panik das Bäumchen ausgerissen hatten und mit der Kutsche durchgegangen waren. Der Schock löste die Zungen, und die Männer begannen beklommen miteinander zu flüstern. »Es breitet sich über alles Organische aus, das es hier gibt«, murmelte der Amtsarzt. Niemand antwortete, aber der Mann, der in den Brunnen hinabgestiegen war, meinte, seine Stange müsse etwas Ungreifbares aufgerührt haben. »Es war schrecklich«, fügte er hinzu. »Es kam einfach kein Grund, nur Schleim und Blasen und das Gefühl, daß irgend etwas sich dort unten verbarg.« Ammis Pferd stampfte und wieherte noch immer ohrenbetäubend auf der Straße draußen und übertönte fast die zittrige Stimme seines Besitzers, als er seine unzusammenhängenden Überlegungen vor sich hinmurmelte. »Es ist aus diesem Stein gekommen – es ist dort unten gewachsen – es hat alles Lebendige erfaßt – es nährt sich von ihnen, Körper und Geist – Thad und Merwin, Zenas und Nabby – Nahum war der letzte – sie alle haben das Wasser getrunken – es hat sie überwältigt – es ist aus dem Jenseits gekommen, wo die Dinge nicht so sind wie hier – jetzt kehrt es zurück –«

In diesem Augenblick, als die seltsam gefärbte Lichtsäule plötzlich stärker aufloderte und undeutlich eine phantastische Form anzunehmen schien, die später jeder der Augenzeugen anders beschrieb, kam von dem armen Hero ein Schrei, wie ihn nie zuvor oder danach ein Mensch von einem Pferd gehört hat. Alle, die in der niedrigen Wohnstube versammelt waren, hielten sich die Ohren zu, und Ammi wandte sich entsetzt und angeekelt vom Fenster ab. Worte konnten es nicht beschreiben – als Ammi wieder hinausschaute, lag die unglückliche Kreatur unbeweglich und zusammengeschrumpft auf der mondbeschienenen Erde zwischen den zersplitterten Deichseln des Wagens. Das war das letzte, was sie von Hero sahen, bis sie ihn am nächsten Tag begruben. Aber jetzt war keine Zeit zum Trauern, denn fast im selben Augenblick machte einer der Polizisten sie auf etwas Schreckliches in eben diesem Zimmer aufmerksam, in dem sie sich befanden. Jetzt, da das Licht der Lampe fehlte, wurde offenbar, daß eine schwache Phosphoreszenz das ganze Zimmer zu durchdringen begann. Sie glimmte auf den breiten Bodendielen und dem kleinen Fleckerlteppich und schimmerte auf den Rahmen der kleinen Fenster. Sie lief an den freiliegenden Eckbalken auf und ab, funkelte um den Kaminsims und infizierte sogar Türen und Möbel. Jede Minute, die verging, sah sie stärker werden, und schließlich war es klar, daß gesunde Lebewesen dieses Haus verlassen mußten.

Ammi zeigte ihnen die Hintertür und den Weg durch die Felder hinauf zu der zehn Morgen großen Weide. Sie gingen und stolperten wie im Traum und wagten nicht, sich umzuschauen, bis sie weit weg auf dem erhöhten Feld waren. Sie waren froh über diesen Fluchtweg, denn niemals hätten sie vorne hinausgehen können, vorbei an diesem Brunnen. Es war schon schlimm genug gewesen, an der leuchtenden Scheune und den Schuppen vorbeigehen zu müssen, und durch die glänzenden Obstbäume mit ihren knorrigen, diabolischen Umrissen; aber gottlob hatten die Äste steil nach oben gestanden. Der Mond verschwand hinter finsteren Wolken, als sie auf der alten Holzbrücke Chapman's Bach überquerten, und von dort aus mußten sie sich im Finstern ihren Weg zu den Wiesen ertasten.

Als sie in das Tal und auf das ferne Gardner-Anwesen zurückschauten, bot sich ihnen ein erschreckender Anblick. Die ganze Farm leuchtete von dem gräßlichen, unerklärlichen Farbengemisch: Bäume, Gebäude, und sogar das Gras und das Laub, soweit es nicht schon diese tödliche, graue Sprödigkeit angenommen hatte. Die Zweige bogen sich alle himmelwärts, an den Spitzen mit widerwärtigen Flämmchen besetzt, und züngelnde Tropfen desselben monströsen Feuers krochen über die Firstbalken des Hauses, der Scheune und der Schuppen. Es war eine Szene aus einer der Visionen von Fuseli, und über allem anderen herrschte dieser Aufruhr leuchtender Formlosigkeit, dieser fremdartige, dimensionslose Regenbogen kryptischen Giftes aus dem Brunnen – brodelnd, tastend, schlürfend, greifend, glitzernd, zerrend und bösartig blubbernd in seinem kosmischen, unbestimmbaren Chromatismus.

Dann plötzlich, ohne jede Vorwarnung, schoß das Ding vertikal in den Himmel, wie eine Rakete oder ein Meteor, ließ keine Spur zurück und verschwand durch ein rundes und merkwürdig regelmäßiges Loch in den Wolken, bevor auch nur einer der Männer einen Laut des Erstaunens über die Lippen brachte. Keiner, der es sah, wird diesen Anblick je vergessen, und Ammi schaute benommen auf die Sterne des Schwans, mit dem funkelnden Deneb über den anderen, wo die unbekannte Farbe mit der Milchstraße verschmolzen war. Aber sein Blick wurde im nächsten Moment zur Erde zurückgezogen, durch ein Prasseln unten im Tal. Nichts weiter. Nur ein reißendes, prasselndes Geräusch, und nicht ein Explosionsknall, wie hinterher viele der anderen Augenzeugen beteuerten. Aber das Ergebnis war dasselbe, denn in einem fieberhaften, kaleidoskopischen Moment brach aus der verdammten, fluchbeladenen Farm ein leuchtender, eruptiver Kataklysmus unnatürlicher Funken und Stoffteilchen hervor, der die wenigen Beobachter blendete und einen gewaltigen Wolkenbruch solch farbiger und phantastischer Fragmente zum Zenit sandte, wie sie unser Universum notwendigerweise verleugnen muß. Durch schnell sich wieder schließende Wolken folgten sie dem anderen morbiden Ding, das schon vorher verschwunden war, und innerhalb einer Sekunde waren auch sie verschwunden. Hinter und unter den Männern war nur eine Dunkelheit, in die sie nicht zurückzugehen wagten, und überall war ein immer stärker werdender Wind, der in schwarzen, eisigen Stößen aus dem interstellaren Raum herabzuwehen schien. Er pfiff und heulte und peitschte die Felder und die entstellten Wälder in wahnsinniger, kosmischer Wut, bis alsbald das zitternde Grüppchen einsah, daß es keinen Sinn hatte, darauf zu warten, daß der Mond sichtbar machen würde, was dort unten auf Nahums Grund übriggeblieben war.

Zu benommen, um irgendwelche Theorien auch nur anzudeuten, trotteten die sieben Männer auf der nördlichen Straße nach Arkham zurück. Ammi war schlechter daran als seine Gefährten, und bat sie, noch in sein Haus mitzukommen, anstatt gleich zur Stadt zurückzugehen. Er wollte nicht alleine auf der Hauptstraße durch den verbrannten Wald nach Hause gehen. Denn er hatte noch einen zusätzlichen Schock erlitten, der den anderen erspart geblieben war, und war für immer mit einer lauernden Angst geschlagen, über die er viele Jahre lang mit niemandem zu sprechen wagte. Als die anderen Beobachter auf dieser stürmischen Anhöhe ihre Gesichter stumpf der Straße zugewandt hatten, hatte Ammi einen Augenblick auf das dunkle Tal der Verwüstung zurückgeschaut, in dem noch vor so kurzer Zeit sein unseliger Freund gelebt hatte. Und von diesem weit entfernten, heimgesuchten Ort sah er etwas schwach sich erheben, nur um gleich wieder an der Stelle herabzusinken, von der aus die gräßliche Farbwolke in den Himmel geschossen war. Es war nur eine Farbe – aber keine der bekannten Farben zwischen Himmel und Erde. Und weil Ammi diese Farbe kannte, und weil er wußte, daß dieses schwache Überbleibsel noch immer dort unten im Brunnen lauern mußte, ist er seitdem nie mehr ganz richtig im Kopf gewesen.

Ammi würde nie mehr in die Nähe dieses Ortes gehen. Es ist jetzt vierundvierzig Jahre her, daß das Schreckliche geschah, aber er ist nie mehr dort gewesen und wird froh sein, wenn der neue Stausee alles zudeckt. Auch ich werde froh sein, denn es gefiel mir gar nicht, wie das Sonnenlicht über dem verlassenen Brunnenloch seine Farbe veränderte, als ich daran vorbeikam. Ich hoffe, das Wasser wird immer sehr tief sein – aber auch dann werde ich es nie trinken. Ich glaube kaum, daß ich jemals wieder in die Gegend von Arkham kommen werde. Drei der Männer, die bei Ammi gewesen waren, kehrten am nächsten Morgen zurück, um die Ruinen bei Tageslicht anzusehen, aber sie fanden keine wirklichen Ruinen. Nur die Ziegeln des Kamins, die Steine des Fundaments, ein paar mineralische oder metallene Reste hier und dort und die gemauerte Einfassung dieses abscheulichen Brunnens. Abgesehen von Ammis totem Pferd, das sie wegschleiften und eingruben, und dem Wagen, den sie ihm bald darauf zurückbrachten, war alles, was dort je gelebt hatte, spurlos verschwunden. Fünf Morgen unheimlicher, staubiger, grauer Wüste blieben zurück, und seitdem ist dort nie mehr etwas gewachsen. Bis zum heutigen Tag bietet sich das Gelände offen dem Himmel dar wie ein großer, von einer Säure kahlgefressener Fleck in den Wäldern und Feldern, und nur wenige haben es bisher gewagt, ihn anzuschauen, obwohl er in den Erzählungen der Landleute den Namen »verfluchte Heide« bekommen hat.

Diese Erzählungen sind sonderbar. Sie wären wohl noch sonderbarer, wenn Leute aus der Stadt und die College-Chemiker dazu gebracht werden könnten, das Wasser aus dem verlassenen Brunnen zu analysieren, oder auch den grauen Staub, den kein Wind aufzuwirbeln scheint. Auch Botaniker sollten die verkümmerte Flora am Rande dieses Fleckens studieren, denn dies könnte Aufschluß geben über die landläufige Meinung, daß der Gifthauch sich ausbreitet, ganz allmählich, vielleicht um einen Zoll pro Jahr. Die Leute sagen, das Laub der umstehenden Bäume hat im Frühjahr nicht die richtige Farbe und das Wild hinterläßt merkwürdige Spuren auf der dünnen winterlichen Schneedecke. Der Schnee ist auf der verfluchten Heide nie so tief wie anderswo. Pferde – die wenigen, die in diesem motorisierten Zeitalter übriggeblieben sind – scheuen in dem stillen Tal; und die Jäger können sich nicht mehr auf ihre Hunde verlassen, wenn sie zu sehr in die Nähe dieses mit grauem Staub bedeckten Flecks geraten.

Man sagt, auch die seelischen Einflüsse seien sehr schädlich; viele Leute wurden ein bißchen wunderlich in den Jahren nach Nahums Untergang, und sie alle hatten nicht mehr die Kraft wegzugehen. Dann verließen die geistig robusteren Leute alle die Gegend, und nur die Ausländer versuchten, in den verfallenden alten Häusern zu wohnen. Aber sie konnten nicht bleiben; und man fragt sich manchmal, welche für uns verschlossenen Einsichten sie aus ihren wilden, unheimlichen Geistergeschichten gewonnen haben. Ihre nächtlichen Träume, so beklagen sie sich, seien schrecklich in dieser grotesken Umgebung; und wirklich genügt allein der Anblick dieses dunklen Reiches, um phantastische Wahnvorstellungen hervorzurufen. Kein Reisender konnte sich je diesem merkwürdigen Gefühl der Beunruhigung in diesen tiefen Schluchten entziehen, und die Künstler schaudern, wenn sie die dichten Wälder malen, deren Geheimnis den Geist ebenso wie das Auge umfängt. Ich selbst wundere mich über das Gefühl, das ich bei meinem einsamen Gang verspürte, bevor Ammi mir seine Geschichte erzählte. Als die Dämmerung hereinbrach, hatte ich den undeutlichen Wunsch gehabt, ein paar Wolken möchten aufziehen, denn eine merkwürdige Angst vor dem offenen Himmel über mir hatte sich in meine Seele geschlichen.

Fragen Sie mich nicht nach meiner Meinung. Ich weiß es nicht – das ist alles. Außer Ammi gab es niemanden, den ich hätte fragen können; denn die Leute in Arkham sprechen nicht über die seltsamen Tage, und alle drei Professoren, die den Meteoriten und seine farbige Kugel sahen, sind tot. Es waren noch mehr solcher Kugeln da – verlassen Sie sich darauf. Eine mußte sich genährt haben und entschwunden sein, und wahrscheinlich gab es noch eine andere, die sich verspätet hatte. Zweifellos ist sie noch immer tief unten im Brunnen; ich weiß, irgend etwas stimmte nicht mit dem Sonnenlicht, das über dem stinkenden Wasser spielte. Die Bauern sagen, der Pesthauch kriecht jedes Jahr um einen Zoll weiter, also findet vielleicht auch jetzt noch eine Art Wachstum oder Ernährung statt. Aber was für eine dämonische Macht dort auch brütet, sie muß an irgend etwas gefesselt sein, sonst würde sie sich schneller ausbreiten. Ist sie an die Wurzeln der Bäume geheftet, die sich mit ihren Ästen in die Luft krallen? Eines der in Arkham umlaufenden Gerüchte betrifft knorrige Eichen, die in der Nacht leuchten und sich bewegen, wie sie es eigentlich nicht tun dürften.

Was es wirklich ist, weiß Gott allein. Physikalisch ausgedrückt würde ich sagen, daß das, was Ammi beobachtete, ein Gas genannt werden dürfte, daß aber dieses Gas Gesetzen gehorchte, die in unserem Kosmos nicht gültig sind. Es war keine Frucht solcher Welten und Sonnen, wie sie in den Teleskopen und auf den photographischen Platten unserer Observatorien zu sehen sind. Es war kein Hauch von den Himmeln, deren Bewegungen und

Dimensionen unsere Astronomen vermessen oder die ihnen zu unendlich für irgendeine Messung erscheinen. Es war eine Farbe von außerhalb allen Raumes – ein fürchterlicher Sendbote aus formlosen Bereichen der Unendlichkeit jenseits aller uns bekannten Natur. Aus Bereichen, deren bloße Existenz unseren Verstand betäubt und uns erstarren läßt unter den außerkosmischen Tiefen, die sich vor unseren entsetzten Augen auftun.

Ich bezweifle sehr, daß Ammi mich bewußt anlog, und ich glaube nicht, daß seine Erzählung nur eine Ausgeburt seines verwirrten Geistes war, wie die Leute in der Stadt mir warnend vorhergesagt hatten. Irgend etwas Schreckliches kam in der Gestalt dieses Meteors auf die Hügel und Täler herab, und irgend etwas Schreckliches ist davon zurückgeblieben – wenn ich auch nicht weiß, in welchem Ausmaß. Ich werde mit Freuden die Wassermassen kommen sehen. Inzwischen hoffe ich, daß Ammi nichts zustößt. Er sah soviel von dem Ding – und seine Wirkung war so heimtückisch. Warum konnte er sich nie dazu aufraffen, aus dieser Gegend wegzuziehen? Und wie genau er sich an Nahums letzte Worte erinnerte – »kannst nich loskommen – zieht dich – du weißt, irgendwas kommt, hat aber keinen Zweck –«. Ammi ist so ein netter alter Mann – wenn die Arbeitskolonne mit dem Bau des Stausees beginnt, muß ich dem leitenden Ingenieur schreiben, daß er ein Auge auf ihn haben soll. Der Gedanke ist mir verhaßt, ihn mir als die graue, verkrümmte, spröde Mißgestalt vorstellen zu müssen, die mich immer öfter in meinen Träumen heimsucht.

Träume im Hexenhaus

Ob die Träume das Fieber brachten oder das Fieber die Träume, wußte Walter Gilman nicht. Hinter allem lauerte das bedrükkende, schwelende Grauen vor dieser uralten Stadt und dem modrigen, unheimlichen Zimmer unter dem Dachgiebel, in dem er schrieb, studierte und mit Zahlen und Formeln rang, wenn er sich nicht gerade auf dem dürren Eisenbett herumwälzte. Die Empfindlichkeit seines Gehörs steigerte sich in einem übernatürlichen und unerträglichen Ausmaß, und er hatte längst die billige Uhr auf dem Kaminsims angehalten, deren Ticken ihm allmählich wie Kanonendonner vorgekommen war. In der Nacht trugen die gedämpften Geräusche, die aus der schwarzen Stadt zu ihm heraufdrangen, das unheimliche Getrippel der Ratten in den wurmstichigen Trennwänden und das Knarren unsichtbarer Balken in dem jahrhundertealten Haus dazu bei, ihm das Gefühl zu geben, er sei ringsum von unerträglichem Höllenlärm umgeben. Die Dunkelheit war immer von einem Durcheinander unerklärlicher Geräusche erfüllt, und doch zitterte er manchmal vor Furcht, die Geräusche, die er hörte, könnten verstummen und bestimmte andere, schwächere Geräusche an sein Ohr bringen, die er hinter dem Lärm verborgen wähnte.

Er war in der zeitlosen, verwunschenen Stadt Arkham mit ihren dichtgedrängten Walmdächern, die sich ausladend über Dachstuben wölbten, wo sich Hexen vor den Häschern des Königs verborgen hatten in längstvergangenen, dunklen Epochen der Geschichte dieser Provinz. Überdies gab es in der ganzen Stadt keinen Ort, der so sehr von makabren Erinnerungen durchdrungen gewesen wäre wie die Dachstube, in der er hauste – denn es waren dieses Haus und dieses Zimmer gewesen, in denen auch die alte Keziah Mason gehaust hatte, deren Flucht aus dem Gefängnis von Salem bis zum heutigen Tage nicht aufgeklärt ist. Das war im Jahre 1692 gewesen – der Gefängniswärter hatte den Verstand verloren und von einem zottigen, kleinen Ding mit weißen Zähnen gefaselt, das aus Keziahs Zelle getrippelt kam, und nicht einmal Cotton Mather konnte die Kurven und Winkel erklären, die mit einer roten, stinkenden Flüssigkeit an die grauen Steinwände geschmiert worden waren.

Vielleicht hätte Gilman nicht so angestrengt studieren sollen. Nicht-euklidische Geometrie und Quantenphysik reichen schon aus, um ein Gehirn zu strapazieren; wenn man sie aber noch mit Volkskunde vermischt und versucht, einen seltsamen Hintergrund mehrdimensionaler Realität hinter den greulichen Andeutungen der gotischen Sagen und den abenteuerlichen Geschichten aus der Ofenecke aufzuspüren, kann man kaum erwarten, ganz von seelischen Spannungen verschont zu bleiben. Gilman stammte aus Haverhill, aber er begann erst nach seinem Eintritt in das College von Arkham seine Mathematikstudien mit den phantastischen Legenden uralter Magie zu verknüpfen. Irgend etwas in der Atmosphäre dieser altersgrauen Stadt übte einen seltsamen Einfluß auf seine Vorstellungswelt aus. Die Professoren an der Miskatonic-Universität hatten ihn gedrängt, sich ein wenig Erholung zu gönnen, und von sich aus sein Pensum in manchen Fächern gekürzt. Außerdem hatten sie ihn daran gehindert, weiter in den mysteriösen alten Büchern über verbotene Dinge herumzustöbern, die in einem Gewölbe der Universitätsbibliothek unter Verschluß lagen. Aber all diese Vorsichtsmaßnahmen kamen ein wenig spät, da er bereits aus dem gefürchteten *Necronomicon* von Abdul Alhazred, dem fragmentarischen *Buch von Eibon* und aus von Junzts *Unaussprechlichen Kulten* einige unheimliche Andeutungen entnommen hatte, die er zu seinen abstrakten Formeln über die Eigenschaften des Raums und die Verbindung bekannter und unbekannter Dimensionen in Beziehung setzen konnte.

Er wußte, daß sein Zimmer in einem alten Hexenhaus war – das war sogar der Grund gewesen, weshalb er es genommen hatte. Im Archiv der Grafschaft Essex gab es umfangreiches Material über Keziah Masons Prozeß, und was sie unter der Folter dem Gericht von Oyer und Terminer gestanden hatte, faszinierte Gilman über alle Maßen. Sie hatte dem Richter Hathorne von Linien und Kurven erzählt, die einem den Weg über die Grenzen des Raums in andere Raumsysteme zeigen konnten, und hatte behauptet, daß solche Kurven und Linien oft bei mitternächtlichen Treffen im dunklen Tal des weißen Steins jenseits von Meadow Hill und auf der unbewohnten Insel im Fluß verwendet wurden. Sie hatte auch von dem Schwarzen Mann, ihrem Eid und ihrem neuen Geheimnamen Nahab gesprochen. Dann hatte sie die Zeichen auf die Wand ihrer Zelle gemalt und war verschwunden.

Gilman glaubte an die seltsamen Geschichten über Keziah und hatte eine sonderbare Erregung verspürt, als er erfuhr, daß ihr

Haus nach mehr als zweihundertfünfunddreißig Jahren noch immer stand. Als er hörte, wie man in Arkham über Keziahs beharrliches Spuken in dem alten Haus und in den engen Straßen tuschelte, über die unregelmäßigen Bißspuren von menschlichen Zähnen an Leuten, die in diesem oder in anderen Häusern schliefen, über die kindlichen Schreie, die um den Ersten Mai und um Allerheiligen gehört wurden, über den Gestank, der oft kurz nach diesen gefürchteten Tagen im Dachgeschoß des Hauses bemerkt wurde, und über das kleine, zottige, scharfzähnige Ding, das das modernde Gemäuer heimsuchte und komischerweise die Leute in den dunklen Stunden vor Tagesanbruch mit der Schnauze stieß, beschloß er, in diesem Haus zu wohnen, koste es, was es wolle. Ein Zimmer war leicht zu bekommen, denn das Haus war unbeliebt und schwer zu vermieten und wurde schon seit längerer Zeit als billige Unterkunft verwendet. Gilman hätte nicht sagen können, was er dort erwartete, aber er wollte in dem Gebäude wohnen, in dem irgendein Umstand einer ganz gewöhnlichen alten Frau mehr oder weniger unerwartete mathematische Einsichten verschafft hatte, die vielleicht tiefer waren als die modernen Errungenschaften von Planck, Heisenberg, Einstein und de Sitter.

Er untersuchte die Holz- und Gipswände an jeder zugänglichen Stelle, wo die Tapete abgeblättert war, auf Spuren von kryptischen Zeichnungen, und innerhalb einer Woche gelang es ihm, die östliche Dachkammer zu bekommen, in der nach landläufiger Meinung Keziah ihre Zauberkunststücke vollbracht hatte. Sie stand leer – denn niemand hatte jemals längere Zeit darin wohnen wollen –, aber der polnische Besitzer des Hauses war vorsichtig geworden und wollte sie nicht vermieten. Doch Gilman geschah rein gar nichts – bis sich das Fieber einstellte. Keine geisterhafte Keziah flatterte durch die düsteren Gänge und Zimmer, kein kleines, zottiges Ding kroch in seine triste Behausung unterm Dach, um ihn mit der Schnauze zu stoßen, und seine ständige Suche wurde durch keine Überbleibsel von den Zauberformeln der Hexe belohnt. Manchmal ging er durch die dunklen Labyrinthe der ungepflasterten, modrig riechenden Gassen, in denen unheimliche, braune Häuser von unbestimmbarem Alter sich windschief aneinanderlehnten und ihn aus winzigen, schmalen Fenstern hämisch anglotzten. Er wußte, daß hier früher einmal seltsame Dinge passiert waren, und er hatte die dunkle Ahnung, daß vielleicht noch nicht alles von dieser ungeheuerlichen Vergangenheit spurlos verschwunden war – zumindest nicht in der dunkelsten, engsten und winkligsten dieser Gassen. Er ruderte auch zweimal zu der berüchtigten Insel im Fluß hinaus und skizzierte die einzigartigen Winkel der bemoosten Reihen grauer, aufgestellter Steine, deren Ursprung sich in dunklen, unvordenklichen Zeiten verliert.

Gilmans Zimmer war geräumig, hatte aber eine seltsam unregelmäßige Form; die Nordwand verlief von der Ecke aus schräg nach innen, während die niedrige Decke in derselben Richtung abfiel. Außer einem klar erkennbaren Rattenloch und weiteren Löchern, die jedoch zugestopft worden waren, gab es keinen Zugang – und auch keinerlei Anzeichen für einen früheren Zugangsweg – zu dem Hohlraum, der sich zwischen der schrägen Wand und der nördlichen Außenseite des Hauses befinden mußte, obwohl von außen zu sehen war, daß an dieser Wand vor langer Zeit einmal ein Fenster zugemauert worden war. Der Dachboden über der Decke – der einen abschüssigen Fußboden haben mußte – war ebenso unzugänglich. Als Gilman auf einer Leiter in den waagerechten Dachboden über dem übrigen Dachgeschoß hinaufstieg, entdeckte er hinter vielen Spinnweben eine Stelle, wo früher ein Durchgang gewesen sein mußte, der aber jetzt mit schweren, alten Bohlen und den für die koloniale Zimmermannsarbeit typischen klobigen Holzpflöcken verschlossen war. Und obwohl er mit Engelszungen auf den phlegmatischen Hauswirt einredete, erlaubte er ihm nicht, diese Hohlräume zu untersuchen. Mit der Zeit beschäftigten ihn die Wand und die Decke seines Zimmers, die beide so unregelmäßig verliefen, immer mehr; denn er las allmählich in diese seltsamen Winkel eine mathematische Bedeutung hinein, die ihm vage Hinweise auf ihren Zweck zu geben schien. Die alte Keziah, so überlegte er, mochte gute Gründe dafür gehabt haben, in einem Raum mit ungewöhnlichen Winkeln zu leben; denn hatte sie nicht behauptet, sie könne durch bestimmte Winkel die Grenzen der uns bekannten räumlichen Welt überschreiten? Nach und nach wandte sich jedoch sein Interesse von den unergründeten Hohlräumen hinter den schrägen Wänden ab, weil es jetzt so schien, als läge der Sinn dieser geneigten Flächen auf der Seite, auf der er sich befand.

Die leichten Anfälle von Gehirnfieber und die Träume traten zum ersten Mal im Februar auf. Eine Zeitlang hatten offensichtlich die seltsamen Winkel des Zimmers einen merkwürdigen, beinahe hypnotischen Einfluß auf ihn ausgeübt; und als der rauhe Winter kam, hatte er sich immer öfter dabei ertappt, daß er angestrengt in die Ecke starrte, in der die schräge Wand und die abfallende Decke sich trafen. Zu dieser Zeit machte ihm seine Unfähigkeit, sich auf seine eigentlichen Studienfächer zu konzentrieren, sehr zu schaffen. Und seine Befürchtungen im Hinblick auf die Zwischen-Examina wurden immer schlimmer. Aber kaum weniger lästig war die Überempfindlichkeit seines Gehörs. Das Leben war zu einer andauernden, fast unerträglichen Kakophonie geworden, begleitet von der beunruhigenden Vorstellung, daß *andere* Töne – vielleicht aus Gegenden außerhalb des Lebens – fast unhörbar in allen Geräuschen mitschwangen. Was die konkreten Geräusche betraf, so waren die Ratten in den alten Trennwänden am schlimmsten. Manchmal schien ihr Gekratze nicht nur heimlich, sondern auch geradezu mutwillig. Wenn es hinter der schrägen Nordwand hervorkam, war es von einem trockenen Geklapper begleitet; kam es aber aus dem seit Jahrhunderten verschlossenen Hohlraum über der geneigten Decke, dann nahm Gilman seine ganze Kraft zusammen, so als ob er ein Ungeheuer erwarte, das nur noch den richtigen Augenblick abpassen mußte, um herabzusteigen und ihn zu überwältigen.

Die Träume waren jenseits aller Vernunft, und Gilman meinte, sie seien eine Folge der Verbindung seines Mathematikstudiums mit dem der Volkskunde. Er hatte zu viel nachgedacht über die unbekannten Regionen jenseits der uns bekannten drei Dimensionen, deren Existenz er aus seinen Formeln herauslas, und über die Möglichkeit, daß die alte Keziah Mason – von irgendeiner rätselhaften Macht geleitet – tatsächlich den Zugang zu diesen Regionen gefunden hatte. Die vergilbten Grafschafts-Archive, in denen ihre Aussage und die ihrer Ankläger festgehalten waren, enthielten so dunkle Andeutungen von Dingen jenseits aller menschlichen Erfahrung – und die Beschreibungen des umherflitzenden, zottigen kleinen Dings, das in ihrer Begleitung erschien, waren trotz der unglaubwürdigen Einzelheiten so quälend realistisch.

Dieses Ding – nicht größer als eine ausgewachsene Ratte und von den Leuten in der Stadt kurioserweise »Brown Jenkin« genannt – schien die Ausgeburt eines bemerkenswerten Falles von Massensuggestion gewesen zu sein, denn ihm Jahre 1692 hatten nicht weniger als elf Personen bezeugt, es gesehen zu haben. Es gab auch neuere Gerüchte, die einen verblüffenden Grad von Übereinstimmung aufwiesen. Die Augenzeugen sagten, es habe lange Haare und den Körper einer Ratte, aber sein bärtiges Gesicht, in dem es spitze Zähne trage, sei bösartig menschlich und seine Pfoten sähen aus wie kleine Menschenhände. Es fungiere als Nachrichtenüberbringer zwischen der alten Keziah und dem Teufel und nähre sich von dem Blut der Hexe, das es wie ein Vampir einsauge. Seine Stimme sei ein widerwärtiges Gekicher, und es beherrsche sämtliche Sprachen. Von all den monströsen Ungeheuerlichkeiten in Gilmans Träumen erfüllte ihn nichts mit mehr Entsetzen und Ekel, als dieser gotteslästerliche Bastard, dessen Abbild in tausendfach schlimmerer Form durch seine Träume geisterte, als er es sich mit wachem Verstand jemals nach den alten Zeugnissen und den neueren Gerüchten ausgemalt hätte.

Gilmans Träume bestanden großenteils darin, daß er in unendliche Abgründe von seltsam gefärbtem Zwielicht und chaotischen Tönen eintauchte; Abgründe, deren materielle und gravitationsmäßige Eigenschaften und deren Beziehung zu seiner eigenen Existenz er sich nicht im geringsten erklären konnte. Er ging nicht und kletterte nicht, er schwamm, kroch und schlängelte sich nicht; doch er erlebte immer das Gefühl einer teils freiwilligen, teils unfreiwilligen Bewegung. Aus seiner Körperhaltung konnte er kaum Schlüsse ziehen, denn durch eine sonderbare Verzerrung der Perspektive war ihm immer die Sicht auf seine Arme, Beine und seinen Körper genommen; aber er spürte, daß seine physischen Anlagen und Fähigkeiten auf eine wunderbare Art verwandelt und verschoben waren – wenn auch nicht ohne eine gewisse groteske Beziehung zu seinen normalen Proportionen und Eigenschaften.

Die Abgründe waren keineswegs leer, sondern wimmelten von unbeschreiblich winkligen Massen seltsam gefärbter Substanz, von denen manche organisch, andere dagegen anorganisch zu sein schienen. Einige der organischen Objekte weckten undeutliche Erinnerungen in seinem Unterbewußtsein, aber er konnte sich keine bewußte Vorstellung davon machen, worin diese irritierende Ähnlichkeit bestand. In den späteren Träumen begann er verschiedene Kategorien zu unterscheiden, in welche die organischen Objekte anscheinend unterteilt waren, und deren jede von einer grundlegend anderen Art von Verhalten und Antrieb gekennzeichnet schien. Eine dieser Kategorien schien Objekte einzuschließen, deren Bewegungen etwas weniger unlogisch und beziehungslos schienen als die der anderen Objekte.

Alle Objekte – ob organisch oder anorganisch – entzogen sich jeder Beschreibung und erst recht jedem Verständnis. Gilman verglich manchmal die anorganischen Objekte mit Prismen, Labyrinthen, Ansammlungen von Würfeln und Flächen und mit zyklopischen Bauwerken; und die organischen Dinge erschienen ihm als Gruppen von Blasen, Oktopoden, Hundertfüßern, lebenden Hindu-Symbolen und Arabesken, die zu einem schlangenhaften Leben erweckt worden waren. Alles, was er sah, war unsagbar bedrohlich und furchterregend; und immer wenn er aus den Bewegungen eines der organischen Wesen schließen konnte, es habe ihn bemerkt, überfiel ihn nacktes Entsetzen, das ihn gewöhnlich schlagartig erwachen ließ. Darüber, wie die organischen Wesen sich bewegten, konnte er genauso wenig sagen wie über seine eigenen Bewegungen. Nach einiger Zeit bemerkte er eine weitere geheimnisvolle Besonderheit – die Neigung mancher Wesen, plötzlich aus dem leeren Raum aufzutauchen oder mit gleicher Unvermitteltheit spurlos zu verschwinden. Das kreischende, dröhnende Durcheinander von Geräuschen auf Tonhöhe, Klangfarbe oder Rhythmus hin zu untersuchen, war völlig unmöglich; es schien aber mit sichtbaren Veränderungen in allen Objekten, organischen wie anorganischen, synchronisiert zu sein. Gilman schwebte ständig in der Angst, es könnte bei einer seiner unerklärlichen, grausam unausweichlichen Schwankungen einmal zu einer Lautstärke anschwellen, die er nicht mehr ertragen würde.

Aber nicht in diesen Strudeln tiefsten Entsetzens sah er Brown Jenkin. Dieses schreckliche kleine Ungeheuer blieb bestimmten leichteren, schärferen Träumen vorbehalten, die ihn kurz vor dem Abgleiten in den tiefsten Schlaf überfielen. Wenn er so im Dunkeln lag und gegen den Schlaf ankämpfte, schien es ihm dann plötzlich, als erhellte ein züngelnder Lichtschein das jahrhundertealte Zimmer und tauche die Stelle, an der die beiden schiefen Ebenen sich trafen, in einen violetten Lichtschimmer. Und dann erschien ihm das Ungeheuer, es schlüpfte aus dem Rattenloch in der Ecke und trippelte über die breiten, durchgetretenen Dielen auf ihn zu, mit dem Ausdruck bösartiger Erwartung auf seinem kleinen, bärtigen menschlichen Gesicht; doch zum Glück löste sich dieser Traum immer auf, bevor das Ding nahe genug war, um ihn mit der Schnauze zu berühren. Es hatte teuflisch lange, spitze, hundeartige Zähne. Gilman versuchte jeden Tag, das Rattenloch zu verstopfen, aber jede Nacht zernagten die wirklichen Bewohner der Trennwände wieder das Hindernis, was immer es auch war. Einmal ließ er vom Hauswirt das Loch mit einem Zinndeckel zunageln, aber in der folgenden Nacht nagten die Ratten ein neues Loch durch die Wand, wobei sie einen merkwürdigen kleinen Knochensplitter hinausschoben oder -zogen.

Gilman berichtete dem Arzt nicht von seinem Fieber, denn er wußte, daß er die Prüfung nicht bestehen würde, wenn er jetzt in das College-Krankenhaus eingewiesen worden wäre, da er jede Minute zum Pauken verwenden mußte. So aber fiel er nur in der D-Klasse in Mathematik sowie in Fortgeschrittener Allgemeiner Psychologie durch, wobei man hoffen konnte, daß er die fehlenden Kenntnisse bis zum Ende des Semesters nachgeholt haben würde.

Es war März, als in seine leichten einleitenden Träume ein neues Element eintrat und die Spukgestalt von Brown Jenkin zum ersten Mal von einem verschwommenen Schatten begleitet war, der dann immer mehr den Umrissen einer gebeugten alten Frau zu ähneln begann. Diese neue Figur konnte er nicht deuten, aber schließlich stellte er fest, daß sie wie das alte Weib aussah, dem er schon mehrmals in dem dunklen Labyrinth der Gassen in der Nähe der stillgelegten Kais begegnet war. Dabei hatte ihn jedesmal der böse, zynische und scheinbar unbegründete Blick dieser Hexe erschauern lassen – besonders das erste Mal, als eine übergroße Ratte, die quer über die Einmündung einer Seitenstraße gehuscht war, ihn unwillkürlich an Brown Jenkin hatte denken lassen. Jetzt, so überlegte er, spiegelten sich diese nervösen Angstzustände in seinen wirren Träumen wider.

Er mußte sich eingestehen, daß der Einfluß des alten Hauses ihm nicht gerade zuträglich war, aber Reste seines anfänglichen übersteigerten Interesses hielten ihn noch immer dort. Er redete sich ein, daß das Fieber allein für seine nächtlichen Phantasievorstellungen verantwortlich sei und er von den unheimlichen Visionen befreit sein würde, sobald die Anfälle nachließen. Aber diese Visionen waren von packender Intensität und Überzeugungskraft, und wenn er erwachte, hatte er immer das dumpfe Gefühl, viel mehr ausgestanden zu haben, als er behalten hatte. Ahnungsvolle Gewißheit erfüllte ihn, daß er in vergessenen Träumen sowohl mit Brown Jenkin als auch mit dem alten Weib gesprochen hatte und daß sie ihn gedrängt hatten, mit ihnen an irgendeinen Ort zu gehen und dort mit einem mächtigeren Wesen zusammenzutreffen.

Gegen Ende März hatte er seinen Rückstand in Mathematik aufgeholt, obwohl andere Studien ihn immer mehr beanspruchten. Gefühlsmäßig hatte er sich eine gewisse Geschicklichkeit im Lösen Riemannscher Gleichungen erworben, und er überraschte Professor Upham durch seine Einsicht in vierdimensionale und andere Probleme, mit der er alle seine Kollegen in den Schatten stellte. Eines Nachmittags wurde über mögliche außergewöhnliche Krümmungen des Raumes diskutiert sowie über theoretische Punkte der Annäherung oder sogar des Kontaktes zwischen unserem Teil des Kosmos und verschiedenen anderen Zonen, so weit entfernt wie die fernsten Sterne oder die transgalaktischen Tiefen selbst – oder sogar so weit wie die theoretisch denkbaren kosmischen Einheiten jenseits des ganzen Einsteinschen Raum-Zeit-Kontinuums. Gilmans Behandlung dieses Themas erregte allgemeine Bewunderung, wenn auch einige seiner hypothetischen Illustrationen das ohnehin schon verbreitete Getuschel über seine nervöse, einzelgängerische Überspanntheit noch verstärkten. Was die Studenten den Kopf schütteln ließ, war seine nüchtern vorgetragene Theorie, daß ein Mensch – ausgestattet mit einem mathematischen Wissen, das zugegebenermaßen beinahe nicht menschenmöglich sei – sich absichtlich von der Erde auf einen beliebigen anderen Himmelskörper versetzen könne, der an einem von unendlich vielen Punkten innerhalb des kosmischen Systems liegen könne.

Ein solcher Schritt, so sagte er, könne sich in nur zwei Abschnitten vollziehen; erstens der Austritt aus der dreidimensionalen Sphäre, die uns bekannt ist, und zweitens der Wiedereintritt in die dreidimensionale Sphäre an einem anderen, vielleicht weit entfernten Ort. Daß man dies bewerkstelligen könne, ohne dabei das Leben zu verlieren, sei in mancherlei Hinsicht denkbar. Jedes beliebige Wesen aus irgendeinem Teil des dreidimensionalen Raums könne wahrscheinlich in der vierten Dimension überleben; und ob es den zweiten Abschnitt überleben würde, hinge davon ab, welchen fernen Teil des dreidimensionalen Raums es für seinen Wiedereintritt aussuchen würde. Die Bewohner bestimmter Planeten könnten wahrscheinlich auch auf manchen anderen existieren – sogar auf Planeten, die anderen Milchstraßensystemen oder ähnlichen dreidimensionalen Phasen anderer Raum-Zeit-Kontinuen angehörten – obwohl es zweifellos eine große Anzahl wechselseitig unbewohnbarer, wenn auch mathematisch nebeneinanderliegender Körper oder Zonen oder Räume geben müsse.

Es sei auch möglich, daß die Bewohner einer Sphäre mit einer bestimmten Anzahl von Dimensionen den Eintritt in viele unbekannte und unbegreifliche Sphären mit zusätzlichen oder unendlich vervielfachten Dimensionen überleben könnten – innerhalb oder außerhalb des angenommenen Raum-Zeit-Kontinuums –, und daß die Umkehrung dieser Behauptung ebenfalls wahr sei. Darüber könne man natürlich nur Vermutungen anstellen, obgleich es ziemlich sicher sei, daß die Mutation, die für das Überwechseln von einer beliebigen dimensionalen Ebene auf die nächsthöhere erforderlich wäre, nicht das uns bekannte biologische Gefüge zerstören würde. Gilman konnte über die Gründe für diese letzte Annahme keine klaren Angaben machen, aber seine Unsicherheit in diesem Punkt wurde durch seine einleuchtenden Darlegungen zu anderen komplizierten Themen mehr als ausgeglichen. Professor Upham war besonders angetan von seiner Darstellung der Verwandtschaft zwischen der höheren Mathematik und bestimmten Phasen magischer Geheimlehren, die durch die Jahrtausende aus einer – menschlichen oder vormenschlichen – Urzeit überliefert worden seien, einer Zeit, in der das Wissen vom Kosmos und seinen Gesetzen größer gewesen sei als heute.

Gegen Anfang April war Gilman ernsthaft besorgt, weil sein schleichendes Fieber nicht nachließ. Außerdem war er beunruhigt über das, was einige der anderen Hausbewohner über sein Nachtwandeln sagten. Es schien, daß er oft nicht in seinem Bett blieb und der Mann unter ihm zu bestimmten Nachtstunden seinen Fußboden knarren hörte. Dieser Bursche sprach auch davon, nachts Tritte von Schuhen gehört zu haben; Gilman war jedoch sicher, daß er sich in diesem Punkt irrte, denn seine Schuhe waren, ebenso wie seine übrige Kleidung, morgens immer genau an ihrem Platz. In diesem Hause erlag man den seltsamsten Hörfehlern – denn war Gilman selbst jetzt nicht sogar bei Tageslicht sicher, daß außer dem Gekratze der Ratten noch andere Geräusche aus den dunklen Hohlräumen hinter der schrägen Wand und über der abfallenden Decke zu hören waren? Seine krankhaft empfindlichen Ohren fingen an, auf schwache Fußtritte in dem seit Urzeiten verschlossenen Dachboden zu horchen, und manchmal waren diese Geräusche qualvoll deutlich zu hören.

Er wußte jedoch, daß er tatsächlich ein Schlafwandler geworden war; denn zweimal war sein Zimmer nachts leer gewesen, während all seine Kleider an ihrem Platze lagen. Das hatte ihm Frank Elwood versichert, der Kommilitone, der wegen seiner Armut gezwungen war, in diesem schmuddeligen, verrufenen Haus zu wohnen. Elwood hatte in den Morgenstunden gelernt und war zu ihm hinaufgegangen, um sich bei der Lösung einer Differentialgleichung helfen zu lassen; er hatte aber bemerkt, daß Gilman nicht im Zimmer war. Es sei ziemlich unhöflich von ihm gewesen, die unverschlossene Tür zu öffnen, nachdem sein Klopfen ohne Antwort geblieben war, aber er habe sehr dringend seine Hilfe gebraucht und sich gedacht, daß es ihm nichts ausmachen würde, wenn er ihn vorsichtig wachrüttelte. Aber beide Male war Gilman nicht dagewesen; und als er dies erfuhr, fragte er sich, wo er – barfuß und im Schlafanzug – herumgewandert sein mochte. Er beschloß, der Sache auf den Grund zu gehen, falls die Berichte von seinem Nachtwandeln sich wiederholten, und dachte daran, den Fußboden im Gang mit Mehl zu bestreuen, um zu sehen, wohin seine Fußspuren führten. Die Tür war der einzige mögliche Ausgang, denn draußen unter dem Fenster gab es keinen Mauervorsprung, auf dem man hätte stehen können.

Im Laufe des April wurden Gilmans vom Fieber geschärfte Ohren durch die weinerlichen Gebete eines abergläubischen Webers namens Joe Mazurewicz belästigt, der ein Zimmer im Erdgeschoß hatte. Mazurewicz hatte lange, weitschweifige Geschichten über den Geist der alten Keziah und über das kleine, zottige Ding mit den scharfen Zähnen erzählt und behauptet, er würde manchmal so sehr von ihnen heimgesucht, daß nur sein silbernes Kruzifix – das er eigens für diesen Zweck von Pater Iwanicki von der St.-Stanislaus-Kirche bekommen habe – ihm Erleichterung bringen könne. Jetzt bete er, weil der Hexensabbat näherrücke. Der Vorabend des Ersten Mai sei die Walpurgisnacht, in der die schwärzesten bösen Geister der Hölle auf der Erde umherstreiften und alle Untertanen des Satans sich zu unsagbaren Riten und

Untaten versammelten. Das sei immer eine schlimme Zeit in Arkham, obwohl die feinen Leute oben in der Miskatonic Avenue und der High Street und der Staltonstall Street vorgäben, nichts davon zu wissen. Es würden böse Dinge geschehen und ein oder zwei Kinder würden wahrscheinlich vermißt werden. Er wisse Bescheid über diese Dinge, weil seine Großmutter auf dem Land Geschichten von ihrer Großmutter gehört habe. Es sei klug, zu dieser Zeit zu beten und seine Perlen zu zählen. Drei Monate seien Keziah und Brown Jenkin nun schon nicht mehr aufgetaucht, weder in seinem Zimmer, noch in dem von Paul Chonyski noch sonstwo, und es bedeute nichts Gutes, wenn sie sich so zurückhielten. Sie müßten irgend etwas im Schilde führen.

Am sechzehnten des Monats ging Gilman zum Arzt, und er war überrascht, daß seine Temperatur nicht so hoch war, wie er befürchtet hatte. Der Doktor stellte ihm sehr energische Fragen und riet ihm, einen Nervenspezialisten aufzusuchen. Hinterher war er froh, daß er nicht zu dem noch strengeren College-Doktor gegangen war. Der alte Waldron, der ihm schon früher einmal einige seiner Beschäftigungen untersagt hatte, würde ihm Ruhe verordnet haben – und das wäre jetzt, da er so kurz vor der großartigen Lösung seiner Gleichungen stand, völlig unmöglich gewesen. Er stand zweifellos an der Grenze zwischen dem bekannten Universum und der vierten Dimension, und wer konnte sagen, wieviel weiter er noch kommen würde?

Aber selbst während ihm diese Gedanken kamen, wunderte er sich über seine seltsame Gewißheit. Kam diese unheilvolle Ahnung einer bevorstehenden Gefahr nur von den Formeln, mit denen er Tag für Tag sein Schreibpapier bedeckte? Die leisen, heimlichen, imaginären Schritte in dem verschlossenen Hohlraum über der Decke zermürbten ihn. Und jetzt hatte er auch noch das immer stärker werdende Gefühl, irgend jemand versuche unablässig, ihn zu etwas zu überreden, was er nicht tun konnte. Und was war mit seiner Nachtwandlerei? Wohin ging er manchmal mitten in der Nacht? Und was war diese schwache Andeutung von Tönen, die hin und wieder sogar am hellichten Tage, wenn er völlig wach war, durch das Gewirr bekannter Geräusche zu sickern schien? Der Rhythmus dieser Töne ließ sich mit nichts vergleichen, außer ein paar Hexen-Gesängen, und bisweilen befürchtete er, sie glichen in mancher Hinsicht dem seltsamen Gekreisch und Gebrüll in seinen widerwärtigen Alpträumen.

Die Träume wurden währenddessen immer schrecklicher. In der leichteren, anfänglichen Phase war die böse alte Frau jetzt grausam deutlich zu erkennen, und Gilman wußte, daß es tatsächlich das alte Weib war, das ihn in der Altstadt erschreckt hatte. Ihr krummer Rücken, ihre lange Nase und ihr verschrumpeltes Kinn waren unverwechselbar, und sie trug genau dieselben schäbigen braunen Kleider. Ihr Gesichtsausdruck war erschrekkend bösartig und triumphierend, und wenn er erwachte, konnte er sich an eine krächzende Stimme erinnern, die auf ihn einredete und ihm drohte. Er müsse mit dem Schwarzen Mann zusammentreffen und mit ihnen allen zu Azathoth in das innerste Zentrum des Chaos gehen. Das sagte sie. Er müsse seinen Namen mit seinem eigenen Blut in Azathoths Buch schreiben und einen neuen geheimen Namen annehmen, da seine eigenmächtigen Nachforschungen jetzt zu weit gegangen seien. Was ihn davon abhielt, mit ihr und Brown Jenkin und dem anderen zu dem Thron des Chaos zu gehen, wo unbeseelt die dünnen Flöten pfeifen, war die Tatsache, daß er den Namen »Azathoth« im *Necronomicon* gesehen hatte und wußte, daß er für eine böse Macht stand, die jeder Beschreibung spottete.

Die alte Frau erschien immer aus der dünnen Luft in der Ecke, in der die abwärts und die einwärts geneigte Fläche zusammenstießen. Sie schien an einem Punkt Gestalt anzunehmen, der näher an der Decke als am Boden lag, und jede Nacht kam sie wieder ein Stückchen näher und wurde wieder ein wenig deutlicher, bevor der Traum verschwand. Auch Brown Jenkin war am Schluß immer ein bißchen näher, und seine gelblich-weißen Fangzähne blitzten gräßlich in dem violett phosphoreszierenden Lichtschein. Sein widerliches, schrilles Gekicher setzte sich immer mehr in Gilmans Kopf fest, und er konnte sich am Morgen daran erinnern, wie das Ding die Worte »Azathoth« und »Nyarlathotep« ausgesprochen hatte.

Auch in den tieferen Träumen wurde alles immer deutlicher, und Gilman ahnte, daß die zwielichtigen Abgründe rings um ihn die der vierten Dimension waren. Die organischen Gebilde, deren Bewegungen weniger beziehungslos und unmotiviert schienen, waren wahrscheinlich Projektionen von Lebensformen unseres Planeten, einschließlich menschlicher Wesen. Was die anderen in ihrer eigenen dimensionalen Sphäre waren, wagte er sich nicht vorzustellen. Zwei der weniger beziehungslos sich bewegenden Dinge – eine ziemlich große Ansammlung schillernder, gestreckt sphäroidischer Blasen und ein sehr viel kleineres Polyeder von ungewohnter Färbung und mit schnell wechselnden Oberflächenwinkeln – schienen ihn zu bemerken und ihm ständig zu folgen oder vor ihm herzuschweben, während er seine Stellung inmitten der titanischen Prismen, Labyrinthe, Ansammlungen von Kuben und Flächen und Quasi-Bauwerken veränderte; und währenddessen schwoll das unbestimmbare Gekreisch und Gebrüll an, wurde lauter und lauter, als nähere es sich einem fürchterlichen Höhepunkt von absolut unerträglicher Intensität.

In der Nacht vom neunzehnten auf den zwanzigsten April begann eine neue Entwicklung. Gilman bewegte sich halb ungewollt durch die zwielichtigen Abgründe, während die Blasenmasse und das kleine Polyeder vor ihm herschwebten, als er die merkwürdig regelmäßigen Winkel bemerkte, die von den Kanten einiger naher Prismengruppen gebildet wurden. In der nächsten Sekunde war er außerhalb des Abgrundes und stand zitternd auf einem felsigen Bergabhang, der in helles, diffuses, grünes Licht getaucht war. Er war barfuß und im Schlafanzug, und als er zu gehen versuchte, merkte er, daß er seine Füße kaum heben konnte. Brodelnder Dampf verbarg alles außer dem abschüssigen Gelände unmittelbar vor ihm, und er schauderte zurück vor dem Gedanken an die Geräusche, die aus diesem Dampf emporsteigen könnten.

Dann sah er die zwei Gestalten, die mühsam auf ihn zukrochen – die alte Frau und das kleine, zottige Ding. Das Weib richtete sich unter Aufbietung aller Kräfte in eine kniende Stellung auf und verschränkte die Arme auf merkwürdige Weise, während Brown Jenkin mit einer schrecklich anthropoiden Pfote, die er mit offensichtlicher Anstrengung hob, in eine bestimmte Richtung deutete. Von einem unerklärlichen Impuls getrieben, schleppte sich Gilbert ein paar Schritte vorwärts in der von den verschränkten Armen des alten Weibes und der Pfote des kleinen Ungeheuers angedeuteten Richtung, und bevor er drei Schritte getan hatte, befand er sich wieder in den zwielichtigen Abgründen. Geometrische Figuren tanzten um ihn herum, und er fiel in schwindelnde, unendliche Tiefen. Schließlich erwachte er in seinem Bett in dem seltsam winkligen Dachzimmer des unheimlichen Hauses.

An diesem Vormittag war er zu nichts zu gebrauchen und versäumte all seine Vorlesungen. Irgendeine unbekannte Kraft zog seine Augen in eine scheinbar belanglose Richtung, denn er mußte ständig auf einen bestimmten leeren Fleck auf dem Fußboden starren. Während die Stunden verrannen, richteten sich seine blicklosen Augen nach und nach woandershin, und gegen Mittag hatte er den Zwang, ins Leere zu starren, überwunden. Gegen zwei Uhr ging er zum Mittagessen, und während er sich durch die engen Gassen der Innenstadt schlängelte, merkte er, daß es ihn ständig in südöstliche Richtung zog. Nur mit Mühe gelang es ihm, vor einer Cafeteria in der Church Street stehenzubleiben, und nach dem Essen fühlte er die geheimnisvolle Kraft noch stärker.

Er würde schließlich doch noch einen Nervenspezialisten aufsuchen müssen – vielleicht bestand ein Zusammenhang mit seiner Nachtwandlerei –, aber vorerst konnte er genausogut versuchen, den unnatürlichen Zauber aus eigener Kraft zu brechen. Zweifellos vermochte er sich noch gegen das Ziehen zu behaupten; also setzte er sich mit eisernem Willen dagegen zur Wehr und kämpfte sich die Garrison Street in nördlicher Richtung entlang. Als er die Brücke über den Miskatonic erreicht hatte, war er in kaltem Schweiß gebadet und umklammerte das Eisengitter, während er stromaufwärts zu der berüchtigten Insel hinüberschaute, deren regelmäßige Reihen aufgestellter uralter Steine düster in der Nachmittagssonne dahindämmerten.

Dann fuhr er zusammen. Denn auf der einsamen Insel war deutlich eine lebendige Gestalt zu erkennen, und ein zweiter Blick sagte ihm, daß es zweifellos die sonderbare alte Frau war, deren unheimlicher Anblick sich so verhängnisvoll in seine Träume eingeschlichen hatte. Auch das hohe Gras in ihrer Nähe bewegte sich, als ob ein anderes Lebewesen dicht über dem Boden umherkröche. Als die alte Frau sich ganz langsam ihm zuwandte, floh er Hals über Kopf von der Brücke und in das schützende Labyrinth der Uferstraßen. So fern die Insel auch sein mochte, er fühlte, daß ein schreckliches, unaussprechliches Unheil aus dem bösen Blick dieser buckligen, steinalten Figur in Braun erwachsen konnte.

Das Ziehen nach Südosten hielt noch immer an, und nur mit äußerster Willenskraft konnte sich Gilman in das alte Haus und die wackligen Treppen hinauf schleppen. Stundenlang saß er ruhig und entschlußlos herum, während seine Blicke langsam westwärts wanderten. Ungefähr um sechs Uhr vernahmen seine geschärften Ohren die weinerlichen Gebete von Joe Mazurewicz zwei Stockwerke weiter unten, und in seiner Verzweiflung packte er seinen Hut, ging hinaus in die von der Abendsonne vergoldeten Straßen und ließ sich von der jetzt direkt aus Südosten kommenden Kraft ziehen, wohin sie wollte. Eine Stunde später fand ihn die Dunkelheit auf dem offenen Feld jenseits der Henkerbrücke, und über ihm blinkten die Frühjahrssterne. Der Drang zu gehen verwandelte sich allmählich in einen mystischen Drang, hoch in die Luft zu springen, und plötzlich wußte er, wo die Kraft herkam, die ihn anzog.

Sie kam vom Himmel. Ein bestimmter Punkt zwischen den Sternen erhob Anspruch auf ihn und rief nach ihm. Offensichtlich war es ein Punkt irgendwo zwischen Hydra und Schiff Argo, und er wußte, daß dieser Punkt ihn ständig angezogen hatte, seit er kurz nach Tagesanbruch aufgewacht war. Am Morgen war er ungefähr unter ihm gewesen, und jetzt lag er etwa südlich, stahl sich aber langsam nach Westen davon. Was hatte das nun wieder zu bedeuten? War er dabei, den Verstand zu verlieren? Wie lange würde es dauern? Gilman nahm wieder alle Kraft zusammen, wandte sich um und kämpfte sich zurück zu dem finsteren alten Haus.

Mazurewicz wartete an der Tür auf ihn und schien gleichzeitig darauf zu brennen und davor zurückzuscheuen, ihm wieder eine seiner abergläubischen Geschichten aufzutischen. Joe hatte die letzte Nacht gefeiert – es war Heldengedenktag in Massachusetts gewesen – und war erst nach Mitternacht nach Hause gekommen. Als er außen an dem Haus hinaufgeschaut hatte, hatte er zunächst gedacht, daß Gilmans Fenster dunkel sei, aber dann war ihm der schwache violette Schimmer hinter den Scheiben aufgefallen. Er wolle den jungen Herrn vor diesem Schimmer warnen, denn jedermann in Arkham wisse, daß dies Keziahs Hexenlicht sei, das Brown Jenkin und die alte Hexe umspiele. Er habe das bis jetzt nicht erwähnt, aber nun müsse er ihn darüber aufklären, denn es bedeute, daß Keziah und ihr langzähniger Begleiter den jungen Herrn heimsuchten. Manchmal dächten er und Paul Choynski und der Hauswirt Dombrowski, sie sähen dieses Licht durch die Ritzen in dem Hohlraum über dem Zimmer des jungen Herrn hindurchsickern, aber sie hätten alle miteinander vereinbart, nicht darüber zu sprechen. Es sei aber besser für den jungen

Herrn, sich ein anderes Zimmer zu besorgen und sich von einem guten Priester wie Pater Iwanicki ein Kruzifix geben zu lassen.

Während der Kerl weiterschwafelte, fühlte Gilman, wie ihm namenlose Furcht den Hals zuschnürte. Er wußte, daß Joe ziemlich betrunken gewesen sein mußte, als er in der Nacht zuvor nach Hause gekommen war; aber die Erwähnung eines violetten Lichtscheins in dem Giebelfenster war von schrecklicher Bedeutung. Denn genau dieser züngelnde Lichtschein umspielte immer die alte Frau und das kleine zottige Ding in jenen leichteren, schärferen Träumen, die seinem Sturz in unbekannte Abgründe vorausgingen, und der Gedanke, daß ein anderer Mensch im Wachen dieses Traumlicht sehen konnte, war unfaßlich für einen normalen Verstand. Aber wie hatte der Bursche Wind davon bekommen? War vielleicht er selbst im Schlaf um das Haus gegangen und hatte etwas davon erzählt? Nein, das habe er nicht getan, sagte Joe – aber er müsse sich dessen noch vergewissern. Vielleicht würde ihm Frank Elwood etwas darüber sagen, aber ihm wäre es unangenehm, ihn danach zu fragen.

Fieber – wilde Träume – Schlafwandeln – Geräusch-Halluzinationen – eine Anziehungskraft von einem Punkt im Himmel – und jetzt der Verdacht, daß er im Schlaf wirres Zeug faselte! Er mußte aufhören zu studieren, einen Nervenspezialisten aufsuchen und sich zusammenreißen. Als er in das zweite Stockwerk hinaufstieg, blieb er vor Elwoods Tür stehen, sah aber, daß der junge Mann nicht zu Hause war. Wiederstrebend ging er weiter zu seinem Dachzimmer hinauf und setzte sich hin, ohne Licht zu machen. Sein Blick wurde noch immer nach Südosten gezogen, aber er bemerkte auch, daß er seltsamen Geräuschen in dem Hohlraum über der Decke lauschte, und bildete sich ein, daß ein bösartiges violettes Licht durch eine winzige Ritze in der niedrigen, abfallenden Decke herabdrang.

Als Gilman in dieser Nacht eingeschlafen war, brach das violette Licht mit verstärkter Wucht über ihn herein, und die alte Hexe und das kleine zottige Ding, die näher als je zuvor an ihn herankamen, quälten ihn mit unmenschlichen Schreien und diabolischen Gebärden. Er war froh, als er in die dumpf dröhnenden zwielichtigen Abgründe hinabsank, obwohl die schillernde Blasenmasse und das kaleidoskopische kleine Polyeder ihn auf bedrohliche und irritierende Weise verfolgten. Und dann kam der Wechsel, als riesige, konvergierende Flächen einer schlüpfrig aussehenden Substanz über und unter ihm schwebten – ein Wechsel, der in einem betäubenden Blitzstrahl und dem Aufflammen eines unbekannten, fremdartigen Lichtes endete, in dem sich Gelb, Karmin und Indigo in geistesverwirrender Weise untrennbar miteinander vermischten.

Er befand sich, halb liegend, auf einer von einer phantastischen Balustrade umgebenden Terrasse über einem grenzenlosen Meer von fremdartigen Berggipfeln, gleichmäßigen Ebenen, Kuppeln, Minaretten, waagrechten Scheiben auf spitzigen Zinnen und zahllosen noch bizarreren Formen – manche aus Stein und manche aus Metall –, die prächtig in dem grellen, beinahe schmerzhaften Licht aus einem vielfarbigen Himmel glänzten. Als er hinaufschaute, sah er drei ungeheuere Feuerscheiben, jede von einer anderen Farbe, und jede in einer anderen Höhe über einem unendlich weit entfernten Horizont niedriger Berge. Hinter ihm türmten sich zahllose weitere Terrassen übereinander, so hoch sein Auge reichte. Die Stadt unter ihm erstreckte sich in unsichtbare Fernen, und er hoffte, daß keine Geräusche aus ihr heraufdringen würden.

Das Pflaster, von dem er sich ohne Anstrengung erheben konnte, bestand aus geädertem poliertem Stein, wie er ihn nie zuvor gesehen hatte, und die einzelnen Platten hatten bizarre, vielwinklige Formen, die nicht eigentlich asymmetrisch waren, sondern eher einer überirdischen Symmetrie zu gehorchen schienen, deren Gesetze ihm unverständlich waren. Die Balustrade war brusthoch, filigranartig und phantastisch gearbeitet, während längs dem Geländer in kurzen Abständen kleine Figuren von grotesker Gestalt und höchst kunstvoller Ausführung aufgereiht waren. Diese Figuren, wie auch die ganze Balustrade, schienen aus irgendeinem glänzenden Metall geschmiedet, dessen Farbe in dem Chaos der unterschiedlichen Lichtstrahlen nicht festzustellen war, und ihre Bedeutung war völlig rätselhaft. Sie glichen einem wulstigen, tonnenförmigen Objekt mit dünnen, waagrechten Armen, die speichenartig von einem zentralen Ring nach allen Seiten ausstrahlten und mit senkrechten Knoten oder Birnen, die aus der Ober- und der Unterseite der Tonne herausragten. Jeder dieser Knoten bildete die Basis für ein System von fünf langen, flachen, dreieckförmig sich verjüngenden Armen, die wie die Arme eines Seesterns angeordnet waren – fast waagrecht, aber etwas von der zentralen Tonne weggebogen. Der unterste Knoten war nur an einem einzigen, so winzigen Punkt mit dem langen Geländer verbunden, daß mehrere der Figuren abgebrochen waren und fehlten. Die Figuren waren ungefähr viereinhalb Zoll hoch, während die strahlenförmigen Arme ihnen einen Maximaldurchmesser von etwa zweieinhalb Zoll verliehen.

Als Gilman aufstand, fühlten sich die Platten unter seinen bloßen Füßen heiß an. Er war mutterseelenallein, und als erstes ging er an die Balustrade und schaute geblendet auf die endlose, zyklopische Stadt fast zweitausend Fuß unter ihm hinab. Als er lauschte, glaubte er ein rhythmisches Durcheinander von schwachen Flötentönen sehr unterschiedlicher Tonhöhe wahrzunehmen, das aus den engen Straßen zu ihm heraufdrang, und er wünschte, er hätte die Bewohner dieser Stadt erkennen können. Nach einer Weile wurde ihm von dem Anblick schwindlig, so daß er auf die Steinplatten gefallen wäre, hätte er nicht instinktiv die glänzende Balustrade umklammert. Dabei fiel seine rechte Hand auf eine der überstehenden Figuren, und durch die Berührung schien er ein wenig Halt zu finden. Das war aber zuviel für das exotische, kunstvoll geschmiedete Gebilde, und die stachlige Figur knickte unter seinem Griff ab. Immer noch halb benommen, hielt er sich weiter fest, indem er mit seiner anderen Hand nach einer leeren Stelle auf dem glatten Geländer griff.

Aber jetzt hörte er mit seinen überempfindlichen Ohren ein Geräusch hinter sich und blickte über die ebene Terrasse zurück. Leise, wenn auch ohne eine erkennbare Absicht, sich anzuschleichen, kamen fünf Gestalten auf ihn zu, von denen er zwei als das finstere alte Weib und das kleine zottige Tier mit den Fangzähnen erkannte. Die anderen drei waren es, die seine Sinne schwinden ließen; denn es waren lebende Wesen von etwa acht Fuß Größe, die genau wie die stachligen Figuren auf der Balustrade gebaut waren und sich spinnenartig auf den untersten fünf ihrer Seestern-Arme fortbewegten.

Gilman erwachte in seinem Bett in kaltem Schweiß gebadet und mit einem stechenden Schmerz in Gesicht, Händen und Füßen. Er sprang aus dem Bett, wusch sich und kleidete sich in wilder Hast an, als müßte er unbedingt so schnell wie möglich aus dem Haus kommen. Er wußte nicht, wohin er gehen wollte, aber er fühlte, daß er wieder seine Vorlesungen würde versäumen müssen. Die seltsame Anziehungskraft von dem Punkt am Himmel zwischen Hydra und Schiff Argo hatte nachgelassen, aber an ihrer

Stelle spürte er eine andere, die noch stärker war. Jetzt fühlte er, daß er nach Norden gehen mußte – unendlich weit nach Norden. Er hatte Angst davor, die Brücke zu betreten, von der aus die einsame Insel im Miskatonic zu sehen war, und ging deshalb über die Peabody-Brücke. Er stolperte sehr oft, denn seine Augen und Ohren waren an einen unendlich hohen Punkt in dem klaren, blauen Himmel geheftet.

Nach ungefähr einer Stunde hatte er sich besser in der Gewalt und sah, daß er sich weit von der Stadt entfernt hatte. Rings um ihn breitete sich die trostlose Leere von Salzsümpfen aus, während die schmale Straße vor ihm nach Innsmouth führte – jener alten, halbverlassenen Stadt, welche die Leute von Arkham so merkwürdig ungern besuchen. Obwohl der Zug nach Norden sich nicht abgeschwächt hatte, widerstand er ihm ebenso wie er dem anderen Zug widerstanden hatte, und fand schließlich heraus, daß er den einen gegen den anderen ausbalancieren konnte. Nachdem er mühsam den Rückweg zur Stadt hinter sich gebracht und in einer Eisbar eine Tasse Kaffee getrunken hatte, schleppte er sich in die Stadtbibliothek und stöberte ziellos in den Unterhaltungszeitschriften herum. Ein paar Freunde, die ihn begrüßten, sagten ihm, er sehe so komisch sonnenverbrannt aus, aber er erzählte ihnen nichts von seiner Wanderung. Um drei Uhr aß er in einem Restaurant zu Mittag; inzwischen hatte er bemerkt, daß die Anziehungskraft sich entweder vermindert oder geteilt hatte. Danach schlug er in einem billigen Kino die Zeit tot, indem er sich die stumpfsinnigen Filme immer wieder ansah, ohne ihnen die geringste Aufmerksamkeit zu schenken.

Ungefähr um neun Uhr abends trottete er heim und schleppte sich in das alte Haus. Joe Mazurewicz leierte seine weinerlichen, unverständlichen Gebete herunter, und Gilman ging rasch in sein eigenes Dachzimmer hinauf, ohne nachzusehen, ob Elwood zu Hause war. In dem Augenblick, als er das schwache elektrische Licht einschaltete, erschrak er zutiefst. Er sah sofort, daß etwas auf dem Tisch lag, was nicht dorthin gehörte, und ein zweiter Blick beseitigte jeden Zweifel. Auf der Seite – denn stehen konnte sie nicht von alleine – lag dort die exotische, stachlige Figur, die er in seinem fürchterlichen Traum von der phantastischen Balustrade abgebrochen hatte. Kein Teil fehlte. Das wulstige, tonnenförmige Objekt in der Mitte, die dünnen, strahlenförmigen Arme, die Knoten an den beiden Enden und die flachen, leicht auswärts gebogenen Seestern-Arme, die von diesen Knoten abstanden – alles war da. Unter der elektrischen Beleuchtung schien die Farbe eine Art schillerndes, von grünen Äderchen durchzogenes Grau zu sein; und in seinem Schrecken und seiner Verwirrung sah Gilman, daß einer der Knoten eine zackige Bruchstelle aufwies, genau dort, wo die Figur in seinem Traum am Geländer befestigt gewesen war.

Nur seine dumpfe Benommenheit hielt ihn davon ab, laut aufzuschreien. Diese Verschmelzung von Traum und Wirklichkeit war mehr, als er ertragen konnte. Immer noch benommen, packte er das stachelige Ding und stolperte die Treppe hinunter in die Wohnung des Hauswirts. Die weinerlichen Gebete des abergläubischen Webers hallten noch immer durch den muffigen Hausflur, aber Gilman kümmerte sich jetzt nicht um sie. Der Hauswirt war da und begrüßte ihn freundlich. Nein, er habe das Ding nie gesehen und wisse nichts darüber. Aber seine Frau habe ihm erzählt, daß sie ein komisches Ding aus Zinn in einem der Betten gefunden habe, als sie am Morgen die Zimmer aufgeräumt hatte, und vielleicht war es dies. Dombrowski rief nach ihr, und sie kam hereingewatschelt. Ja, das sei das Ding. Sie habe es im Bett des jungen Herrn gefunden – auf der Wandseite. Es sei ihr sehr seltsam vorgekommen, aber natürlich habe der junge Herr eine Menge seltsamer Dinge in seinem Zimmer – Bücher und Raritäten und Zeichen auf Papier. Sie wisse wirklich nichts darüber.

Zutiefst verwirrt kletterte Gilman wieder die Treppe hinauf; er war überzeugt, daß er entweder immer noch träumte, oder daß sein Schlafwandeln sich so verschlimmert hatte, daß er dabei an unbekannten Orten Dinge stahl. Woher hatte er dieses haarsträubende Ding? Er konnte sich nicht erinnern, es in irgendeinem Museum in Arkham gesehen zu haben. Aber es mußte schon vorher dagewesen sein, und sein Anblick, als er es im Schlaf anfaßte, mußte das seltsame Traumbild von der mit der Balustrade umgebenen Terrasse ausgelöst haben. Am nächsten Tag würde er einige sehr vorsichtige Nachforschungen anstellen – und vielleicht den Nervenarzt aufsuchen.

Inzwischen würde er versuchen, seiner Schlafwandlerei auf die Spur zu kommen. Als er die Treppe hinauf und über den Vorraum im Dachgeschoß ging, streute er ein wenig Mehl aus, das er sich – ohne den Verwendungszweck zu verheimlichen – vom Hauswirt geborgt hatte. Unterwegs war er vor Elwoods Tür stehengeblieben, aber dahinter war es dunkel gewesen. Wieder in seinem Zimmer, legte er das stachlige Ding auf den Tisch und warf sich – geistig und körperlich völlig erschöpft – angezogen auf das Bett. Aus dem Hohlraum über der schrägen Decke glaubte er ein schwaches Kratzen und Tappen zu vernehmen, aber er war zu erschlagen, um sich noch irgendwelche Gedanken darüber zu machen.

In dem blendenden, violetten Licht des Traumes erschienen ihm wieder die alte Frau und das zottige Ding mit den Fangzähnen, abermals deutlicher als je zuvor. Diesmal erreichten sie ihn wirklich, und er fühlte, wie die dürren Klauen der Hexe nach ihm griffen. Er wurde aus dem Bett und in einen leeren Raum gezogen, und für einen Augenblick hörte er ein rhythmisches Dröhnen und sah rings um sich die zwielichtigen formlosen Abgründe brodeln. Aber dieser Augenblick war sehr kurz, denn gleich darauf befand er sich in einem rohen, fensterlosen kleinen Raum mit ungehobelten Balken und Bohlen, die knapp über seinen Kopf spitz zusammenliefen, und mit einem sonderbar abschüssigen Fußboden. Waagrecht aufgebockt standen auf diesem Fußboden niedrige Kisten voller Bücher, die von jedem erdenklichen Alter und in jedem Stadium des Zerfalls waren, und in der Mitte standen ein Tisch und eine Bank, offenbar beide an ihrem Platz befestigt. Kleine Objekte von unbekannter Form und Bestimmung waren auf der Oberseite der Kisten aufgereiht, und in dem züngelnden violetten Licht glaubte Gilman ein Gegenstück des stachligen Bildwerks zu erkennen, das ihn so furchtbar verwirrt hatte. Auf der linken Seite brach der Fußboden abrupt ab und ließ ein schwarzes, dreieckiges Loch frei, aus dem nach einem sekundenlangen trockenen Klappern behend das scheußliche zottige Ding mit den gelben Fangzähnen und dem bärtigen menschlichen Gesicht herausgekrochen kam.

Die bösartig grinsende Hexe umklammerte ihn noch immer mit ihren Klauen, und hinter dem Tisch stand eine Gestalt, die er nie zuvor gesehen hatte – ein großer, schlanker Mann von pechschwarzer Hautfarbe, aber ohne die geringsten negroiden Züge; er hatte keine Haare und keinen Bart und trug als einzige Bekleidung eine formlose Robe aus einem schweren, schwarzen Material. Seine Füße waren nicht zu sehen, weil sie von dem Tisch und der Bank verdeckt wurden, aber er mußte Schuhe anhaben, denn es knackte jedesmal, wenn er seine Stellung veränderte. Der

Mann sprach nicht, und seine kleinen regelmäßigen Züge verrieten keinerlei Regung. Er zeigte lediglich auf ein Buch von gewaltiger Größe, das aufgeschlagen auf dem Tisch lag, während die Hexe einen riesigen grauen Federkiel Gilman in die rechte Hand drückte. Über allem lastete eine unheimliche, sinnverwirrende Furcht, und der Höhepunkt des Entsetzens kam, als das zottige Ding an den Kleidern des Träumenden bis zu seiner Schulter hinauf- und dann seinen linken Arm hinabrannte und ihn schließlich knapp unterhalb der Manschette schmerzhaft in das Handgelenk biß. Als Blut aus der Wunde spritzte, fiel Gilman in Ohnmacht.

Er erwachte am Morgen des einundzwanzigsten April mit einem Schmerz im linken Handgelenk und sah, daß an seinem Ärmel braune Flecken von getrocknetem Blut waren. Seine Erinnerungen waren sehr verschwommen, aber die Szene mit dem schwarzen Mann in dem unbekannten Raum stand ihm deutlich vor Augen. Die Ratten mußten ihn gebissen haben, während er schlief, und damit den Höhepunkt dieses schrecklichen Traumes ausgelöst haben. Als er die Tür öffnete, sah er, daß das Mehl auf dem Fußboden im Korridor außer den riesigen Fußspuren des ziemlich lauten Burschen, der am anderen Ende des Dachgeschosses wohnte, keine Abdrücke aufwies. Er war also diesmal nicht im Schlaf herumgewandelt. Aber irgend etwas würde er gegen diese Ratten unternehmen müssen. Er würde darüber einmal mit dem Hauswirt sprechen. Abermals versuchte er, das Loch am Fuß der schrägen Wand zu verstopfen, indem er einen Kerzenhalter hineinpreßte, der ungefähr die richtige Größe zu haben schien. Seine Ohren dröhnten fürchterlich, wie vom Widerhall irgendwelcher schrecklicher Geräusche, die er im Traum gehört hatte.

Während er badete und die Kleider wechselte, versuchte er sich zu erinnern, was er nach der Szene in dem violett erleuchteten Raum geträumt hatte, aber es wollte sich kein bestimmtes Bild einstellen. Der Schauplatz dieser Szene mußte dem Hohlraum über der Decke entsprochen haben, der seine Einbildung seit einiger Zeit so sehr beschäftigte, aber die darauffolgenden Eindrücke waren schwach und verschwommen. Schemenhaft tauchten Erinnerungen an die düsteren, zwielichtigen Abgründe und an noch gewaltigere, schwärzere Abgründe auf – Abgründe, in denen es keinerlei konkrete Anhaltspunkte mehr gab. Er war von der Blasenmasse und dem kleinen Polyeder, die ihn ständig verfolgten, dorthin getragen worden; aber diese Gebilde hatten sich, wie er selbst, in der noch weiter entfernten Leere dieser endgültigen Finsternis in Nebelstreifen aufgelöst. Irgend etwas anderes war dann vor ihm hergezogen – ein größerer Nebelschwaden, der sich hin und wieder zu der unbeschreiblichen Andeutung einer festen Form verdichtet hatte – und er ahnte, daß er, als er diesem Nebelschwaden folgte, sich nicht in einer geraden Linie bewegte, sondern in fremdartigen Kurven und Spiralen eines ätherischen Strudels, dessen Gesetze nicht der Physik und Mathematik irgendeines vorstellbaren Kosmos entlehnt zu sein schienen. Außerdem hatte er riesige, springende Schatten, ein ungeheueres, halb akustisches Pulsieren und das dünne, eintönige Pfeifen einer unsichtbaren Flöte verschwommen wahrgenommen – aber das war alles. Gilman kam zu dem Schluß, daß diese letzte Vorstellung auf das zurückzuführen war, was er im *Necronomicon* über die geistlose Existenz des Azathoth gelesen hatte, der von einem schwarzen Thron im Mittelpunkt des Chaos aus über alle Zeiten und Räume herrscht.

Als er die Blutkruste abgewaschen hatte, erwies sich die Wunde am Handgelenk als recht harmlos, und Gilman rätselte, was die Anordnung der beiden winzigen Löcher zu bedeuten hatte. Es fiel ihm ein, daß auf dem Bettuch, wo er gelegen hatte, keine Blutspuren gewesen waren – was in Anbetracht der großen Flekken auf seiner Haut und der Manschette sehr merkwürdig war. War er im Schlaf in seinem Zimmer herumgewandelt und hatte ihn die Ratte gebissen, als er in einem Stuhl saß oder sich in einer weniger normalen Stellung ausruhte? Er durchsuchte jeden Winkel des Zimmers nach bräunlichen Tropfen oder Flecken, konnte aber keine finden. Er hätte besser, so überlegte er, das Mehl auch im Zimmer ausstreuen sollen – obwohl da letzten Endes kein Beweis mehr für sein Schlafwandeln gebraucht wurde. Er wußte, daß er schlafwandelte – und jetzt kam es darauf an, etwas dagegen zu tun. Er mußte Frank Elwood um Hilfe bitten. Diesen Morgen schienen die Anziehungskräfte aus dem Weltraum schwächer zu sein, aber an ihre Stelle war ein noch unbegreiflicheres Gefühl getreten. Es war ein undeutlicher, aber anhaltender Wunsch, aus seiner jetzigen Lage herauszufliegen, jedoch ohne einen Hinweis darauf, wohin er fliegen wollte. Als er das stachlige Ding auf dem Tisch aufhob, glaubte er zu spüren, daß der Zug nach Norden etwas stärker wurde, aber trotzdem behielt der neue, noch verwirrendere Antrieb eindeutig die Oberhand.

Er trug das stachlige Gebilde zu Elwoods Zimmer hinunter, wobei er sich gegen das Geleier des Webers wappnete, das aus dem Erdgeschoß heraufdrang. Elwood war gottlob zu Hause und schien auch schon aufgestanden zu sein. Es blieb ihnen noch ein wenig Zeit, bevor sie das Haus verlassen mußten, um zum Frühstücken und danach in die Vorlesungen zu gehen; so konnte Gilman einen hastigen Bericht über seine neuesten Träume und Ängste abgeben. Sein Gastgeber war sehr mitfühlend und meinte auch, daß man etwas unternehmen müsse. Er war über Gilmans hageres, ausgezehrtes Aussehen erschrocken und bemerkte den seltsamen, unnatürlichen Sonnenbrand, über den sich andere schon in der vergangenen Woche geäußert hatten. Allerdings konnte auch er nicht viel sagen. Er hatte Gilman bei keinem seiner nachtwandlerischen Ausflüge beobachtet und hatte keine Ahnung, worum es sich bei dem komischen Gebilde handeln konnte. Er hatte aber einmal zugehört, als sich der Franko-Kanadier, der genau unter Gilman wohnte, eines Abends mit Mazurewicz unterhielt. Sie hatten sich gegenseitig versichert, wie sehr sie sich vor der bevorstehenden Walpurgisnacht fürchteten, bis zu der es jetzt nur noch ein paar Tage seien; und sie hätten mitleidige Bemerkungen über den armen, verhexten jungen Herrn ausgetauscht. Desrochers, der Bursche unter Gilmans Zimmer, habe von nächtlichen Tritten, von beschuhten und nackten Füßen, gesprochen, sowie von dem violetten Licht, das er eines Nachts gesehen habe, als er sich ängstlich nach oben geschlichen habe, um durch Gilmans Schlüsselloch zu gucken. Er habe sich aber nicht getraut, hineinzuschauen, nachdem er dieses Licht durch den Spalt unter der Tür habe schimmern sehen. Er habe auch gedämpftes Sprechen gehört – und als er anfing, es zu beschreiben, sei, so schloß Elwood seinen Bericht, seine Stimme zu einem Flüstern abgesunken.

Elwood konnte sich nicht vorstellen, was die beiden abergläubischen Gestalten zu ihrem Getratsche angeregt habe, er vermutete aber, daß ihre Phantasie einerseits von Gilmans langem Aufbleiben, seinem Schlafwandeln und seinem Sprechen im Schlaf, und andererseits von dem bevorstehenden, traditionell gefürchteten Vorabend des Ersten Mai beflügelt worden sei. Daß Gilman im Schlaf sprach, sei bekannt, und die Schauermärchen von dem violetten Traumlicht seien sicher durch Desrochers Horchen an

Gilmans Schlüsselloch in Umlauf gesetzt worden. Diese einfachen Leute seien immer bereit, sich einzubilden, sie hätten etwas Seltsames gesehen, wovon sie nur einmal gehört hätten. Was die notwendige Abhilfe betraf, so sei es wohl besser, wenn Gilmann in Elwoods Zimmer umzog und nicht mehr allein schliefe. Er, Elwood, würde ihn, falls er selbst wach sei, sofort aufwecken, sobald er anfangen würde, im Schlaf herumzuwandeln oder zu sprechen. Er müsse aber auch schleunigst einen Facharzt aufsuchen. Inzwischen würden sie das stachlige Ding in den verschiedenen Museen und bei einigen Professoren vorzeigen; dabei könnten sie behaupten, sie hätten es in einem Abfallkorb gefunden, und die verschiedenen Leute um eine Erklärung bitten. Außerdem müsse Dombrowski sich darum kümmern, daß die Ratten in den Trennwänden vergiftet würden.

Von Elwoods kameradschaftlicher Haltung ermutigt, besuchte Gilman an diesem Tage seine Vorlesungen. Seltsame Kräfte zerrten noch immer an ihm, aber er konnte sie mit beträchtlichem Erfolg überwinden. Während einer Pause zeigte er die seltsame Figur mehreren Professoren, die alle äußerst interessiert waren, jedoch keinerlei Hinweise auf ihre Herkunft und ihre Bedeutung geben konnten. Diese Nacht schlief er auf einer Couch, die Elwood vom Hauswirt in sein Zimmer im zweiten Stock hatte stellen lassen, und war zum ersten Mal seit Wochen völlig frei von beunruhigenden Träumen. Er fieberte jedoch noch immer, und die weinerlichen Gebete des Webers brachten ihn noch immer aus der Fassung.

Während der nächsten Tage genoß Gilman das Gefühl, fast überhaupt nicht von übernatürlichen Erscheinungen belästigt zu sein. Elwood sagte, er habe nicht bemerkt, daß er im Schlaf herumwandelte oder zu sprechen anfing, und in der Zwischenzeit streue der Hauswirt überall Rattengift. Das einzige beunruhigende Element war noch das Gerede der abergläubischen Ausländer, deren Phantasie jetzt aufs höchste erregt war. Mazurewicz wollte ihn andauernd überreden, sich ein Kruzifix zu besorgen, und drängte ihm schließlich selbst eines auf, von dem er behauptete, es sei von dem guten Pater Iwanicki gesegnet worden. Auch Desrochers hatte etwas beizusteuern; er behauptete, in dem nunmehr leeren Zimmer über sich in der ersten und zweiten Nacht nach Gilmans Auszug vorsichtige Schritte gehört zu haben. Paul Choynski hatte angeblich auf dem Korridor und im Treppenhaus Geräusche vernommen und behauptete, jemand habe vorsichtig seine Tür zu öffnen versucht, während Mrs. Dombrowski schwor, sie habe zum ersten Mal seit Allerheiligen Brown Jenkin gesehen. Aber diese einfältigen Berichte brauchte man nicht ernst zu nehmen, und Gilman ließ das billige Metallkruzifix unbeachtet an einem Haken in Elwoods Zimmer hängen.

Drei Tage lang klapperten Gilman und Elwood sämtliche Museen der Stadt ab, um eine Auskunft über die Bedeutung des seltsamen, stachligen Objektes zu bekommen, aber ohne jeden Erfolg. Überall war das Interesse groß, denn die außerordentliche Fremdartigkeit der Figur reizte die wissenschaftliche Neugier. Einer der kleinen, strahlenförmig angeordneten Arme wurde abgebrochen und einer chemischen Analyse unterworfen. Professor Ellery fand Platin, Eisen und Tellur in der sonderbaren Legierung; aber außerdem enthielt sie mindestens drei verschiedene andere Elemente von hohem Atomgewicht, die beim besten Willen nicht chemisch zu bestimmen waren. Sie entsprachen nicht nur keinem bekannten Element, sondern paßten noch nicht einmal in die Lücken im Periodensystem der Elemente, die für wahrscheinlich existierende Elemente vorgesehen waren. Das Geheimnis ist bis zum heutigen Tage nicht gelüftet worden, obwohl das Objekt seither im Museum der Miskatonic-Universität ausgestellt wird.

Am Morgen des siebenundzwanzigsten April war ein frisches Rattenloch in der Wand des Zimmers, in dem Gilman zu Gast war, aber Dombrowski nagelte im Laufe des Tages eine Zinnplatte darüber. Das Gift schien nicht sonderlich wirksam zu sein, denn das Gekratze und Getrippel in den Trennwänden hielt praktisch unvermindert an.

Elwood blieb an diesem Abend lange weg, und Gilman blieb wach und wartete auf ihn. Er wollte nicht alleine schlafen gehen – besonders da er glaubte, in der Abenddämmerung das abstoßende alte Weib gesehen zu haben, deren Bild so schrecklich in seine Träume eingedrungen war. Er fragte sich, wer sie wohl sein konnte und was neben ihr in den Blechdosen auf einem Abfallhaufen am Eingang eines schmutzigen Hinterhofes herumgeklappert hatte. Die Hexe hatte ihn anscheinend bemerkt und böse zu ihm herübergeschielt – aber vielleicht hatte er sich das auch nur eingebildet.

Am folgenden Tage fühlten sich beide sehr müde und wußten,

daß sie in der folgenden Nacht wie Murmeltiere schlafen würden. Am Abend unterhielten sie sich schläfrig über die Mathematikstudien, die Gilman so vollständig – und womöglich zu seinem Schaden – beansprucht hatten, und stellten Vermutungen über die Verbindungen zur alten Magie und Folklore an, die auf so dunkle Weise wahrscheinlich schienen. Sie sprachen von der alten Keziah Mason, und Elwood gab zu, daß Gilman gute wissenschaftliche Gründe für die Annahme hatte, daß sie auf seltsame und wesentliche Informationen gestoßen war. Die geheimen Kulte, zu denen diese Hexen gehörten, hüteten oft überraschende Geheimnisse aus alten, vergessenen Zeiten und gaben sie an die nachfolgenden Generationen weiter; und es war keineswegs unmöglich, daß Keziah tatsächlich die Kunst beherrscht hatte, sich in andere Dimensionen zu versetzen. Aus den überlieferten Sagen wußte man, wie wenig materielle Hindernisse dazu taugen, die Bewegungen einer Hexe aufzuhalten, und wer vermochte zu sagen, was den alten Geschichten zugrunde liegt, in denen Hexen auf Besenstielen durch nächtliche Lüfte reiten?

Ob ein moderner Student sich jemals allein durch mathematische Forschungen ähnliche Fähigkeiten aneignen konnte, das würde man erst noch sehen müssen. Ein Erfolg, so fügte Gilman hinzu, könnte zu gefährlichen und unausdenkbaren Situationen führen; denn wer könne vorhersagen, welche Bedingungen in einer benachbarten, aber normalerweise unzugänglichen Dimension herrschten? Andererseits eröffneten sich enorme phantastische Möglichkeiten. Es könnte sein, daß in bestimmten Gegenden des Weltraums die Zeit nicht existierte und daß man sein Leben und sein Alter auf ewig erhalten konnte, indem man sich in diese Gegenden versetzte und dort blieb; daß man nie einen organischen Metabolismus oder Verfall durchmachen mußte, abgesehen von unbedeutenden Veränderungen bei Besuchen auf dem eigenen oder ähnlichen Planeten. Man könnte sich zum Beispiel in eine zeitlose Dimension versetzen und in irgendeiner zukünftigen Periode der Erdgeschichte zurückkehren, um keinen Tag gealtert.

Ob dies jemals irgendeinem Menschen gelungen war, darüber könne man kaum Vermutungen mit irgendeinem Grad von Wahrscheinlichkeit anstellen. Die alten Legenden sind dunkel und vieldeutig, und alle geschichtlichen Versuche, verbotene Grenzen zu überschreiten, scheinen mit seltsamen und schrecklichen Bündnissen mit Wesen und Abgesandten aus anderen Welten zusammenzuhängen. Da gab es jene uralte Figur des Abgesandten geheimer, fürchterlicher Mächte – der »Schwarze Mann« des Hexenkults und der »Nyarlathotep« des *Necronomicon*. Da war außerdem das verwirrende Problem der niedrigen Boten oder Vermittler – der tierähnlichen Wesen und kuriosen Mischgestalten, die in der Legende als die Verwandten der Hexen geschildert werden. Als Gilman und Elwood zu Bett gingen, zu müde, um weiterzudiskutieren, hörten sie Joe Mazurewicz halb betrunken ins Haus torkeln und schauderten bei der verzweifelten Wildheit seiner eintönigen Gebete.

In dieser Nacht sah Gilman wieder das violette Licht. Im Traum hörte er ein Kratzen und Nagen in den Trennwänden und dachte, jemand mache sich heimlich am Türschloß zu schaffen. Dann sah er die alte Frau und das kleine zottige Ding, die über den mit einem Teppich belegten Boden auf ihn zukamen. Das Gesicht der Hexe strahlte in unmenschlichem Triumph, und das kleine Ungeheuer mit den gelben Fangzähnen kicherte höhnisch, während es auf die schlafende Gestalt Elwoods auf der Couch am anderen Ende des Zimmers zeigte. Vor Entsetzen gelähmt, brachte Gilman keinen Ton hervor. Auch diesmal packte das gräßliche alte Weib Gilman an den Schultern und riß ihn aus dem Bett und in den leeren Raum. Wieder zog die Unendlichkeit dröhnender Abgründe rasend schnell an ihm vorbei, aber im nächsten Augenblick befand er sich in einer unbekannten Gasse, in der widerliche Gerüche hingen und zu beiden Seiten vermodernde Wände uralter Häuser aufragten.

Vorne stand der schwarze Mann mit der Robe, den er in dem anderen Traum in dem engen Raum gesehen hatte, während ihn die alte Frau aus geringerer Entfernung gebieterisch und mit drohenden Grimassen heranwinkte. Brown Jenkin rieb sich mit einer Art liebevoller Verspieltheit an den Knöcheln des schwarzen Mannes, die fast ganz in dem tiefen Schlamm verborgen waren. Auf der rechten Seite war ein dunkles, offenes Tor, auf das der schwarze Mann schweigend deutete. Dorthinein ging die grinsende Alte und zerrte Gilman an den Ärmeln seines Schlafanzugs hinter sich her. Sie gingen übelriechende, mysteriös knarrende Treppen hinauf, wobei die alte Frau einen schwachen violetten Lichtschein zu verbreiten schien; und schließlich gelangten sie an eine Tür, die von einem Treppenabsatz hinabführte. Die Alte fummelte an dem Schloß herum, stieß die Tür auf, bedeutete Gilman zu warten und verschwand in dem schwarzen Loch.

Die überempfindlichen Ohren des jungen Mannes vernahmen einen fürchterlichen, erstickten Schrei, und gleich darauf kam die Hexe aus dem Raum und trug eine kleine, leblose Gestalt, die sie dem Träumer hinwarf, als wollte sie ihm befehlen, sie zu tragen. Der Anblick dieser Gestalt und des Ausdrucks auf ihrem Gesicht löste den Bann. Immer noch zu benommen, um zu schreien, raste er die ekelerregende Treppe hinab und hinaus in den Schlamm; er kam erst zum Stehen, als der wartende schwarze Mann ihn packte und würgte. Während seine Sinne schwanden, hörte er das leise, schrille Gekicher des rattenhaften Scheusals mit den fürchterlichen Fangzähnen.

Am Morgen des neunundzwanzigsten April hatte Gilman kaum die Augen aufgeschlagen, als nacktes Entsetzen ihn überfiel. Vom ersten Augenblick an wußte er, daß irgend etwas Schreckliches passiert sein mußte, denn er lag wieder in seinem alten Dachzimmer mit der schrägen Wand und der abfallenden Decke, auf dem ungemachten Bett. Sein Hals schmerzte fürchterlich, und als er sich zum Sitzen aufrappelte, sah er mit wachsendem Grauen, daß seine Füße und die Beine seines Schlafanzuges voll braunem, angetrocknetem Dreck waren. Im Moment konnte er sich nur ganz dunkel an etwas erinnern, aber er wußte, daß er im Schlaf herumgeirrt sein mußte. Elwood hatte sicher zu tief geschlafen, um ihn zu hören und zurückzuhalten. Auf dem Fußboden waren verworrene Schmutzspuren, aber merkwürdigerweise erstreckten sie sich nicht bis zur Tür. Je länger Gilman sie betrachtete, um so sonderbarer kamen sie ihm vor; denn außer denen, die er als seine eigenen erkannte, waren da noch kleinere, fast runde Abdrücke – wie sie die Beine eines großen Stuhls oder eines Tisches hinterlassen mochten, nur daß die meisten in der Mitte unterteilt waren. Außerdem fand er einige seltsame, schmutzige Rattenspuren, die aus einem frischen Loch heraus- und wieder hineinführten. Äußerste Bestürzung und die Angst, den Verstand zu verlieren, peinigten Gilman, als er zur Tür taumelte und sah, daß draußen keine Schmutzspuren waren. Je mehr ihm von seinem Traum wieder einfiel, um so stärker wurde sein Entsetzen, und seine Verzweiflung wuchs noch, als er von unten Joe Mazurewicz' Trauergesänge hörte.

Er ging hinunter in Elwoods Zimmer, weckte ihn auf und begann ihm zu erzählen, wie er sich wiedergefunden hatte, aber Elwood konnte sich nicht vorstellen, was sich wirklich abgespielt hatte. Wo Gilman gewesen sein konnte, wie er in sein Zimmer zurückkam, ohne Spuren im Korridor zu hinterlassen, und wie es kam, daß die schmutzigen, möbelartigen Spuren mit den seinen auf dem Fußboden des Dachzimmers vermischt waren, das alles war völlig unbegreiflich. Und dann diese dunklen, bläulichen Male an seinem Hals – als hätte er versucht, sich selbst zu erdrosseln. Gilman legte seine Hände darauf, aber die Finger paßten nicht annähernd zu den Malen. Während sie miteinander sprachen, kam Desrochers herein, um zu berichten, daß er in den Stunden vor Tagesanbruch ein furchtbares Geklapper über sich gehört habe. Nein, es sei nach Mitternacht niemand über die Treppe gegangen, aber kurz vor Mitternacht habe er schwache Tritte in der Dachstube und danach vorsichtige Schritte die Treppe herunterkommen gehört, die ihm gar nicht gefallen hätten. Es sei, fügte er hinzu, eine sehr schlimme Jahreszeit für Arkham. Der junge Herr solle sich unbedingt das Kruzifix umhängen, das Joe Mazurewicz ihm gegeben habe. Selbst tagsüber könne man nicht sicher sein, denn auch nach Tagesanbruch seien noch seltsame Geräusche im Haus gewesen – insbesondere ein dünnes, kindliches Jammern, das dann schnell erstickt sei.

Gilman ging an diesem Vormittag mechanisch in seine Vorlesungen, war aber völlig außerstande, sich auf den Lehrstoff zu konzentrieren. Ein grauenhaftes Gefühl der Vorahnung hatte ihn gepackt, und er schien auf irgendeinen vernichtenden Schlag zu warten. Zu Mittag aß er in der Universität, und während er auf das Dessert wartete, nahm er sich eine Zeitung, die auf dem Stuhl neben ihm lag. Aber das Dessert aß er nicht mehr; denn als er eine bestimmte Meldung auf der ersten Seite der Zeitung gelesen hatte, konnte er nur noch mit gehetztem Blick die Zeche bezahlen und sich unter Aufbietung seiner letzten Kräfte in Elwoods Zimmer zurückschleppen.

In der Nacht hatte sich in einem Durchgang in der Altstadt ein merkwürdiger Fall von Kindesentführung ereignet; das zwei Jahre alte Kind einer schlampigen Wäscherin namens Anastasia Wolejko war spurlos verschwunden. Die Mutter hatte, wie es schien, das Unglück schon seit einiger Zeit kommen sehen; aber die Gründe, die sie für diese Befürchtung anführte, waren so grotesk, daß niemand sie ernst nahm. Sie behauptete, sie habe seit

Anfang März Brown Jenkin hin und wieder in der Nähe ihrer Wohnung gesehen und aufgrund seiner Grimassen und seines Gekichers gewußt, daß der kleine Ladislas als Opfer für den grausigen Hexensabbat in der Walpurgisnacht ausersehen sei. Sie habe ihre Nachbarin Mary Czanek gebeten, in dem Zimmer zu schlafen und das Kind zu bewachen, aber Mary habe sich nicht getraut. Sie habe nicht zur Polizei gehen können, weil man ihr dort solche Dinge nicht geglaubt hätte. Solange sie sich erinnern könne, seien jedes Jahr Kinder auf diese Weise verschwunden. Und ihr Freund, Pete Stowacki, habe ihr nicht geholfen, weil ihm das Kind im Weg gewesen sei.

Was aber Gilman in kalten Schweiß versetzte, war der Bericht zweier Nachtschwärmer, die kurz nach Mitternacht am Tor des Durchgangs vorbeigekommen waren. Sie gaben zu, daß sie betrunken gewesen waren, aber beide beschworen, daß sie gesehen hätten, wie ein verrückt gekleidetes Trio verstohlen in der dunklen Öffnung verschwunden sei. Es seien, so sagten sie, ein riesiger Neger mit einer Robe, eine kleine, alte Frau in Lumpen und ein junger Weißer im Schlafanzug gewesen. Die alte Frau habe den jungen Mann hinter sich hergezerrt, während um die Füße des Negers eine zahme Ratte sich im Schlamm gewälzt und herumgeschlängelt habe.

Gilman saß den ganzen Nachmittag benommen da, und Elwood, der inzwischen die Zeitungen gesehen und fürchterliche Vermutungen angestellt hatte, fand ihn noch so vor, als er nach Hause kam. Diesmal konnte keiner von beiden daran zweifeln, daß irgendein furchtbares Unheil sich über ihnen zusammenbraute. Zwischen den Phantasmagorien der Alpträume und den Realitäten der sichtbaren Welt bahnte sich ein ungeheuerlicher, unfaßbarer Zusammenhang an, und nur äußerste Wachsamkeit konnte noch Schlimmeres verhüten. Gilman müsse früher oder später einen Facharzt aufsuchen, aber natürlich nicht gerade jetzt, da alle Zeitungen voll von Nachrichten über den Kindesraub waren.

Was sich wirklich zugetragen hatte, blieb völlig rätselhaft, und eine Weile tauschten Gilman und Elwood im Flüsterton die wildesten Theorien aus. Hatte Gilman unbewußt mit seinen Studien über den Raum mehr Erfolg gehabt, als er selbst erkannt hatte? Hatte er tatsächlich unsere Sphäre verlassen und sich an ungeahnte und unvorstellbare Orte versetzt? Wo – wenn überhaupt irgendwo – war er in jenen Nächten dämonischer Entfremdung gewesen? Die dröhnenden, zwielichtigen Abgründe – der grüne Bergabhang – die blendende Terrasse – die Anziehungskräfte von den Sternen – der entlegenste schwarze Strudel – der schwarze Mann – die dreckige Gasse und die Treppen – die alte Hexe und das zottige Ungeheuer mit den Fangzähnen – die Blasenmasse und das kleine Polyeder – der merkwürdige Sonnenbrand – die Wunde am Handgelenk – die unerklärliche Figur – die schmutzigen Füße – die Male am Hals – die Erzählungen und Befürchtungen der abergläubischen Ausländer – was hatte all dies zu bedeuten? Konnte ein solcher Fall überhaupt nach den Gesetzen des gesunden Menschenverstandes beurteilt werden?

In dieser Nacht fanden sie keinen Schlaf und am folgenden Tag schwänzten sie beide ihre Vorlesungen und dösten vor sich hin. Es war der dreißigste April, und mit der Abenddämmerung würde der teuflische Hexensabbat losbrechen, den alle Ausländer und abergläubischen alten Leute fürchteten. Mazurewicz kam um sechs nach Hause und berichtete, die Leute in der Fabrik hätten gemunkelt, daß der Hexensabbat in der dunklen Schlucht jenseits von Meadow Hill abgehalten würde, dort wo der alte weiße Stein an einer Stelle steht, auf der seltsamerweise keine Pflanzen wachsen. Einige von ihnen hatten sogar die Polizei benachrichtigt und ihr empfohlen, dort nach dem vermißten Kind der Wolejko zu suchen, aber sie glaubten nicht, daß irgend etwas unternommen werden würde. Joe bestand darauf, daß der junge Herr sein Kruzifix mit der vernickelten Kette umhängen solle, und um ihm einen Gefallen zu tun, hängte Gilman es sich um den Hals und verbarg es unter seinem Hemd.

Spät in der Nacht saßen die beiden jungen Männer vor sich hindösend in ihren Stühlen, eingelullt von den Gebeten des Webers im Stockwerk unter ihnen. Im Halbschlaf lauschte Gilman, und seine übernatürlich geschärften Ohren schienen ein feines, unheimliches Gemurmel hinter den Geräuschen in dem alten Haus wahrzunehmen. Unangenehme Erinnerungen an Dinge aus dem *Necronomicon* und dem *Schwarzen Buch* stiegen in ihm auf, und er bemerkte, daß er sich in sonderbaren Rhythmen wiegte, die zu den finstersten Zeremonien des Hexensabbats gehörten und ihren Ursprung außerhalb des uns vertrauten Systems von Raum und Zeit haben sollten.

Plötzlich kam ihm zu Bewußtsein, worauf er lauschte – die teuflischen Gesänge der Zelebranten in dem fernen, schwarzen Tal.

Woher wußte er so viel über ihre Riten? Wie konnte er wissen, in welchem Augenblick Nahab und ihr Akoluth die bis zum Rand gefüllte Schale herbeitragen würden, die dem schwarzen Hahn und der schwarzen Ziege folgten? Er sah, daß Elwood eingeschlafen war, und versuchte, ihn wachzurufen. Aber irgend etwas verschloß seinen Kehlkopf. Er war nicht Herr seiner selbst. Hatte er etwa doch seinen Namen in das Buch des schwarzen Mannes geschrieben?

Dann vernahm sein fiebriges, übernatürliches Gehör die fernen, vom Wind herübergetragenen Töne. Meilenweit über Berge und Felder und Gassen kamen sie, aber er erkannte sie trotzdem. Das Feuer mußte angezündet sein und der Tanz mußte begonnen haben. Wie konnte er sich davon abhalten, auch hinzugehen? In welche Geheimnisse war er verstrickt? Mathematik – Volkskunde – die alte Keziah – Brown Jenkin... und jetzt sah er, daß in der Wand neben seiner Couch ein frisches Rattenloch war. In die fernen Gesänge und die näheren Gebete von Joe Mazurewicz mischte sich ein anderes Geräusch – ein verstohlenes, zielbewußtes Kratzen in den Trennwänden. Er hoffte, das elektrische Licht würde nicht ausgehen. Dann sah er das bärtige kleine Gesicht mit den Fangzähnen in dem Rattenloch auftauchen – dieses gräßliche kleine Gesicht, das, wie er nun endlich feststellte, eine so erschreckende, spöttische Ähnlichkeit mit dem der alten Keziah aufwies – und hörte, wie sich jemand leise am Türschloß zu schaffen machte.

Die dröhnenden, zwielichtigen Abgründe flammten vor ihm auf, und er fühlte, wie er wehrlos dem formlosen Zugriff der schillernden Blasenmasse ausgeliefert war. Vor ihm her tanzte wie irrsinnig das kleine, kaleidoskopische Polyeder, und die undeutlichen Töne verstärkten und beschleunigten sich in der ganzen brodelnden Leere auf eine Weise, die einen unvorstellbaren, unerträglichen Höhepunkt ahnen ließ. Er glaubte zu wissen, was jetzt kommen würde – der schreckliche Ausbruch des Walpurgis-Tanzes, in dessen kosmischen Rhythmus sich das ganze ursprüngliche, ewige Brodeln von Raum und Zeit verwirklichen würde, das hinter den geballten Sphären der Materie liegt und manchmal in rhythmischen Erschütterungen hervorbricht, die fast unmerklich alle Schichten des Seins durchdringen und in allen Welten gewissen gefürchteten Perioden eine schreckliche Bedeutung verleihen.

Aber all das verschwand innerhalb einer Sekunde. Er war wieder in dem engen, violett erleuchteten und nach oben spitz zulaufenden Raum mit dem schrägen Fußboden, den niedrigen Kisten mit alten Büchern, der Bank und dem Tisch und dem dreiecksförmigen Loch auf einer Seite. Auf dem Tisch lag eine kleine, weiße Gestalt – ein kleiner Junge, unbekleidet und reglos – während auf der anderen Seite die gräßliche, lüsterne Alte stand, mit einem blitzenden Messer, das ein groteskes Heft hatte, in der rechten und einer seltsam geformten, hellen Metallschale, die mit sonderbar ziselierten Ornamenten bedeckt war und dünne seitliche Henkel hatte, in der linken Hand. Sie rezitierte ein krächzendes Ritual in einer Sprache, die Gilman nicht verstand, die aber wie eine Sprache klang, die im *Necronomicon* andeutungsweise beschrieben war.

Während die Szene immer deutlicher wurde, sah er, wie die Alte sich vorbeugte und ihm über den Tisch die leere Schale hinhielt – und unfähig, seine eigenen Bewegungen zu beherrschen, streckte er seine Arme aus und nahm sie in beide Hände, wobei ihm auffiel, daß sie verhältnismäßig leicht war. Im selben Augenblick kam die ekle Gestalt von Brown Jenkin über den Rand des dreieckigen, schwarzen Lochs links von ihm gekrochen. Die Alte bedeutete ihm jetzt, die Schale in einer bestimmten Stellung zu halten, während sie mit der rechten Hand das riesige, groteske Messer so hoch sie konnte über das kleine weiße Opfer erhob. Das kleine zottige Ungeheuer begann, mit kichernder Stimme das Ritual fortzusetzen, während die Hexe mit abscheulich krächzender Stimme antwortete. Obwohl ihm Verstand und Sinne gelähmt waren, fühlte Gilman, wie ihn brennender Abscheu durchschoß, und die leichte Metallschale bebte in seinen Händen. Eine Sekunde später brach das herabfahrende Messer vollends den Bann; er ließ die Schale mit widerhallendem, glokkenartigem Gedröhn fallen und griff blitzschnell mit beiden Händen zu, um die abscheuliche Untat zu verhindern.

Im nächsten Augenblick stürzte er über den ansteigenden Fußboden um das Tischende herum auf die Hexe zu und entriß ihr das Messer; klirrend fiel es in den engen, dreieckigen Abgrund. Aber gleich darauf hatte sich das Blatt gewendet; denn diese mörderischen Klauen hatten sich mit eisernem Griff um seinen Hals geschlossen, während das runzlige Gesicht sich in irrsinniger Wut verzerrte. Er fühlte, wie die Kette des billigen Kruzifixes in seinen Nacken einschnitt, und fragte sich in seiner Bedrängnis, wie die böse Kreatur auf den Anblick des Kreuzes reagieren würde. Ihre Kraft war absolut übermenschlich, aber während sie ihn weiter würgte, griff er schwächer werdend in sein Hemd, holte das metallene Symbol heraus und riß es mitsamt der Kette vom Hals.

Beim Anblick des Kreuzes fuhr die Hexe entsetzt zusammen, und ihr Griff lockerte sich so weit, daß Gilman sich befreien konnte. Er riß die stählernen Klauen von seinem Hals und hätte die Alte über den Rand des Abgrundes gezerrt, wenn ihre Klauen nicht neue Kraft bekommen und sich wieder um seinen Hals geschlossen hätten. Aber diesmal entschloß er sich, Gleiches mit Gleichem zu vergelten, und faßte mit seinen eigenen Händen nach ihrem Hals. Bevor sie bemerkte, was er tat, hatte er die Kette des Kruzifixes um ihren Hals gewickelt und einen Augenblick später so fest zugezogen, daß ihr der Atem abgeschnürt war. Während ihrer letzten Zuckungen spürte er einen Biß an seinem Knöchel und sah, daß Brown Jenkin ihr zu Hilfe gekommen war. Mit einem einzigen wütenden Tritt schleuderte er das Scheusal über den Rand des Abgrunds und hörte es irgendwo weit unten winseln.

Ob er die gräßliche Alte getötet hatte, wußte er nicht, aber er ließ sie an der Stelle liegen, wo sie zusammengebrochen war. Dann, als er sich umdrehte, bot sich ihm auf dem Tisch ein Anblick, der ihm beinahe den Rest seines Verstandes geraubt hätte. Brown Jenkin, zäh und sehnig und mit vier winzigen Händen von dämonischer Geschicklichkeit ausgerüstet, war nicht untätig gewesen, während die Hexe ihn zu erdrosseln versucht hatte, und Gilmans Anstrengungen waren vergeblich gewesen. Was das Messer der Brust des Opfers nicht hatte antun können, das hatten die gelben Fangzähne des zottigen Ungeheuers an einem Handgelenk besorgt – und die Schale, die eben noch am Boden gelegen hatte, stand randvoll neben dem leblosen kleinen Körper.

In seinem Delirium hörte Gilman den höllischen, fremdartigen Rhythmus der Sabbat-Gesänge aus unendlicher Entfernung, und er wußte, daß der schwarze Mann dort sein mußte. Wirre Erinnerungen mischten sich mit seinen Mathematik-Kenntnissen, und er glaubte, im Unterbewußtsein die *Winkel* zu kennen, die er benötigte, um zum ersten Mal ohne fremdes Zutun in die normale Welt zurückkehren zu können. Er war sicher, daß er sich in dem seit Urzeiten verschlossenen Hohlraum über seinem eigenen Zimmer befand, aber ob er jemals durch den schrägen Fußboden oder den vor langer Zeit zugemauerten Ausgang entkommen würde, schien ihm sehr zweifelhaft. Überdies, würde ihn die Flucht aus diesem Traum-Hohlraum nicht bloß in ein Traum-Haus zurückbringen – eine unnatürliche Projektion des Ortes, den er suchte? Völlig rätselhaft schien ihm die Beziehung zwischen Traum und Wirklichkeit bei all seinen Erlebnissen.

Der Weg durch die verschwommenen Abgründe würde furchtbar sein, denn der Walpurgis-Rhythmus würde dort vibrieren, und er würde schließlich doch noch das bisher verschwommene kosmische Pulsieren hören, vor dem er so tödliche Angst hatte. Sogar jetzt schon konnte er ein tiefes, unnatürliches Beben entdecken, dessen Rhythmus ihm nur allzu gut bekannt war. Zur Zeit des Hexensabbats stieg es immer an und drang zu den Welten durch, um die Eingeweihten zu den namenlosen Riten zu rufen. Den meisten der Gesänge des Hexensabbats lag dieser schwach wahrnehmbare pulsierende Rhythmus zugrunde, den kein irdisches Ohr in seiner ungedämpften, das All durchdringenden Lautstärke ertragen konnte. Gilman fragte sich auch, ob er seinen Instinkten zutrauen konnte, daß sie ihn in die richtige Gegend des Weltraums zurückbringen würden. Konnte er sicher sein, daß er nicht auf jenem grün erleuchteten Berg auf einem fernen Planeten landen würde, oder auf der mit Mosaikplatten ausgelegten Terrasse oberhalb der Stadt der spinnenarmigen Ungeheuer irgendwo jenseits der Galaxie, oder in den spiralenförmigen schwarzen Strudeln dieser entferntesten chaotischen Leere, in welcher der geistlose, dämonische Sultan Azathoth herrscht?

Gerade als er sich ins Nichts stürzen wollte, ging das violette Licht aus und ließ ihn in rabenschwarzer Nacht zurück. Die Hexe – die alte Keziah – Nahab – das mußte ihr Ende bedeutet haben. Und in die fernen Gesänge des Hexensabbats und das Gewinsel von Brown Jenkin unten in dem Abgrund schien sich ein anderes, wilderes Geheul aus unbekannten Tiefen zu mischen. Joe Mazurewicz – die Gebete gegen das wimmelnde Chaos verwandelten sich jetzt in ein unbeschreiblich triumphierendes Geheul – Welten von grimmiger Wirklichkeit stießen mit den Abgründen fiebriger Träume zusammen – Iä! Schab-Niggurath! Die Ziege mit den tausend Jungen...

Man fand Gilman lange vor Tagesanbruch auf dem Boden seines seltsam winkligen, alten Dachzimmers, denn auf einen gellenden Schrei hin waren Desrochers und Choynski und Dombrowski und Mazurewicz gleichzeitig nach oben gerannt, und sogar der in seinem Stuhl fest schlafende Elwood war davon aufgewacht. Er lebte und seine Augen waren starr geöffnet, er schien jedoch fast bewußtlos zu sein. An seinem Hals waren Male von mörderischen Händen, und an seinem linken Knöchel fand sich ein beunruhigender Rattenbiß. Seine Kleider waren stark zerknittert und Joes Kruzifix fehlte. Elwood zitterte vor Angst, auch nur Vermutungen darüber anzustellen, welche neuen schrecklichen Formen die Schlafwandlerei seines Freundes angenommen hatte. Mazurewicz schien halb betäubt von einem »Zeichen«, das ihm angeblich als Antwort auf seine Gebete zuteil geworden war, und bekreuzigte sich wild, als das Quietschen und Winseln einer Ratte hinter der schrägen Wand zu hören war.

Als der Träumer auf seine Couch in Elwoods Zimmer gebettet war, wurde Doktor Malkowski geholt – ein in der Nähe praktizierender Arzt, der nie etwas weitererzählte, wenn es den Betroffenen unangenehm gewesen wäre –, und er gab Gilman zwei Spritzen, die ihn in eine Art natürlichen Halbschlaf versinken ließen. Im Verlauf des Tages kam der Patient hin und wieder zu Bewußtsein und berichtete Elwood flüsternd und unzusammenhängend über seinen neuesten Traum. Es war eine qualvolle Prozedur, die gleich zu Anfang eine beunruhigende neue Tatsache zutage brachte.

Gilman – dessen Ohren noch vor kurzem so unnatürlich empfindlich gewesen waren – war jetzt stocktaub. Doktor Malkowski, der unverzüglich noch einmal gerufen wurde, sagte Elwood, daß beide Trommelfelle geplatzt waren, so als ob sie einem unvorstellbar lauten, für Menschen unerträglichen Knall ausgesetzt gewesen wären. Wie Gilman in den letzten Stunden einen solchen Knall gehört haben konnte, der das ganze Miskatonic-Tal aufgeweckt haben würde, das sei mehr, als ein rechtschaffener Doktor erklären könne.

Elwood schrieb seinen Beitrag zu dem Gespräch auf, so daß die beiden sich gut verständigen konnten. Keiner von ihnen konnte sich das ganze chaotische Geschehen erklären, und sie kamen überein, daß es das beste sein würde, so wenig wie möglich darüber nachzudenken. Sie waren sich aber auch darüber einig, daß sie dieses alte, unter einem Fluch stehende Haus so bald wie möglich verlassen mußten. Die Abendzeitungen berichteten über eine Polizeiaktion gegen einige sonderbare Herumtreiber kurz vor Tagesanbruch in der Schlucht jenseits von Meadow Hill und erwähnten, daß der weiße Stein in dieser Schlucht ein Objekt uralten Aberglaubens sei. Niemand war verhaftet worden, aber unter den auseinanderstiebenden Gestalten sei ein hünenhafter Neger gesehen worden. In einem anderen Bericht war zu lesen, daß von dem vermißten Kind Ladislas Wolejko keine Spur zu finden sei.

Der Höhepunkt des Schreckens kam in dieser Nacht. Elwood wird ihn nie vergessen, und war gezwungen, für den Rest des Semesters der Universität fernzubleiben, denn er hatte einen schweren Nervenzusammenbruch erlitten. Er hatte den ganzen Abend geglaubt, er höre Ratten in den Trennwänden, hatte sich aber nicht weiter darum gekümmert. Dann, lange nachdem er und Gilman eingeschlafen waren, hatte das entsetzliche Geschrei begonnen. Elwood sprang auf, machte das Licht an und stürzte zu Gilmans Couch hinüber. Gilman stieß wahrhaft unmenschliche Schreie aus, als würde er von unvorstellbaren Schmerzen gepeinigt. Er wand sich unter den Bettüchern, und dann breitete sich ein roter Fleck auf der Decke aus.

Elwood wagte nicht, ihn anzurühren, aber allmählich ließen das Geschrei und die Zuckungen nach. Zu diesem Zeitpunkt drängten sich auch bereits Dombrowski, Choynski, Desrochers, Mazurewicz und der Mieter aus dem obersten Stockwerk in der Tür, und der Hauswirt hatte bereits seine Frau weggeschickt, um Doktor Malkowski anzurufen. Sie alle schrien auf, als plötzlich ein großes, rattenähnliches Tier unter den blutdurchtränkten Bettüchern hervorsprang und über den Fußboden in ein frisches Rattenloch neben dem Bett rannte. Als der Arzt eintraf und die Bettücher zurückzog, war Walter Gilman tot.

Es wäre barbarisch, wollte ich mehr tun, als andeutungsweise schildern, wie Walter Gilman umkam. Durch seinen Körper war ein Gang genagt worden – sein Herz war buchstäblich herausgefressen. Dombrowski, wütend über seinen Mißerfolg bei seinen Versuchen, die Ratten zu vergiften, schob jeden Gedanken an seine Mieteinnahmen beiseite und zog innerhalb einer Woche mit all seinen bisherigen Mietern in ein düsteres, aber nicht so altes Haus in der Walnut Street um. Für eine Zeitlang war das größte

Problem, wie man Joe Mazurewicz zum Schweigen bringen konnte; denn der grüblerische Weber war ständig betrunken und faselte andauernd weinerlich von geisterhaften, schrecklichen Dingen.

Wie es schien, hatte sich Joe in jener fürchterlichen letzten Nacht zu den blutigen Rattenspuren hinabgebeugt, die von Gilmans Couch zu dem Loch führten. Auf dem Teppich waren sie sehr undeutlich, aber zwischen dem Teppichrand und der Scheuerleiste lag ein Streifen blanken Fußbodens. Und dort hatte Mazurewicz – so glaubte jedenfalls er, denn trotz der unleugbar merkwürdigen Form der Spuren teilte niemand seine Meinung – eine unheimliche Entdeckung gemacht. Gewiß hatten die Spuren auf dem Fußboden wahrhaftig nicht die Form normaler Rattenspuren, aber nicht einmal Choynski und Desrochers wollten zugeben, daß sie wie die Abdrücke von vier winzigen menschlichen Händen aussahen.

Das Haus wurde nie mehr vermietet. Sobald Dombrowski es verlassen hatte, begann es endgültig in Vergessenheit zu geraten, denn die Leute mieden es, sowohl wegen seiner Verrufenheit als auch wegen des Gestanks, den es neuerdings verbreitete. Vielleicht hatte das Rattengift des ehemaligen Hausbesitzers schließlich doch noch gewirkt, denn nicht lange nach dessen Auszug wurde das Haus zu einer Belästigung für die ganze Nachbarschaft. Beamte des Gesundheitsamtes stellten fest, daß der Gestank aus den unzugänglichen Hohlräumen über und neben dem östlichen Dachzimmer kam, und waren einhellig der Ansicht, daß die Anzahl der getöteten Ratten ungeheuer sein mußte. Sie entschieden aber, daß es nicht der Mühe wert sei, die seit langem verschlossenen Hohlräume freizulegen und zu desinfizieren; denn der Gestank würde bald vorbei sein und allzu strenge Maßstäbe seien in diesem Stadtviertel nicht angebracht. Tatsächlich gab es in der näheren Umgebung immer wieder Gerede über unerklärliche Gerüche in den oberen Stockwerken des Hexenhauses, besonders kurz nach dem Ersten Mai und nach Allerheiligen. Die Nachbarn fanden sich mit der Untätigkeit der Behörden ab – aber der Gestank machte natürlich das Haus noch unbeliebter. Schließlich wurde es von der Bauaufsichtsbehörde für unbewohnbar erklärt.

Gilmans Träume und ihre Begleitumstände sind nie aufgeklärt worden. Elwood, dem seine Gedanken an die ganze Episode manchmal fast den Verstand rauben, kehrte im folgenden Herbst an die Universität zurück und machte im darauffolgenden Juni sein Examen. Er fand, daß man jetzt viel weniger Spukgeschichten in der Stadt hörte, und es ist tatsächlich erwiesen, daß – abgesehen von gewissen Berichten über ein gespenstisches Gekicher in dem verlassenen Haus, das fast so lange dauerte, wie das Haus stand – seit Gilmans Tod niemand mehr über ein neuerliches Erscheinen der alten Keziah oder des zottigen Brown Jenkin getuschelt hat. Es war ein glücklicher Zufall, daß Elwood nicht mehr in Arkham war, als bestimmte Ereignisse plötzlich die alten Spukgeschichten wieder aufleben ließen. Natürlich erfuhr er nachträglich davon und stand Höllenqualen aus, weil er die finstersten und verwirrendsten Vermutungen anstellte; aber selbst so war es weniger schlimm als wenn er wirklich dabeigewesen und womöglich das eine oder andere mit eigenen Augen gesehen hätte.

Im Mai 1931 zerstörte ein Sturm das Dach und den großen Kamin des leerstehenden Hexenhauses, so daß in wildem Durcheinander zerbröckelnde Ziegel, geschwärzte, bemooste Dachschindeln und verfaulende Bohlen und Balken in den Hohlraum hinabstürzten und den Fußboden darunter durchbrachen. Das ganze Dachgeschoß lag voller Trümmer, aber niemand machte sich die Mühe, sie wegzuräumen, da das baufällige Gemäuer ohnehin bald geschleift werden sollte. Dieser letzte Schritt wurde im Dezember desselben Jahres vollzogen, und das Gerede begann, als Gilmans altes Zimmer von widerwilligen, furchtsamen Arbeitern ausgeräumt wurde.

Unter den Trümmern, die durch die alte, schräge Decke herabgestürzt waren, fanden die Arbeiter so sonderbare Dinge, daß sie ihre Arbeit unterbrachen und die Polizei holten. Die Polizei ließ später ihrerseits den Leichenbeschauer und einige Professoren der Universität holen. Man hatte Knochen gefunden – arg zerquetscht und zersplittert, aber eindeutig als Menschenknochen zu erkennen –, deren offenbar geringes Alter in rätselhaftem Widerspruch zu dem vermutlich längst verflossenen Zeitpunkt stand, an dem der einzige Raum, in dem sie gelegen haben konnten, nämlich der niedrige, schräge Hohlraum unter dem Dach, ein für allemal zugemauert worden war. Der Gerichtsarzt stellte fest, daß manche der Knochen von einem kleinen Kind stammten, während bestimmte andere – die in verfaulten, bräunlichen Lumpen gefunden worden waren – von einer ziemlich kleinen, buckligen alten Frau stammten. Als der Schutt sorgfältig gesiebt wurde, fand man außerdem viele kleine Knochen von Ratten, die bei dem Einsturz erschlagen worden waren, sowie ältere Rattenknochen, die von kleinen Zähnen so merkwürdig benagt worden waren, daß sie zu manchen Streitgesprächen und Überlegungen Anlaß gaben.

Unter den anderen Dingen, die gefunden wurden, waren auch die brüchigen Überreste vieler Bücher und Papiere sowie gelblicher Staub, der von der totalen Auflösung noch älterer Bücher und Papiere herrührte. Soweit man sie noch lesen konnte, befaßten sich offenbar all diese Schriften mit schwarzer Magie in ihrer fortgeschrittensten und fürchterlichsten Form; und das offensichtlich neuere Datum einiger Gegenstände ist ein Geheimnis, das ebensowenig gelüftet werden konnte wie das der verhältnismäßig frischen menschlichen Knochen. Ein noch größeres Rätsel ist die vollständige Übereinstimmung der verkrampften, altmodischen Schriftzüge auf einer großen Anzahl von Papieren, deren Zustand und Wasserzeichen auf einen Altersunterschied von mindestens hundertfünfzig bis zweihundert Jahren schließen lassen. Für manche liegt das größte Geheimnis jedoch in der Ansammlung unerklärlicher Gegenstände – Gegenstände, deren Form, Materialien und Herstellungsverfahren jedem Erklärungsversuch widerstehen –, die unter den Trümmern gefunden wurden und unterschiedlich stark beschädigt waren. Einer dieser Gegenstände, der einige Miskatonic-Professoren in tiefste Bestürzung versetzte, ist ein stark beschädigtes, absurdes Gebilde, das der merkwürdigen Figur, die Gilman dem College-Museum geschenkt hat, verblüffend ähnlich sieht, nur daß es nicht aus Metall, sondern aus einem ganz besonderen bläulichen Stein gemacht ist und auf einem eigenartig winkligen Sockel steht, in den nicht zu entziffernde Hieroglyphen eingeritzt sind.

Archäologen und Anthropologen versuchen noch immer, die bizarren Zeichnungen zu enträtseln, die in eine zerbrochene Schale aus leichtem Metall graviert sind, auf deren Innenseite ominöse braune Flecken waren, als man sie fand. Ausländer und alte Weiber überbieten sich gegenseitig in ihrem Tratsch über ein modernes Nickel-Kruzifix mit einer zerrissenen Kette, das ebenfalls unter den Trümmern lag und das Joe Mazurewicz schaudernd als dasjenige erkannte, das er vor vielen Jahren Gilman geschenkt hatte. Manche glauben, dieses Kruzifix sei von den Ratten in den Hohlraum geschleppt worden, während andere der Meinung sind, es müsse die ganze Zeit in einer Ecke von Gilmans altem Zimmer gelegen haben. Wieder andere, darunter auch Joe selbst, haben Theorien, die für einen nüchternen Betrachter viel zu abenteuerlich und phantastisch sind.

Als die schräge Wand von Gilmans Zimmer herausgerissen wurde, stellte sich heraus, daß der ehemals unzugängliche, dreieckige Zwischenraum zwischen der Trennwand und der nördlichen Außenwand des Hauses viel weniger Trümmer – auch im Verhältnis zu seiner Größe – enthielt als das Zimmer selbst; aber dafür lag in ihm eine grausige Schicht älteren Materials, das die Abbrucharbeiter vor Entsetzen erschauern ließ. Um es kurz zu machen – es war ein regelrechtes Beinhaus mit den Knochen kleiner Kinder, von denen manche neueren Datums waren, während die anderen in unendlich feinen Abstufungen bis in längst verflossene Zeit zurückreichten; die ältesten waren fast völlig zerfallen. Auf diesem Knochenhaufen lag ein großes, offensichtlich sehr altes, mit grotesken, exotischen Ornamenten verziertes Messer – und darüber hatte der Schutt gelegen.

Inmitten dieser Trümmer, eingekeilt zwischen einer heruntergebrochenen Bohle und einem Brocken aus zusammenhängenden Ziegeln vom Kamin des Hauses, wurde ein Objekt gefunden, das in Arkham mehr Verwirrung, heimliche Furcht und unverhohlen abergläubisches Gerede verursachen sollte als irgendeines der anderen in dem von Gespenstern heimgesuchten, fluchbeladenen Haus gefundenen Dinge. Dieses Objekt war das teilweise zermalmte Skelett einer riesigen, kranken Ratte, dessen abnorme Merkmale noch immer ein strittiges Thema und der Grund für außerordentliche Zurückhaltung bei den Mitgliedern der Abteilung für vergleichende Anatomie an der Miskatonic-Universität sind. Über dieses Skelett ist nur sehr wenig durchgesickert, und die Arbeiter, die es entdeckten, erzählten nur ungern und flüsternd von den braunen Haaren, die an ihm hingen.

Die Knochen der winzigen Pfoten, so geht das Gerücht, weisen Greifwerkzeuge auf, die eher für einen Zwergaffen als für eine Ratte charakteristisch sind, während der kleine Schädel mit seinen bösartig gelben Fangzähnen völlig unnormal ausgebildet ist, denn aus bestimmten Blickwinkeln betrachtet gleicht er einer verkleinerten, ungeheuerlich mißgestalteten Travestie eines menschlichen Schädels. Die Arbeiter bekreuzigten sich erschrokken, als sie auf die Reste dieser gotteslästerlichen Kreatur stießen, aber später zündeten sie aus Dankbarkeit Opferkerzen in der Kirche des St. Stanislaus an, denn sie waren überzeugt, daß sie von nun an nie mehr dieses schrille, geisterhafte Gekicher hören würden.

Der Schatten aus der Zeit

Nach zweiundzwanzig Jahren alptraumhaften Schreckens, vor dem Schlimmsten nur durch den verzweifelten Versuch bewahrt, bestimmte Wahrnehmungen auf mythische Ursprünge zurückzuführen, bin ich nicht willens, mich für die Wahrheit dessen zu verbürgen, was ich in der Nacht vom 17. auf den 18. Juli 1935 in West-Australien gefunden zu haben glaube. Es gibt Anhaltspunkte für die Hoffnung, daß mein Erlebnis ganz oder teilweise ein Hirngespinst war – wofür tatsächlich Ursachen genug vorhanden gewesen wären. Und doch war es so schauderhaft real, daß mir bisweilen jede Hoffnung vergeblich scheint.

Wenn es sich wirklich so zugetragen hat, dann muß der Mensch sich bereitfinden, Kenntnis zu nehmen vom Kosmos und von seinem eigenen Platz innerhalb des brodelnden Strudels der Zeit, dessen bloße Erwähnung lähmendes Entsetzen verbreitet. Und muß auch von nun an auf der Hut sein vor einer besonderen, geheimnisvollen Gefahr, die, wenn sie auch nie die ganze Rasse verschlingen wird, doch zumindest fürchterliche, ungeahnte Schrecken über einige ihrer wagemutigsten Mitglieder bringen könnte.

Aus diesem letzteren Grund dränge ich mit der ganzen Kraft meines Seins auf die endgültige Einstellung aller Versuche, diese Fragmente unbekannter, urzeitlicher Bauwerke auszugraben, die zu erforschen meine Expedition ausgezogen war.

Wenn man annimmt, daß ich bei Verstand und wachen Sinnes war, so habe ich ein Erlebnis gehabt, wie es nie zuvor einem Menschen widerfahren ist. Es war überdies eine fürchterliche Bestätigung all dessen, was ich bis dahin als Traum und Mythos hatte abtun wollen. Gottlob gibt es keinen Beweis, denn in meinem Schreck verlor ich den furchteinflößenden Gegenstand, der – wenn er echt war und ich ihn aus diesem verderblichen Abgrund mitgebracht hätte – ein unwiderlegbares Beweismittel darstellen würde.

Als ich auf dieses Schreckbild stieß, war ich allein – und bis jetzt habe ich niemandem davon erzählt. Ich konnte die anderen nicht davon abhalten, in seiner Richtung weiterzugraben, aber der Zufall und der Treibsand haben sie bisher davor bewahrt, es zu finden. Jetzt muß ich eine endgültige Erklärung abgeben – nicht nur meinem eigenen seelischen Gleichgewicht zuliebe, sondern auch zur Warnung all derer, die sie ernsthaft lesen werden.

Diese Seiten – was auf den ersten von ihnen steht, wird den aufmerksamen Lesern der allgemeinen Presse und der wissenschaftlichen Zeitschriften großenteils bekannt sein – schreibe ich in der Kabine des Schiffes, das mich nach Hause bringt. Ich werde sie meinem Sohn, Professor Wingate Peaslee von der Miskatonic-Universität geben, der als einziges Mitglied meiner Familie nach der merkwürdigen Amnesie, die mich vor vielen Jahren befiel, zu mir hielt, und der am besten über die Hintergründe meines Falles informiert ist. Von allen lebenden Personen muß ich bei ihm am wenigsten befürchten, daß er ins Lächerliche ziehen wird, was ich über diese schicksalhafte Nacht berichten werde.

Ich habe ihn nicht mündlich aufgeklärt, bevor ich mich einschiffte, denn ich glaube, daß ihm diese Enthüllung besser in schriftlicher Form zuteil werden sollte. Wenn er sie mit Muße liest, wird er ein überzeugenderes Bild gewinnen, als ich ihm mit meinen wirren Worten zu vermitteln hoffen könnte.

Er kann mit diesem Bericht tun, was er für richtig hält, kann ihn, mit den nötigen Erklärungen, überall herzeigen, wo er Gutes vollbringen könnte. Denjenigen Lesern zuliebe, die nicht mit den früheren Phasen meines Falles vertraut sind, schicke ich der eigentlichen Enthüllung eine recht umfangreiche Zusammenfassung ihrer Hintergründe voraus.

Ich heiße Nathaniel Wingate Peaslee, und diejenigen, die sich an die Zeitungsberichte erinnern, die vor nunmehr einer Generation erschienen sind – oder an die Briefe und Artikel in psychologischen Zeitschriften vor sechs oder sieben Jahren –, werden wissen, wer und was ich bin. Die Presse war voll von Einzelheiten über meine sonderbare Amnesie in den Jahren 1908 bis 1913, und es wurde viel Aufhebens von den Greueln, dem Wahnsinn und der Hexerei gemacht, die man der alten Stadt in Massachusetts nachsagt, die heute wie damals mein Wohnsitz ist. Doch lege ich Wert auf die Feststellung, daß in meiner Abstammung und meiner Jugend weder Irrsinn noch andere dunkle Veranlagungen eine Rolle gespielt haben. Das ist von größter Bedeutung im Hinblick auf den Schatten, der so plötzlich *von außen* auf mich fiel.

Es mag sein, daß Jahrhunderte dunklen Grübelns das zerbrökkelnde, von unheimlichem Raunen erfüllte Arkham für solche Schatten besonders anfällig werden ließen – obwohl selbst dies zweifelhaft scheint im Lichte jener anderen Fälle, die ich später untersuchen sollte. Aber der Kernpunkt ist, daß meine Abstammung und mein Hintergrund durchaus normal sind. Was kam, kam von *woanders* – woher, das wage ich auch jetzt noch nicht geradeheraus zu sagen.

Ich bin der Sohn von Jonathan und Hannah (geborene Wingate) Peaslee, die beide aus gesunden Haverhill-Familien stammten. Ich kam in Haverhill zur Welt und wurde dort auch großgezogen – auf dem alten Familiensitz in der Boardman Street am Golden Hill; ich zog erst nach Arkham, als ich im Jahre 1895 als Lektor für Nationalökonomie an die Miskatonic-Universität ging.

Die folgenden dreizehn Jahre verlief mein Leben ungestört und glücklich. Im Jahre 1896 heiratete ich Alece Keezar aus Haverhill, und meine drei Kinder Robert, Wingate und Hannah kamen 1898, 1900 und 1903 zur Welt. Im Jahre 1898 wurde ich außerordentlicher Professor und 1902 ordentlicher Professor. Zu keiner Zeit interessierte ich mich auch nur im geringsten für Okkultismus oder die Psychologie des Abnormen.

Die sonderbare Amnesie kam am Donnerstag, dem 14. Mai 1908. Alles ging ganz plötzlich, obwohl mir später klar wurde, daß gewisse kurz aufglimmende Visionen – chaotische Visionen, die mich sehr aus der Fassung brachten, weil sie so beispiellos waren – Frühsymptome gewesen sein mußten. Mein Kopf schmerzte, und ich hatte das undefinierbare Gefühl – zum erstenmal in meinem Leben –, daß jemand anderer versuchte, sich meiner Gedanken zu bemächtigen.

Der Zusammenbruch ereignete sich ungefähr um 10 Uhr 20 vormittags, als ich eine Vorlesung über Nationalökonomie VI – Geschichte und Gegenwartstendenzen der Wirtschaft – vor unteren Semestern hielt. Seltsame Formen begannen vor meinen Augen zu tanzen, und ich hatte das groteske Gefühl, nicht mehr in dem Hörsaal, sondern in einem anderen Raum zu sein.

Meine Gedanken und meine Worte irrten vom Thema ab, und meine Studenten bemerkten, daß mit mir etwas nicht in Ordnung war. Dann sackte ich bewußtlos in meinem Stuhl zusammen und versank in eine Betäubung, aus der mich niemand aufwecken konnte. Auch sollten meine naturgegebenen Fähigkeiten für fünf Jahre, vier Monate und dreizehn Tage nicht wieder ans Licht unserer normalen Welt emportauchen.

Was dann folgte, weiß ich natürlich nur von anderen. Ich kehrte sechzehneinhalb Stunden nicht ins Bewußtsein zurück, obwohl man mich in mein Haus in der Crane Street Nr. 27 gebracht hatte und mir die beste ärztliche Behandlung angedeihen ließ.

Am 15. Mai um 3 Uhr morgens schlug ich die Augen auf und begann zu sprechen, aber es dauerte nicht lange, und meine Familie und meine Ärzte erschraken zutiefst über die Art meines Ausdrucks und meiner Sprache. Es war klar, daß ich nicht wußte, wer ich war, und mich nicht an meine Vergangenheit erinnern konnte, obwohl ich aus irgendeinem Grund bemüht schien, diesen Mangel zu verbergen. Meine Augen blickten verstört auf die Umstehenden, und die Reflexe meiner Gesichtsmuskeln waren völlig anders als sonst.

Sogar meine Sprache schien plump und fremdartig. Ich bediente mich meiner Sprechorgane unbeholfen und tastend, und meine Diktion hatte etwas merkwürdig Gestelztes an sich, so als hätte ich die englische Sprache mühsam aus Büchern erlernt. Die Aussprache war barbarisch fremdartig, während die Sprache selbst sowohl einzelne, kuriose Archaismen als auch völlig unverständliche Ausdrücke enthielt.

An einen dieser Ausdrücke erinnerten sich die jüngsten meiner Ärzte zwanzig Jahre später besonders lebhaft – und mit Bestürzung. Denn zu dieser viel späteren Zeit bürgerte sich eine solche Redensart tatsächlich ein – erst in England und dann in den Vereinigten Staaten –, und obwohl sie sehr kompliziert und unbestreitbar neu war, enthielt sie bis in die kleinste Einzelheit die mysteriösen Worte des sonderbaren Patienten von Arkham im Jahre 1908.

Die physischen Kräfte kehrten sofort zurück, aber ich mußte seltsamerweise erst wieder lernen, meine Hände, Beine und den ganzen übrigen Körper richtig zu beherrschen. Wegen dieser und anderer Behinderungen, die der Gedächtnisverlust mit sich gebracht hatte, stand ich einige Zeit unter strenger ärztlicher Aufsicht.

Als ich einsah, daß meine Versuche, den Gedächtnisverlust zu verheimlichen, fehlgeschlagen waren, gab ich ihn offen zu und war von da an begierig nach Informationen aller Art. Die Ärzte hatten sogar den Eindruck, daß ich das Interesse an meiner eigentlichen Persönlichkeit verlor, als ich herausgefunden hatte, daß dieser Fall von Amnesie als eine natürliche Sache angesehen wurde.

Sie bemerkten, daß ich hauptsächlich versuchte, mir bestimmte

Kenntnisse der Geschichte, der Wissenschaften, der Kunst, der Sprache und der Volkskunde wieder anzueignen, von denen manche fürchterlich abstrus, andere kindisch einfach waren, und die mir alle – was teilweise sehr erstaunlich war – entfallen waren.

Gleichzeitig bemerkten sie, daß ich über unerklärliches Wissen auf vielen fast unbekannten Gebieten verfügte – ein Wissen, das ich eher zu verbergen als zur Schau zu stellen versuchte. Es kam vor, daß ich unabsichtlich und mit beiläufiger Selbstverständlichkeit bestimmte Ereignisse aus vergangenen Zeiten lange vor Beginn der Geschichtsschreibung erwähnte – und diese Äußerungen dann als Scherze hinstellte, wenn ich bemerkte, welche Überraschung sie hervorriefen. Und über die Zukunft sprach ich in einer Art und Weise, die mehrmals regelrechtes Entsetzen auslöste.

Diese unheimlichen Entgleisungen hörten jedoch bald auf, was allerdings einige Beobachter mehr auf eine gewisse vorsichtige Verschlagenheit meinerseits als auf das Verschwinden des Wissens zurückführten, auf dem sie beruhten. In der Tat schien ich eifrig darauf bedacht, mich mit der Sprache, den Bräuchen und dem Geist des Zeitalters, in dem ich mich befand, vertraut zu machen; so als sei ich ein lernbegieriger Gast aus einem fernen, fremden Land.

Sobald es mir erlaubt wurde, suchte ich zu jeder erdenklichen Tageszeit die College-Bibliothek auf; und bald darauf begann ich mit den Vorbereitungen zu jenen exzentrischen Reisen und Sonderkursen an amerikanischen und europäischen Universitäten, die in den folgenden Jahren so viel Aufsehen erregten.

Zu keiner Zeit litt ich an einem Mangel an gelehrten Verbindungen, denn mein Fall hatte unter den Psychologen jener Zeit eine gewisse bescheidene Berühmtheit erlangt. Ich diente als Schulbeispiel einer Persönlichkeitsspaltung – obwohl es schien, daß ich die Professoren hin und wieder mit irgendwelchen bizarren Symptomen oder mit dem Anschein, mich insgeheim über sie lustig zu machen, aus dem Konzept brachte.

Echter Freundlichkeit jedoch begegnete ich kaum. Irgend etwas in meinem Aussehen und meiner Sprache schien in allen Leuten, mit denen ich in Berührung kam, instinktive Angst und Abneigung hervorzurufen, so als ob ich unendlich weit von allem Normalen und Gesunden entfernt sei. Dieses Gefühl eines dunklen, heimlichen Grauens – stets von dem Eindruck begleitet, ich sei auf unerklärliche Weise *entrückt* – schien sonderbar verbreitet und beständig zu sein.

Meine eigene Familie bildete keine Ausnahme. Vom Augenblick meines merkwürdigen Erwachens an hatte mich meine Frau mit unverhohlenem Entsetzen und Abscheu betrachtet, und sie schwor, daß irgend etwas zutiefst Fremdes vom Körper ihres Gatten Besitz ergriffen habe. Im Jahre 1910 ließ sie sich scheiden, und sie lehnte es auch nach 1913, als ich mein Gedächtnis wiedererlangt hatte, stets ab, mich wiederzusehen. Diese Gefühle teilten auch mein älterer Sohn und meine kleine Tochter, die ich beide seither nicht wiedergesehen habe.

Nur mein zweiter Sohn, Wingate, schien imstande, das Grauen und den Ekel, die meine Verwandlung hervorrief, zu überwinden. Zwar fühlte auch er, daß ich ein Fremder war; aber obwohl er erst acht Jahre alt war, glaubte er fest daran, daß mein wirkliches Selbst zurückkehren würde. Als es dann zurückgekehrt war, kam er zu mir, und die Gerichte stellten mich unter seine Obhut. In den folgenden Jahren half er mir bei den Studien, zu denen ich mich gedrängt fühlte, und heute, im Alter von fünfunddreißig Jahren, ist er Professor für Psychologie an der Miskatonic-Universität.

Aber ich wundere mich nicht über das Grauen, das ich verbreitete – denn zweifellos waren der Verstand, die Stimme und der Gesichtsausdruck des Wesens, das am 15. Mai 1908 erwachte, nicht die von Nathaniel Wingate Peaslee.

Über mein Leben in den Jahren 1908 bis 1913 will ich nicht viel erzählen, denn meine Leser können alle wichtigen äußerlichen Ereignisse alten Jahrgängen von Zeitungen und wissenschaftlichen Zeitschriften entnehmen – was auch ich in beträchtlichem Umfang tun mußte.

Ich durfte frei über meine Geldmittel verfügen und gab sie im großen ganzen langsam und überlegt für Reisen und Studienaufenthalte in verschiedenen Zentren der Gelehrsamkeit aus. Meine Reisen waren jedoch im höchsten Grade abenteuerlich; sie führten mich in die entlegensten und ödesten Gegenden der Erde.

Im Jahre 1909 verbrachte ich einen Monat im Himalaya, und 1911 erregte ich großes Aufsehen mit einem Kamelritt in die unerforschten Wüsten Arabiens. Was auf diesen Reisen geschah, konnte ich nie in Erfahrung bringen.

Im Sommer 1912 charterte ich ein Schiff und fuhr in die Arktis, nördlich von Spitzbergen; nach meiner Rückkehr zeigte ich mich jedoch enttäuscht.

Im selben Jahr verbrachte ich später mehrere Wochen alleine in den gewaltigen Kalksteinhöhlen von West-Virginia, wobei ich weiter in sie vordrang als je ein Mensch vor oder nach mir. Diese schwarzen Labyrinthe sind so weit verzweigt, daß man nicht daran denken konnte, meinen Spuren nachzugehen.

Meine Studienaufenthalte an den Universitäten waren dadurch gekennzeichnet, daß ich den Wissensstoff mit abnorm hoher Geschwindigkeit aufnahm, so als verfügte mein zweites Ich über eine weit höhere Intelligenz als ich selbst. Ich habe auch erfahren, daß das Ausmaß meiner Lektüre und meiner einsamen Studien enorm war. Ich konnte jede Einzelheit in einem Buch erfassen, wenn ich nur beim Durchblättern einen kurzen Blick auf jede Seite warf, und ich verstand schwierige Passagen in geradezu unheimlich kurzer Zeit.

Hin und wieder erschienen recht unschöne Berichte über meine Fähigkeit, die Gedanken und Handlungen anderer Menschen zu beeinflussen, doch scheint es, daß ich sehr darauf bedacht war, diese Begabung nicht erkennen zu lassen.

Andere unschöne Berichte befaßten sich mit meinen engen Beziehungen zu okkultistischen Kreisen und zu Gelehrten, die der Verbindung mit namenlosen Gruppen widerwärtiger, vorsintflutlicher Hierophanten verdächtigt wurden. Obwohl diese Gerüchte damals nie bestätigt wurden, verbreiteten sie sich zweifellos deshalb, weil bekannt war, welcher Art ein Teil meiner Lektüre war – denn man kann seltene Bücher in öffentlichen Büchereien nicht unbemerkt ausleihen.

Es gibt sichtbare Beweise – in Form von Randbemerkungen – dafür, daß ich sorgfältig so abstruse Werke studierte wie die *Cultes des Goules* des Comte d'Erlette, Ludvig Prinns *De Vermis Mysteriis,* von Junzts *Unaussprechliche Kulte,* die erhaltenen Fragmente des rätselhaften *Buch von Eibon* und das gefürchtete *Necronomicon* des verrückten Arabers Abdul Alhazred. Außerdem kann man nicht bestreiten, daß ungefähr zu der Zeit meiner sonderbaren Verwandlung eine ungute Welle geheimer kultischer Umtriebe einsetzte.

Im Sommer 1913 ließ ich allmählich Langeweile und nachlassendes Interesse erkennen und deutete mehreren Bekannten gegenüber an, daß für die nächste Zeit eine Änderung bei mir zu erwarten sei. Ich sprach von wiederkehrenden Erinnerungen an mein früheres Leben, aber die meisten Zuhörer hielten mich für unaufrichtig, weil die Ereignisse, an die ich mich angeblich erinnerte, meistens belanglos und so geartet waren, daß ich Hinweise darauf in meinen Aufzeichnungen von früher gefunden haben konnte.

Gegen Mitte August kehrte ich nach Arkham zurück und bezog wieder mein Haus in der Crane Street, das lange leergestanden hatte. Hier installierte ich einen höchst seltsamen Apparat, der Stück für Stück von verschiedenen Herstellern wissenschaftlicher Geräte in Europa und Amerika konstruiert worden war, und verbarg ihn sorgfältig vor jedem Menschen, der intelligent genug gewesen wäre, seinen Zweck zu durchschauen.

Diejenigen, die ihn zu Gesicht bekamen – ein Arbeiter, ein Dienstmädchen und die neue Haushälterin –, berichteten, er habe aus einem seltsamen Durcheinander von Wellen, Rädern und Spiegeln bestanden, obwohl er nur etwa zwei Fuß hoch, einen Fuß breit und einen Fuß tief gewesen sei. Der zentrale Spiegel sei kreisförmig und konvex gewesen. All das wurde von den Herstellern der Einzelteile, soweit sie noch ausfindig zu machen waren, bestätigt.

Am Freitag, dem 26. September, gab ich abends der Haushälterin und dem Dienstmädchen bis zum nächsten Mittag frei. Die Lichter brannten im Haus bis spät in die Nacht, und ein magerer, dunkler, seltsam ausländisch aussehender Mann besuchte mich mit dem Auto.

Ungefähr um ein Uhr nachts wurde zum letzten Mal Licht in meinem Haus gesehen. Um 2 Uhr 15 beobachtete ein Polizist, daß alles dunkel war, aber das Auto des Fremden noch immer vor dem Haus stand. Um 4 Uhr war der Wagen mit Sicherheit nicht mehr da.

Gegen 6 Uhr bat eine zögernde, ausländische Stimme Dr. Wilson am Telefon, mich in meinem Haus zu besuchen, weil ich eine merkwürdige Ohnmacht erlitten habe. Dieser Anruf – ein Ferngespräch – kam, wie später festgestellt wurde, aus einer öffentlichen Telefonzelle im Nordbahnhof von Boston, aber von dem mageren Ausländer fand man keine Spur.

Als der Doktor in meinem Haus eintraf, fand er mich bewußtlos im Wohnzimmer – in einem Sessel dicht vor einem Tisch. Auf der polierten Platte waren Kratzer, die darauf hindeuteten, daß ein schwerer Gegenstand darauf gestanden hatte. Die seltsame Maschine war verschwunden und wurde auch nie wieder gesehen. Ohne Zweifel hatte sie der dunkle, magere Ausländer fortgeschafft.

Im Kamin der Bibliothek lag ein Haufen Asche, der offensichtlich von der Verbrennung aller Schriftstücke herrührte, die ich seit Beginn der Amnesie verfaßt hatte. Dr. Wilson fand meinen Atem sehr unregelmäßig, aber er normalisierte sich, nachdem er mir eine Spritze gegeben hatte.

Um 11 Uhr 15 am 27. September schlug ich heftig um mich, und mein bisher maskenhaftes Gesicht begann einen Ausdruck zu zeigen. Dr. Wilson bemerkte hinterher, daß dieser Ausdruck nicht der meines zweiten Ichs gewesen sei, sondern eher meiner wirklichen Persönlichkeit entsprach. Gegen 11 Uhr 30 murmelte ich einige äußerst seltsame Silben – Silben, die offenbar keine Beziehung zur menschlichen Sprache hatten. Auch schien es, als ob ich gegen irgend etwas ankämpfte. Dann, kurz nach Mittag – die Haushälterin und das Dienstmädchen waren inzwischen zurückgekehrt –, begann ich englische Worte zu stammeln.

»– unter den orthodoxen Nationalökonomen dieser Zeit Jevons die vorherrschende Tendenz zu wissenschaftlicher Korrelation symbolisiert. Sein Versuch, den wirtschaftlichen Zyklus von Konjunktur und Krise mit dem Zyklus der Sonnenflecken in Verbindung zu bringen, bildet vielleicht den Höhepunkt der –«

Nathaniel Wingate Peaslee war zurückgekehrt – ein Mensch, in dessen Zeitplan es immer noch Donnerstagmorgen im Jahre 1908 war, der immer noch vor seiner Volkswirtschaftsklasse saß, die zu seinem ramponierten Katheder aufschaute.

Meine Wiedereingliederung in das normale Leben war ein schmerzhafter und schwieriger Prozeß. Eine Lücke von über fünf Jahren schafft mehr Komplikationen, als man sich vorstellen kann, und in meinem Fall mußten zahllose Dinge neu geregelt werden.

Was ich über meine Tätigkeit seit 1908 erfuhr, erstaunte und verwirrte mich, aber ich bemühte mich, die Angelegenheit möglichst gleichmütig hinzunehmen. Unter der Obhut meines Sohnes Wingate ließ ich mich wieder in meinem Haus in der Crane Street nieder und bereitete mich darauf vor, meine Lehrtätigkeit wieder aufzunehmen – das College hatte mir freundlicherweise meinen früheren Lehrstuhl wieder angeboten.

Ich nahm meine Arbeit zu Beginn des Semesters, das im Februar 1914 begann, wieder auf, und blieb genau ein Jahr dabei. So lange hatte ich gebraucht, um einzusehen, wie schwer mein Erlebnis mich in Mitleidenschaft gezogen hatte. Obwohl bei klarem Verstand und – so hoffte ich wenigstens – wieder ganz ich selbst, hatte ich doch nicht mehr dieselben starken Nerven wie früher. Düstere Träume und abstruse Vorstellungen quälten mich ständig, und als der Ausbruch des Weltkriegs mein Augenmerk auf die Geschichte lenkte, fand ich mich bisweilen in die absonderlichsten Gedanken über geschichtliche Perioden und Ereignisse verstrickt.

Mein *Zeitgefühl* – die Fähigkeit, zwischen gleichzeitigen und aufeinanderfolgenden Vorgängen zu unterscheiden – schien fast unmerklich gestört, denn ich hegte die phantastische Vorstellung, man könne in einem Zeitalter leben, mit seinem Verstand jedoch die ganze Ewigkeit umfassen und über Vergangenheit und Zukunft Bescheid wissen.

Während des Krieges hatte ich manchmal das seltsame Gefühl, mich an seine späteren Folgen erinnern zu können – als wüßte ich, wie er zu Ende gehen würde, und könnte im Licht zukünftigen Wissens auf ihn *zurückblicken.* Alle diese Schein-Erinnerungen waren von starkem Schmerz und von dem Gefühl begleitet, sie seien durch eine künstliche psychologische Sperre blockiert.

Als ich den anderen gegenüber zaghafte Andeutungen über diese Wahnvorstellungen machte, stieß ich auf unterschiedliche Reaktionen. Manche musterten mich mit unbehaglichen Blicken, während die Leute von der mathematischen Fakultät von neuen Erkenntnissen auf dem Gebiet der bis dahin nur unter Gelehrten diskutierten Relativitätstheorie sprachen, die später so berühmt werden sollte. Dr. Albert Einstein, so sagten sie, sei drauf und dran, die Zeit auf den Status einer bloßen Dimension zu reduzieren.

Aber die Träume und die verwirrenden Vorstellungen befielen mich immer häufiger, so daß ich im Jahre 1915 meine regelmäßige Tätigkeit aufgeben mußte. Manche der Vorstellungen nahmen beängstigende Formen an; ich kam nicht mehr los von dem Gedanken, daß meiner Amnesie ein schrecklicher Tausch zugrunde gelegen hatte, daß mein anderes Ich tatsächlich eine aus unbekannten Regionen eingedrungene Macht gewesen war und meine wirkliche Persönlichkeit verdrängt hatte.

So trieb es mich zu unsicheren und angstvollen Vermutungen darüber, wo mein wirkliches Selbst in den Jahren gewesen war, während derer ein anderer meinen Körper mit Beschlag belegt hatte. Das merkwürdige Wissen und das absonderliche Betragen dieses anderen Wesens beunruhigten mich mehr und mehr, während ich aus Erzählungen, Schriftstücken und Zeitschriften immer neue Einzelheiten erfuhr.

Merkwürdigkeiten, die andere verblüfft hatten, schienen auf schreckliche Weise mit dem dunklen Wissen übereinzustimmen, das in den Abgründen meines Unterbewußtseins schwelte. Ich begann fieberhaft nach jedem geringsten Anhaltspunkt zu suchen, der mir Aufschluß über die Studien und Reisen jenes anderen Wesens geben konnte.

Nicht alle meine Sorgen waren so abstrakt wie diese. Ich hatte Träume – und diese schienen zunehmend lebhafter und konkreter zu werden. Weil ich wußte, was die meisten anderen Leute davon gehalten hätten, erwähnte ich sie kaum, außer gegenüber meinem Sohn und einigen vertrauenswürdigen Psychologen, doch schließlich begann ich eine wissenschaftliche Untersuchung über andere Fälle, um zu sehen, wie typisch oder atypisch solche Visionen bei Opfern eines Gedächtnisverlustes waren.

Bei meinen Nachforschungen halfen mir erfahrene Psychologen, Historiker, Anthropologen und Nervenärzte, und ich konnte außerdem eine Studie zu Rate ziehen, die Unterlagen über alle Fälle von Persönlichkeitsspaltung enthielt – von der Zeit, da man diese Menschen noch von Dämonen besessen glaubte, bis in die medizinisch rationale Gegenwart. Die Ergebnisse, zu denen ich dabei gelangte, waren eher beunruhigend als tröstlich.

Ich entdeckte bald, daß sich tatsächlich bei der überwältigenden Mehrzahl echter Amnesie-Fälle keine Parallelen zu meinen Träumen fanden. Es blieb jedoch ein kümmerlicher Rest von Berichten, die mich jahrelang durch ihre erstaunliche Ähnlichkeit mit meinen eigenen Erfahrungen erschreckten. Manche von ihnen gingen auf alte Volkssagen zurück, bei anderen handelte es sich um Fallstudien aus den Annalen der Medizin, und zwei oder drei hatte ich aus allgemeinen Geschichtswerken ausgegraben.

Es schien also, daß meine Erkrankung zwar äußerst selten, aber in langen Abständen seit Beginn der menschlichen Geschichtsschreibung immer wieder einmal aufgetreten war. In manchem Jahrhundert mochte es einen, zwei oder auch drei Fälle gegeben haben, in anderen keinen einzigen – jedenfalls keinen, der irgendwo verbürgt gewesen wäre.

Der Verlauf war immer derselbe – eine mit einem scharfen Verstand begabte Person erfuhr eine plötzliche Veränderung ihrer Existenz und führte für kürzere oder längere Zeit ein völlig anderes Leben, das zuerst durch befremdliche Veränderung der Stimme und des ganzen Körpers und später durch den Erwerb fast unbegrenzten wissenschaftlichen, historischen, kunsthistorischen und anthropologischen Wissens gekennzeichnet war, wobei der Lernprozeß sich mit fieberhaftem Eifer und übermenschlicher Aufnahmefähigkeit vollzog. Dann kehrte plötzlich das richtige Bewußtsein zurück, aber der Betreffende wurde für den Rest seines Lebens von verschwommenen, undeutbaren Träumen heimgesucht, in denen sorgfältig ausgelöschte Fragmente irgendwelcher schrecklicher Erinnerungen auftauchten.

Die starke Ähnlichkeit dieser Alpträume mit den meinen – sogar in einigen der feinsten Einzelheiten – hinterließ in mir keinen Zweifel über ihre kennzeichnende und typische Bedeutung. Ein oder zwei Fälle hatten noch einen zusätzlichen Beiklang undeutlicher, blasphemischer Vertrautheit, so als hätte ich schon früher einmal von ihnen durch irgendwelche kosmischen Kanäle gehört, die zu schauerlich und furchterregend waren, als daß ich mich näher mit ihnen hätte befassen wollen. In drei Fällen wurde ausdrücklich eine solche unbekannte Maschine erwähnt, wie ich sie vor meiner zweiten Verwandlung in meinem Haus gehabt hatte.

Was mich während meiner Nachforschungen ebenfalls beunruhigte, war die etwas größere Häufigkeit von Fällen, in denen sich ein flüchtiger Blick auf die typischen Traumbilder auch solchen Personen eröffnet hatte, die nicht unter einer Amnesie im strengsten Sinne gelitten hatten.

Diese Personen waren größtenteils nur mit durchschnittlichen oder noch geringeren Verstandeskräften begabt; einige waren so primitiv, daß sie kaum als Träger abnormer Gelehrsamkeit und übernatürlicher geistiger Leistungen angesehen werden konnten. Für eine Sekunde wurden sie von einer fremden Kraft beflügelt, dann sanken sie zurück und behielten nur eine schwache, schnell verblassende Erinnerung an unmenschliche Schrecken.

Solche Fälle hatte es während des letzten halben Jahrhunderts drei gegeben – einer hatte sich vor nur fünfzehn Jahren ereignet. War irgend etwas aus einem ungeahnten Abgrund der Natur blind in der Zeit herumgetappt? Waren diese Fälle monströse, düstere Experimente, deren Art und Urheber für einen normalen Menschenverstand unvorstellbar waren?

Das waren einige der ziellosen Grübeleien meiner schwächeren Stunden – Phantasievorstellungen, denen die bei meinen Studien entdeckten Mythen Vorschub leisteten. Denn es gab keinen Zweifel, daß gewisse Legenden aus undenklicher Zeit, die offenbar den Opfern neuerer Fälle von Amnesie und deren Ärzten unbekannt waren, beklemmend zutreffende Schilderungen von Gedächtnisverlusten, wie ich einen erlitten hatte, darstellten.

Die Art der Träume und Vorstellungen, die immer aufdringlicher wurden, wage ich auch jetzt noch kaum zu beschreiben. Sie hatten einen Beigeschmack des Wahnsinns, und manchmal glaubte ich, ich würde tatsächlich den Verstand verlieren. Gab es eine besondere Art von Wahnvorstellungen bei Menschen, die einen Gedächtnisverlust erlitten hatten? Denkbar war, daß das Unterbewußtsein eine störende Lücke mit Pseudo-Erinnerungen zu füllen versuchte und dadurch die seltsamen Phantastereien auslöste.

Das war tatsächlich – obwohl mir selbst eine andere, der Volkskunde entstammende Theorie plausibler erschien – die Meinung vieler Psychiater, die mir bei der Suche nach Parallelfällen halfen und meine Verwunderung über die bisweilen genau übereinstimmenden Merkmale teilten.

Sie nannten diesen Zustand nicht schlankweg Wahnsinn, sondern rechneten ihn zu den neurotischen Störungen. Meine Bemühungen, seine Hintergründe aufzuspüren und ihn zu analysieren, anstatt vergeblich zu versuchen, ihn auf die leichte Schulter zu nehmen und zu vergessen, hießen sie nachdrücklich gut, weil sie den besten psychologischen Grundsätzen entsprächen. Besonders hoch schätzte ich den Rat derjenigen Ärzte, die mich beobachtet hatten, als jenes andere Wesen von mir Besitz ergriffen hatte.

Meine ersten beunruhigenden Eindrücke waren keineswegs visuell, sondern betrafen mehr die abstrakten Dinge, die ich erwähnt habe. Außerdem hatte ich ein Gefühl tiefen und unerklärlichen Abscheus vor mir selbst. Allmählich fürchtete ich mich davor, meine eigene Gestalt zu sehen, so als ob meine Augen etwas völlig Fremdes und unsagbar Abstoßendes wahrnehmen könnten.

Wenn ich an mir hinabschaute und die vertraute menschliche Gestalt in ruhiger grauer oder blauer Kleidung sah, fühlte ich mich immer sehr erleichtert, obwohl ich eine unendliche Furcht überwinden mußte, um zu dieser Erleichterung zu gelangen. Ich vermied es so oft ich konnte, in den Spiegel zu schauen, und ließ mich immer beim Friseur rasieren.

Lange Zeit verging, bevor ich irgendeines dieser enttäuschten Gefühle mit den flüchtigen visuellen Eindrücken in Verbindung brachte, die sich nach und nach einstellten. Am Anfang hatte diese Verbindung etwas mit dem merkwürdigen Gefühl einer von außen kommenden, künstlichen Behinderung meines Gedächtnisses zu tun.

Ich glaubte zu spüren, daß die kurzen Visionen, die ich erlebte, eine tiefe und schreckliche Bedeutung hatten und in einem fürchterlichen Zusammenhang mit mir selbst standen, daß aber irgendein willkürlicher Einfluß mich daran hinderte, diese Bedeutung und diesen Zusammenhang zu erfassen. Dann kam die seltsame Störung meines Zeitgefühls, und mit ihr die verzweifelten Versuche, die bruchstückhaften Traumgesichte in eine chronologische und räumliche Reihenfolge zu bringen.

Die flüchtigen Visionen waren zunächst eher merkwürdig als schrecklich. Ich schien mich in einem riesigen, überwölbten Raum zu befinden, dessen hohe steinerne Gratbogen sich fast im Dunkel verloren. In welcher Zeit oder an welchem Ort die Szene auch spielen mochte, das Prinzip des Bogens schien ebensogut bekannt zu sein und ebensooft verwandt zu werden wie bei den Römern.

Der Raum hatte kolossale, runde Fenster und hohe, überwölbte Türen, und in ihm standen Sockel oder Tische, von denen jeder so hoch war wie ein normales Zimmer. Lange Regale aus dunklem Holz zogen sich an den Wänden entlang und waren anscheinend mit Büchern von riesigem Format und mit seltsamen Hieroglyphen auf den Rücken gefüllt.

Die freiliegenden Steinwände waren mit kuriosen, eingemeißelten Mustern aus mathematischen Kurven bedeckt, und außerdem gab es Inschriften in denselben Hieroglyphen, die sich auf den Büchern fanden. Das dunkle, granitene Mauerwerk war von monströser, megalithischer Art und so gebaut, daß die konvexen Oberseiten der einzelnen Blöcke genau in die konkaven Unterseiten der darüberliegenden Schicht von Steinen paßten.

Es gab keine Stühle, aber die Oberseiten der riesigen Sockel waren mit Büchern, Papier und mit Gegenständen bedeckt, die offensichtlich Schreibgeräte waren – kurios geformte Fäßchen aus einem leicht purpurnen Metall und Stäbe mit verschmierten Spitzen. So hoch diese Sockel waren, schien ich doch manchmal imstande, sie von oben zu sehen. Auf manchen von ihnen standen große Kugeln aus leuchtendem Kristall, die als Lampen dienten, sowie undefinierbare Maschinen mit Glasröhren und Metallstangen.

Die Fenster waren verglast und mit groben Stäben vergittert. Obwohl ich es nicht wagte, an eines heranzutreten und hinauszuschauen, sah ich die wehenden Wipfel einzigartiger Farngewächse. Der Boden bestand aus massiven, achteckigen Fliesen, während Teppiche und Vorhänge völlig fehlten.

Später träumte ich, daß ich durch zyklopische Korridore aus Stein schwebte und mich auf gigantischen Rampen derselben monströsen Bauart auf und ab bewegte. Nirgends gab es Treppen, und keiner der Gänge war weniger als dreißig Fuß breit. Manche der Gebäude, durch die ich schwebte, mußten sich mehrere tausend Fuß in den Himmel erheben.

Weiter unten waren zahlreiche Stockwerke mit dunklen Gewölben sowie nie geöffneten Falltüren, die mit Metallbändern verschlossen waren und undeutlich von einer bestimmten Gefahr umgeben schienen.

Ich war anscheinend ein Gefangener, und düsteres Grauen hing über allem, was ich sah. Ich spürte, daß die irritierenden, krummlinigen Hieroglyphen an den Wänden mit ihrer Botschaft meine Seele verbrennen würden, wenn mich nicht barmherzige Unwissenheit davor bewahrt hätte, sie zu verstehen.

In noch späteren Träumen blickte ich aus den großen runden Fenstern und von dem gigantischen flachen Dach mit seinen wunderlichen Gärten, seinem großen dürren Gebiet und seiner hohen, geschwungenen Brustwehr aus Stein, zu dem die oberste Rampe führte.

Es gab fast endlose Ansammlungen riesiger Gebäude, aufgereiht an Straßen von vollen hundert Fuß Breite, jedes mit einem eigenen Garten. Sie unterschieden sich im Aussehen beträchtlich, aber nur wenige waren kleiner als fünfhundert Fuß im Quadrat oder niedriger als tausend Fuß. Viele schienen so endlos, daß ihre Front mehrere tausend Fuß lang sein mußte, während manche zu gewaltigen Höhen in den grauen, dunstigen Himmel emporragten.

Sie schienen vorwiegend aus Stein oder Beton erbaut, und bei den meisten war die seltsame Bauweise angewendet worden, die ich an dem Gebäude bemerkt hatte, in dem ich mich befand. Die Dächer waren flach und mit Gärten bedeckt und hatten meistens geschwungene Brüstungen. Manchmal waren inmitten der Gärten Terrassen und erhöhte Plateaus sowie weite, offene Flächen. Die großen Straßen schienen von Bewegung erfüllt, aber in den anfänglichen Träumen konnte ich diese Eindrücke nicht in erkennbare Einzelheiten auflösen.

An bestimmten Stellen sah ich riesige, dunkle, zylindrische Türme, die alle anderen Bauwerke weit überragten. Sie waren absolut einzigartig und wiesen Anzeichen von unermeßlichem Alter und beginnendem Verfall auf. Sie waren aus bizzaren Basaltquadern erbaut und verjüngten sich gegen ihre abgerundeten Spitzen. An keinem konnte ich die geringsten Anzeichen von Fenstern oder irgendwelchen anderen Öffnungen entdecken, abgesehen von riesigen Türen. Ich bemerkte auch einige niedrige Gebäude – alle von jahrtausendelanger Verwitterung gezeichnet –, die in der grundlegenden Bauweise diesen dunklen, zylindrischen Türmen ähnelten. Über all diesen Anhäufungen rechteckiger Bauwerke lag eine unerklärliche Aura konzentrierter Furcht und Bedrohung, ähnlich der, die von den verschlossenen Falltüren ausging.

Die allgegenwärtigen Gärten waren beinahe furchterregend in ihrer Seltsamkeit; bizarre, ungewohnte Arten von Vegetation hingen über breite Wege, die von sonderbar behauenen Monolithen eingesäumt waren. Abnorm große, farnartige Gewächse herrschten vor – manche grün und manche von einer geisterhaften, schwammigen Blässe.

Dazwischen wuchsen große, gespenstische Pflanzen, die wie Kalamiten aussahen und deren bambusartige Stämme in schwindelnde Höhen aufragten. Dann gab es auch buschige Formen – legendäre Zykaden, und groteske, dunkelgrüne Sträucher und Bäume, die wie Nadelhölzer aussahen.

Die Blumen, die in geometrisch angelegten Beeten und verstreut zwischen den anderen Pflanzen blühten, waren klein, farblos und unbestimmbar.

In einigen der Terrassen- und Dachgärten waren größere und

lebhaftere Blüten, die fast abstoßende Formen hatten und künstlich gezüchtet schienen. Pilze von unerklärbarer Größe, Form und Farbe wuchsen verstreut in den Gärten und bildeten ein scheckiges Muster, das auf eine fremdartige, aber gut entwickelte gärtnerische Tradition schließen ließ. In den größeren Gärten zu ebener Erde hatte man versucht, die Unregelmäßigkeiten der Natur zu bewahren, aber auf den Dächern waren die Pflanzen sorgfältig ausgesucht und kunstvoll beschnitten.

Die Luft war fast immer feucht und der Himmel bewölkt, und manchmal glaubte ich gewaltige Regengüsse mitzuerleben. Hin und wieder jedoch kamen die Sonne – die unnatürlich groß schien – und der Mond durch, dessen Zeichnung in einer Art vom Normalen abwich, die ich mir nie erklären konnte. Wenn der Himmel – was selten geschah – wenigstens teilweise aufklarte, sah ich Sternbilder, die fast nicht zu erkennen waren. Die Umrisse ähnelten manchmal denen der bekannten Sternbilder, deckten sich aber fast nie mit ihnen; aus den wenigen Sternbildern, die ich erkannte, glaubte ich schließen zu können, daß ich mich auf der südlichen Hemisphäre der Erde befand, nahe beim Wendekreis des Steinbocks.

Der ferne Horizont war immer dunstig und verschwommen, aber ich konnte sehen, daß große Dschungel unbekannter Baumfarne, Kalamiten, Schuppen- und Siegelbäume die Stadt umgaben; ihr phantastisches Laub wogte gleichsam spöttisch im wechselnden Wind hin und her. Ab und zu glaubte ich hoch über der Erde zu fliegen, aber in meinen ersten Träumen konnte ich bei diesen Visionen keine Einzelheiten erkennen.

Vom Herbst 1914 an träumte ich hin und wieder von seltsam schwebenden Flügen über die Stadt und die umliegenden Gegenden. Ich sah endlose Straßen, die durch Wälder von furchterregenden Pflanzen mit gesprenkelten, geriffelten und gestreiften Stämmen und an anderen, ebenso seltsamen Städten vorbeiführten.

Ich sah monströse Bauwerke aus schwarzem oder glitzerndem Stein in Schneisen und Lichtungen, wo ewiges Zwielicht herrschte, und lange Dämme in Sümpfen, die so dunkel waren, daß ich nur wenig von ihrer feuchten, hoch aufragenden Vegetation erkennen konnte.

Einmal sah ich ein riesiges Gebiet, das mit verwitterten Basaltruinen übersät war. Diese glichen in der Bauweise den wenigen fensterlosen und oben abgerundeten Türmen in der Geisterstadt. Und einmal sah ich das Meer – eine weite, dunstige Fläche jenseits der kolossalen Steinmolen einer riesigen Stadt mit Kuppeln und Türmen.

Wie ich schon sagte, waren diese Visionen nicht von Anfang an so beängstigend. Sicherlich haben viele Menschen schon wesentlich seltsamere Träume gehabt – Träume, die aus unzusammenhängenden, aber von den unberechenbaren Launen des Schlafes in einen phantastischen neuen Zusammenhang gebrachten, bruchstückhaften Erinnerungen an Alltagserlebnisse, Bilder und Bücher bestehen.

Eine Zeitlang nahm ich die Visionen als natürlich hin, obwohl ich vorher nie außergewöhnliche Träume gehabt hatte. Viele der undeutlichen Wahnvorstellungen, so redete ich mir ein, mußten belanglose Ursachen haben, die zu zahlreich waren, als daß man jeder von ihnen hätte nachgehen können; andere wiederum schienen allgemeines Schulwissen über Pflanzen und andere Lebensformen der primitiven Welt vor fünfzig Millionen Jahren widerzuspiegeln – der Welt des permischen oder triassischen Zeitalters.

Im Verlauf einiger Monate trat jedoch das Element der Furcht in zunehmendem Maße in Erscheinung. Das war zu dem Zeitpunkt, als die Träume so unverkennbar den Charakter von Erinnerungen annahmen und als ich begann, sie in meiner Vorstellung mit meinen wachsenden abstrakten Besorgnissen in Verbindung zu bringen – dem Gefühl der Gedächtnishemmung, dem seltsam gestörten Zeitbegriff, der Ahnung eines abscheulichen Tausches mit meiner zweiten Persönlichkeit während der Jahre 1908 bis 1913 und, wesentlich später, dem Abscheu vor meiner eigenen Person.

Als bestimmte erkennbare Einzelheiten in den Träumen aufzutauchen begannen, verstärkte sich tausendfach das Grauen, das sie in mir erregten, bis ich im Oktober 1915 das Gefühl hatte, etwas dagegen tun zu müssen. Da begann ich mit meinem intensiven Studium anderer Fälle von Amnesie und Sinnestäuschungen, weil ich glaubte, ich könnte dadurch mein Leiden objektivieren und mich aus seiner emotionalen Umklammerung befreien.

Das Ergebnis war jedoch, wie schon oben erwähnt, fast genau das Gegenteil. Es verwirrte mich zutiefst, zu entdecken, daß es Träume gegeben hatte, die den meinen fast vollständig glichen;

um so mehr, als einige der Berichte zu alt waren, als daß die Betroffenen irgendwelche geologischen Kenntnisse – und deshalb irgendeine Vorstellung von primitiven Landschaften – gehabt haben konnten.

Schlimmer noch, viele dieser Berichte enthielten schaurige Einzelheiten und Erklärungen im Zusammenhang mit den Visionen von großen Gebäuden und dschungelartigen Gärten – und anderen Dingen. Die tatsächlichen Traumgesichte und vagen Vorstellungen waren schon schlimm genug, was aber die anderen von diesen Alpträumen geplagten Menschen beschrieben oder behauptet hatten, deutete auf Wahnsinn und Blasphemie. Das Allerschlimmste aber war, daß mein eigenes Pseudo-Gedächtnis dadurch zu noch wilderen Träumen und zu Ahnungen bevorstehender Enthüllungen angeregt wurde. Aber trotzdem hielten die meisten Ärzte meine Therapie im großen ganzen für ratsam.

Ich studierte systematisch Psychologie, und mein Sohn Wingate wurde dadurch angeregt, mir nachzueifern – sein Studium führte schließlich zu seiner gegenwärtigen Lehrtätigkeit als Professor. In den Jahren 1917 und 1918 belegte ich Sonderkurse an der Miskatonic-Universität. Währenddessen durchforschte ich unermüdlich alle erreichbaren medizinischen, historischen und anthropologischen Unterlagen, suchte Bibliotheken an weit entfernten Orten auf und las schließlich sogar die grauenhaften Bücher über verbotene Geheimlehren, für die sich mein zweites Ich so merkwürdig stark interessiert hatte.

Bei einigen dieser Bücher handelte es sich um dieselben Exemplare, die ich in meinem veränderten Zustand konsultiert hatte, und ich geriet in höchste Verwirrung über einige Randbemerkungen und *Korrekturen* in den fürchterlichen Texten; denn die Zusätze waren in einer Schrift und einer Sprache geschrieben, die auf merkwürdige Weise unmenschlich schienen.

Diese Anmerkungen waren jeweils in der Sprache des betreffenden Buches abgefaßt; der Schreiber schien all diese Sprachen mit gleicher, wenn auch offenbar theoretisch erlernter Geläufigkeit zu beherrschen. Eine Randbemerkung in von Junzts *Unaussprechlichen Kulten* war jedoch auf erschreckende Weise anders. Sie bestand aus bestimmten krummlinigen Hieroglyphen, die in derselben Tinte wie die deutschsprachigen Anmerkungen geschrieben waren, aber keinerlei Ähnlichkeit mit menschlichen Schriftzeichen hatten. Und diese Hieroglyphen entsprachen genau und unverkennbar den Schriftzeichen, denen ich ständig in meinen Träumen begegnete – Schriftzeichen, von denen ich mir manchmal einen Augenblick lang einbildete, daß ihre Bedeutung mir bekannt sei oder gleich wieder einfallen würde.

Um das Maß meiner Verwirrung vollzumachen, versicherten mir viele Bibliothekare, daß diese Bücher regelmäßig überprüft würden und es deshalb aufgrund der Unterlagen über die Ausleihe feststehe, daß ich all diese Anmerkungen in meinem veränderten Zustand selbst angebracht hatte. Und dies trotz der Tatsache, daß ich drei dieser Sprachen nie beherrscht habe. Als ich die verstreuten alten und modernen, anthropologischen und medizinischen Unterlagen zusammenfügte, fand ich eine ziemlich konsequente Mischung aus Mythen und Halluzinationen, über deren furchtbare Tragweite ich zutiefst bestürzt war. Nur eines tröstete mich: die Tatsache, daß diese Mythen schon so früh existiert hatten. Durch welches verlorene Wissen Bilder von paläozoischen und mesozoischen Landschaften in diese primitiven Fabeln gekommen waren, darüber konnte ich keine Vermutungen anstellen; aber die Bilder hatten tatsächlich existiert. Daraus ergab sich ein Anhaltspunkt für die Entstehung einer fixierbaren Art von Wahnvorstellungen.

Fälle von Amnesie bildeten zweifellos den allgemeinen Hintergrund für die Mythen, aber später mußten die phantastischen Hinzufügungen der Mythen eine Rückwirkung auf die unter Amnesie Leidenden ausgeübt und ihre Schein-Erinnerungen gefärbt haben. Ich selbst hatte all die alten Sagen während meiner Amnesie gehört und gelesen – meine Nachforschungen hatten dies hinreichend bestätigt. War es deshalb nicht natürlich, daß meine späteren Träume und Vorstellungen von dem geformt und gefärbt wurden, was mir unklar aus jenem sekundären Zustand im Gedächtnis geblieben war?

Einige der Mythen wiesen bedeutsame Parallelen zu anderen nebelhaften Legenden über die vormenschliche Welt auf, besonders zu jenen Hindu-Erzählungen, die ungeheuere Zeiträume umschließen und einen Bestandteil der Lehre der modernen Theosophen darstellen.

Urzeitliche Mythen und moderne Wahnvorstellungen stimmten überein in der Annahme, daß die Menschheit nur eine – und vielleicht die geringste – der hochentwickelten, dominanten Rassen in der langen und weitgehend unerforschten Geschichte dieses

Planeten sei. Wesen von unvorstellbarer Gestalt, so deuteten sie an, hatten in den Himmel ragende Türme erbaut und jedes Geheimnis der Natur enträtselt, bevor der erste amphibische Vorfahr des Menschen vor drei Millionen Jahren aus der heißen See gekrochen war.

Manche dieser Wesen seien von den Sternen herabgekommen; einige wenige seien so alt wie das Universum selbst; andere hätten sich rasch aus irdischen Mikroben entwickelt, die so weit hinter den ersten Mikroben unseres Lebenszyklus zurück waren, wie diese Mikroben wiederum hinter uns zurück sind. Über Zeitspannen von Tausenden von Millionen Jahren und Verbindungen zu anderen Galaxien und Universen wurde berichtet. Nach diesen Legenden gab es tatsächlich keine Zeit im menschlichen Sinn.

Aber die meisten der Legenden und Vorstellungen betrafen eine verhältnismäßig späte Rasse von Lebewesen, die eine sonderbare und komplizierte Gestalt hatten und keiner der Wissenschaft bekannten Form des Lebens ähnelten. Diese Rasse habe bis vor nur fünfzig Millionen Jahren vor dem Erscheinen des Menschen gelebt. Und sie sei die größte aller Rassen gewesen, weil nur sie das Geheimnis der Zeit enträtselt habe.

Diese Wesen hätten alles gelernt, was jemals auf der Erde bekannt gewesen sei oder in Zukunft bekannt sein würde, dank der Fähigkeit ihres überragenden Geistes, sich in die Vergangenheit und die Zukunft zu versetzen, sogar über Zeiträume von Millionen von Jahren hinweg, und das Wissen jedes beliebigen Zeitalters zu studieren. Aus den Errungenschaften dieser Rasse seien alle Legenden von Propheten entstanden, einschließlich derer in der menschlichen Mythologie.

In ihren gewaltigen Bibliotheken befänden sich Bände mit Texten und Bildern, in denen die Annalen der Erde in ihrer Gesamtheit festgehalten seien – Geschichte und Beschreibungen jeder Spezies, die jemals existiert habe oder existieren würde, mit lükkenlosen Unterlagen über ihre Künste, ihre Errungenschaften, ihre Sprachen und ihre Psychologie.

Mit diesem die Ewigkeit umfassenden Wissen suche sich die Große Rasse aus jeder Epoche und jeder Lebensform diejenigen Gedanken, Künste und Verfahren heraus, die ihrer eigenen Natur und Situation entsprächen. Das Wissen über die Vergangenheit, das durch eine Umstellung des Geistes auf andere Sinne gewonnen werden mußte, sei schwieriger zu erlangen als das Wissen über die Zukunft.

Im letzteren Fall war das Verfahren einfacher und konkreter. Mit geeigneter mechanischer Hilfe müsse sich der Geist in eine zukünftige Zeit versetzen, indem er sich auf dunkle, außersinnliche Art seinen Weg bahne, bis er die gewünschte Periode erreicht hätte. Dann, nach einigen Versuchen, müsse er von dem besten auffindbaren Vertreter der am höchsten entwickelten Lebensform dieses Zeitalters Besitz ergreifen. Er dringe in das Gehirn dieses Organismus ein und erfülle es mit seinen eigenen Schwingungen, während der verdrängte Geist mit einem Schlag in das Zeitalter des Eindringlings zurückversetzt würde und in dessen Körper verbliebe, bis der umgekehrte Prozeß in Gang gesetzt würde.

Der projizierte Geist im Körper des zukünftigen Organismus nehme dann das Verhalten eines Mitglieds der Rasse an, dessen äußere Gestalt er trage, und erlerne in kürzester Zeit alles, was es über das gesamte allgemeine und technische Wissen des gewählten Zeitalters zu lernen gebe.

Währenddessen würde der verdrängte, in den Körper des Eindringlings zurückversetzte Geist sorgfältig bewacht. Er würde daran gehindert, den Körper, in dem er sich befände, zu verletzen, und all sein Wissen würde ihm durch geschickte Fragen entlockt. Oft könne er sogar in seiner eigenen Sprache befragt werden, wenn nämlich aus früheren Vorstößen in die Zukunft Unterlagen über diese Sprache vorhanden seien.

Wenn der Geist aus einem Körper stamme, dessen Sprache die Große Rasse nicht physisch reproduzieren könne, dann würden sinnreiche Maschinen konstruiert, auf denen diese Sprache wie auf einem Musikinstrument gespielt werden könne.

Die Mitglieder der Großen Rasse hätten die Gestalt riesiger, runzliger Kegel von zehn Fuß Höhe, an deren Spitze der Kopf und andere Organe mittels fußdicker, dehnbarer Glieder befestigt seien. Sie sprächen durch das Klicken oder Kratzen der riesigen Pfoten oder Klauen am Ende von zweien ihrer vier Glieder, und bewegten sich fort durch das Ausdehnen und Zusammenziehen der klebrigen Schicht an ihrer riesigen, zehn Fuß breiten Unterseite.

Sobald die Verwunderung und der Unwille des gefangenen Geistes nachgelassen hätten und er – falls er aus einem Körper stamme, der von denen der Großen Rasse sehr verschieden sei

– sein Entsetzen über seine ungewohnte, vorübergehende körperliche Form überwunden hätte, würde ihm gestattet, seine neue Umgebung zu studieren und Wunder und Weisheiten zu erfahren, welche denen, die der in seinen eigenen Körper eingedrungene Geist erlebte, fast gleichkämen.

Unter angemessenen Vorsichtsmaßregeln und im Austausch gegen angemessene Gegenleistungen sei es ihm erlaubt, in gigantischen Luftschiffen oder den riesigen, bootartigen, atomgetriebenen Fahrzeugen, die auf den großen Straßen verkehrten, die ganze bewohnbare Welt zu bereisen; er dürfe auch ungehindert in den Bibliotheken herumstöbern, in denen das gesamte Wissen über die Vergangenheit und die Zukunft archiviert sei.

Dies versöhne viele der Gefangenen mit ihrem Schicksal; denn es seien ausschließlich Wesen mit scharfem Verstand, und für einen solchen Geist stelle die Enthüllung verborgener Geheimnisse der Erde – abgeschlossene Kapitel unvorstellbar früher Vergangenheit und schwindelerregende Ausblicke in die Zukunft, sogar über ihr eigenes Zeitalter hinaus – immer, trotz der dabei oft enthüllten abgründigen Schrecken, das großartigste Abenteuer ihres Lebens dar.

Hin und wieder dürfe ein gefangener Geist mit einem anderen Geist aus der Zukunft zusammentreffen – um mit einem intelligenten Wesen, das hundert oder tausend Jahre vor seinem eigenen Zeitalter gelebt hatte, Gedanken austauschen zu können. Und alle würden dazu gedrängt, viel in ihrer eigenen Sprache über ihre jeweiligen Zeitalter zu schreiben; diese Dokumente würden dann in den großen Zentralarchiven aufbewahrt.

Es muß noch erwähnt werden, daß es eine besondere Art von Gefangenen geben sollte, deren Privilegien weit größer als die der Mehrheit seien. Dabei handelte es sich um die *permanent* Verbannten; ihre Körper seien in der Zukunft von scharfsinnigen Mitgliedern der Großen Rasse mit Beschlag belegt worden, die sich angesichts des körperlichen Todes dem geistigen Untergang entziehen wollten.

Von diesen melancholischen Gefangenen gebe es nicht so viele, wie man annehmen könne, da die Langlebigkeit der Großen Rasse ihre Liebe zum Leben vermindere – besonders bei jenen überragenden Geistern, die sich in andere Zeitalter versetzen konnten. Aber auf solche Fälle permanenter Projektionen seien die bleibenden Persönlichkeitsveränderungen zurückzuführen, die in der späteren Geschichte – einschließlich der menschlichen – beobachtet wurden.

In den normalen Fällen jedoch baue sich der Geist aus der Vergangenheit, wenn er genug über die Zukunft erfahren habe, einen Apparat ähnlich dem, der ihm die Versetzung in die Zukunft ermöglicht hatte, und vollzöge die umgekehrte Projektion. Danach sei er wieder in seinem eigenen Körper und seinem eigenen Zeitalter, während der eben noch gefangene Geist in den zukünftigen Körper zurückkehre, aus dem er verdrängt worden war.

Nur wenn einer der beiden Körper während des Tausches gestorben sei, könne diese Wiederherstellung des ursprünglichen Zustandes nicht vollzogen werden. In solchen Fällen müsse natürlich der Geist aus der Vergangenheit – wie jene Mitglieder der Großen Rasse, die dem Tod entfliehen wollen – bis zum Tod in dem fremden Körper in der Zukunft bleiben; oder aber der gefangene Geist müsse – wie die permanent Verbannten – seine Tage in der Gestalt und dem vergangenen Zeitalter der Großen Rasse beenden.

Dieses Schicksal sei weniger furchtbar, wenn der gefangene Geist ebenfalls zu der Großen Rasse gehöre – was nicht selten vorkäme, da diese Rasse in allen Epochen sehr an ihrer eigenen Zukunft interessiert sei. Die Zahl der sterbenden permanent Verbannten der Großen Rasse sei sehr gering – hauptsächlich wegen der fürchterlichen Strafen, die für die Verdrängung eines zukünftigen Mitglieds der Großen Rasse durch einen Sterbenden verhängt würden.

Durch Projektion würde dafür gesorgt, daß den Geist, der das Verbot übertreten hatte, in seinem neuen, zukünftigen Körper die gerechte Strafe ereile – und manchmal sei auch die Rückkehr erzwungen worden.

Komplizierte Fälle, in denen ein forschender oder schon gefangener Geist durch einen Geist aus irgendeinem Stadium der Vergangenheit verdrängt wurde, seien bekanntgeworden und sorgfältig korrigiert worden. In jeder Epoche seit der Entdeckung der Geistprojektion bestünde ein winziges, aber genau überwachtes Element der Bevölkerung aus Mitgliedern der Großen Rasse aus der Vergangenheit, die sich für kürzere oder längere Zeit in der Zukunft aufhielten.

Wenn ein gefangener Geist einer fremden Rasse in seinen eigenen Körper in der Zukunft zurückversetzt würde, sorge eine sinnreiche mechanische Hypnose dafür, daß er alles vergesse, was er im Zeitalter der Großen Rasse gelernt habe – dies wegen bestimmter unerwünschter Auswirkungen einer allgemeinen Übertragung großer Wissensmengen.

Die wenigen Fälle, in denen solches Wissen klar übertragen worden sei, hätten große Katastrophen ausgelöst – und würden es zu bestimmten zukünftigen Zeiten noch tun. Und es sei weitgehend auf zwei dieser Fälle zurückzuführen – so behaupteten die alten Mythen –, daß die Menschheit erfahren habe, was es mit der Großen Rasse auf sich habe.

Alles, was direkt und physisch aus diesen Urzeiten übriggeblieben war, seien bestimmte Ruinen großer Steine an fernen Orten unter dem Meer sowie Teile der furchtbaren Pnakotischen Manuskripte.

So erreiche der zurückkehrende Geist sein eigenes Zeitalter mit nur ganz geringen und fragmentarischen Visionen von seinen Erlebnissen während der Gefangenschaft. Alle Erinnerungen, die ausgelöscht werden könnten, würden ausgelöscht, so daß sich in den meisten Fällen nur ein von Träumen überschatteter leerer Raum zwischen der ersten und zweiten Verwandlung erstrecke. Manchmal erinnere sich ein Geist deutlicher als die anderen, und die zufällige Verbindung verschiedener Erinnerungen habe bei ganz seltenen Gelegenheiten Andeutungen über die verbotene Vergangenheit in zukünftige Zeitalter gebracht.

Es habe wahrscheinlich nie eine Zeit gegeben, zu der nicht irgendwelche Gruppen oder Kultgemeinschaften dieses Geheimwissen gehütet hätten. Im *Necronomicon* fänden sich Andeutungen über die Existenz eines solchen Kultes unter menschlichen Wesen – einer Kultgemeinschaft, die manchmal einem Geist, der durch die Jahrmillionen aus der Epoche der Großen Rasse gekommen sei, Hilfe gewähre. Und inzwischen werde die Große Rasse selbst beinahe allwissend und wende sich der Aufgabe zu, Geistprojektionen mit den Bewohnern anderer Planeten zu ermöglichen und deren Vergangenheit und Zukunft zu erforschen. Ebenso sei sie bemüht, die Vergangenheit und den Ursprung jenes seit Urzeiten toten, schwarzen Gestirns zu ergründen, von dem ihr eigener Geist abstammte – denn der Geist der Großen Rasse sei älter als ihre körperliche Form.

Die Wesen einer sterbenden alten Welt hätten, im Besitz der letzten Geheimnisse, nach einer neuen Welt und einer neuen

Spezies Ausschau gehalten, in denen sie weiterleben konnten, und hätten ihre Geister *en masse* in diejenige Rasse verpflanzt, die am besten geeignet war, sie zu beherbergen – die kegelförmigen Wesen, die unsere Erde vor einer Milliarde Jahren bevölkerten.

So sei die Große Rasse entstanden, während die Myriaden von Geistern, die zurückversetzt wurden, einem grauenhaften Tod in seltsamen körperlichen Gestalten überantwortet worden seien. Später würde die Rasse erneut dem Tod gegenüberstehen, würde aber wiederum überleben durch eine Projektion ihrer größten Geister in die Körper von anderen Wesen mit einer längeren Spanne physischen Lebens vor sich.

Dies war der Hintergrund der ineinander verwobenen Legenden und Halluzinationen. Als ich um 1920 die Ergebnisse meiner Forschungen in übersichtlicher Form zusammengestellt hatte, spürte ich ein leichtes Nachlassen der Spannung, die im anfänglichen Stadium noch gewachsen war. Waren schließlich nicht trotz der von blinden Gefühlen hervorgerufenen Wahnvorstellungen die meisten Erscheinungen leicht zu erklären? Irgendein seltsamer Zufall konnte während der Amnesie meine Aufmerksamkeit auf dunkles Geheimwissen gelenkt haben – und dann las ich die verbotenen Legenden und traf mich mit den Anhängern uralter, verrufener Kulte. Das lieferte offenbar den Stoff für die Träume und verwirrenden Gefühle, die mich nach der Rückkehr meines Gedächtnisses ergriffen hatten.

Was die Randbemerkungen betraf, die in Traum-Hieroglyphen und mir unbekannten Sprachen abgefaßt waren, mir aber von den Bibliothekaren in die Schuhe geschoben wurden, so konnte ich ohne weiteres während meines sekundären Zustands einige Brocken dieser Sprachen aufgeschnappt haben, während die Hieroglyphen zweifellos von meiner Phantasie nach Beschreibungen in alten Legenden geformt worden waren und sich später in meine Träume eingeschlichen hatten. Ich versuchte, bestimmte Punkte durch Gespräche mit den Oberpriestern bekannter Kulte zu verifizieren, aber es gelang mir nie, die richtigen Verbindungen anzuknüpfen.

Bisweilen beunruhigte mich die Parallelität so vieler Fälle in so vielen, weit auseinanderliegenden Zeitaltern genauso wie zu Anfang, aber andererseits überlegte ich, daß die phantastischen Volkssagen zweifellos in der Vergangenheit verbreiteter gewesen waren als in der Gegenwart.

Wahrscheinlich waren allen anderen Opfern einer Erkrankung wie der meinigen seit langem die Geschichten vertraut gewesen, von denen ich erst in meinem sekundären Zustand erfahren hatte. Wenn diese Opfer ihr Gedächtnis verloren hatten, brachten sie sich selbst mit den Gestalten aus ihren Alltagsmythen in Verbindung – jenen Fabelwesen, von denen man glaubte, daß sie den Geist der Menschen verdrängten – und gingen deshalb auf die Suche nach einem Wissen, das sie in eine nur in der Phantasie existierende, unmenschliche Vergangenheit zurückzubringen gedachten.

Wenn dann ihr Gedächtnis zurückkehrte, drehten sie den Assoziationsprozeß um und hielten sich selbst nicht mehr für die Eindringlinge, sondern für die wiedergekehrten Gefangenen der fremden Rasse. Daher die Träume und Schein-Erinnerungen, die mit den überlieferten Mythen übereinstimmten.

Trotz ihrer scheinbaren Schwerfälligkeit verdrängten diese Erklärungen alle anderen aus meinem Bewußtsein – größtenteils infolge der noch größeren Schwächen der übrigen Theorien. Und eine beträchtliche Anzahl bedeutender Psychologen und Anthropologen kam nach und nach zu derselben Auffassung.

Je länger ich überlegte, um so überzeugender wirkte meine Beweisführung; bis ich schließlich einen wirksamen Schutzwall gegen die Visionen und Vorstellungen errichtet hatte, die noch immer auf mich einstürmten. Ich sah in der Nacht seltsame Dinge? Das war nur, was ich gehört und gelesen hatte! Ich hatte seltsame Abneigungen, Ansichten und Schein-Erinnerungen? Auch diese waren nur der Widerhall von Mythen, die ich in meinem sekundären Zustand in mich aufgenommen hatte! Was immer ich auch träumte, was immer ich fühlte, nichts konnte wirklich von Bedeutung sein.

Mein früherer Lehrstuhl für Nationalökonomie war schon vor längerer Zeit von einem fähigen neuen Mann übernommen worden, und zudem hatten sich die Lehrmethoden in den Wirtschaftswissenschaften seit meinen besten Jahren wesentlich gewandelt. Mein Sohn war zu dieser Zeit gerade dabei, sich zu habilitieren, und wir arbeiteten sehr viel gemeinsam.

Ich fuhr jedoch fort, meine extravaganten Träume sorgfältig aufzuschreiben, die mich in solcher Dichte und Lebhaftigkeit bedrängten. Solche Aufzeichnungen, so argumentierte ich, würden einen echten Wert als psychologisches Dokument haben. Die Traumgesichte hatten noch immer den beunruhigenden Charakter von Erinnerungen, aber ich setzte mich mit beträchtlichem Erfolg gegen diese Anwandlungen zur Wehr.

Bei meinen Aufzeichnungen behandelte ich die Phantasmata wie Dinge, die ich wirklich gesehen hatte; aber ansonsten schob ich sie stets als nichtssagende Nachtgesichte verächtlich beiseite. Ich hatte diese Dinge nie in Gesprächen mit anderen Leuten erwähnt, aber irgendwie sickerte doch etwas durch, und verschiedene Gerüchte über meinen Geisteszustand machten die Runde. Recht amüsant war, daß diese Gerüchte nur unter Laien kursierten und kein einziger Arzt oder Psychologe sie ernst nahm.

Von meinen Visionen nach 1914 will ich hier nur wenige erwähnen, da dem ernsthaft Interessierten vollständigere Berichte und Unterlagen zur Verfügung stehen. Es war offensichtlich, daß die seltsamen Hemmungen ein wenig nachließen, denn der Umfang meiner Visionen vergrößerte sich gewaltig. Sie waren jedoch nie mehr als zusammenhanglose Fragmente, scheinbar ohne klare Motivation.

In den Träumen schien ich nach und nach eine größere Bewegungsfreiheit zu erlangen. Ich glitt durch seltsame, steinerne Bauwerke, wobei ich durch gewaltige unterirdische Gänge, welche die normalen Verbindungswege darzustellen schienen, aus dem einen in das andere gelangte. Manchmal stieß ich auf jene gigantischen verschlossenen Falltüren auf der untersten Ebene, denen diese Aura des Furchterregenden und Verbotenen anhaftete.

Ich sah gewaltige, mit Mosaiken ausgelegte Teiche sowie Räume mit sonderbaren, unerklärlichen Geräten in unendlich vielen verschiedenen Formen. Dann waren da auch kolossale Gewölbe mit komplizierten Maschinen, deren Bau und Verwendungszweck mir völlig unbegreiflich waren und deren Geräusche erst in viel späteren Träumen hörbar wurden. Ich möchte hier bemerken, daß Sehen und Hören die einzigen Sinne sind, über die ich je in dieser visionären Welt verfügt habe.

Das wirkliche Grauen kam im Mai 1915, als ich zum ersten Mal die lebenden Wesen sah. Das geschah noch, bevor meine Nachforschungen mich gelehrt hatten, was mich aufgrund der Mythen und der Fallgeschichten erwartete. Als die psychischen Hemmungen sich allmählich verloren, sah ich große Schwaden feinen

Nebels in den verschiedenen Teilen des Gebäudes und in den Straßen unter mir.

Diese Nebelschwaden wurden zusehends konkreter und deutlicher, bis ich schließlich mit beunruhigender Leichtigkeit ihre ungeheuerlichen Umrisse wahrnehmen konnte. Sie sahen aus wie riesige, glitzernde Kegel, etwa zehn Fuß hoch und an der Basis zehn Fuß im Durchmesser, aus einer zerfurchten, schuppigen, halbelastischen Masse. Aus ihren Spitzen wuchsen vier flexible, zylindrische Glieder, jedes etwa einen Fuß stark, aus einer zerfurchten Substanz ähnlich der, aus welcher die Kegel selbst bestanden.

Diese Glieder wurden manchmal fast ganz eingezogen, und manchmal dehnten sie sich bis zu einer Länge von ungefähr zehn Fuß. Zwei davon liefen in riesige Klauen oder Scheren aus. Am Ende des dritten befanden sich vier rote, trompetenartige Anhängsel. Das vierte trug an seinem Ende eine unregelmäßig geformte, gelbliche Kugel von etwa zwei Fuß Durchmesser, auf der sich, ringförmig entlang der zentralen Umfangslinie angeordnet, drei große, dunkle Augen befanden.

Auf diesem Kopf wuchsen vier schlanke, graue Stengel mit blumenartigen Anhängseln, während von der Unterseite des Kopfes acht grünliche Fühler oder Tentakeln herabhingen. Die ausgedehnte Unterseite des zentralen Kegels wurde von einer gummiartigen, grauen Substanz eingesäumt, die das ganze Wesen bewegte, indem sie sich abwechselnd zusammenzog und ausdehnte.

Die Tätigkeit dieser Wesen schien harmlos, erschreckte mich aber trotzdem mehr als ihr Aussehen – denn es ist befremdlich, monströse Objekte bei Handlungen zu beobachten, die man bisher nur bei Menschen gekannt hat. Diese Objekte bewegten sich verständig in den großen Räumen, holten Bücher aus Regalen, trugen sie zu den großen Tischen und stellten sie später wieder zurück, und manchmal schrieben sie eifrig mit einem sonderbaren Stab, den sie in den grünlichen Kopftentakeln hielten. Die riesigen Scheren wurden beim Transport der Bücher und im Gespräch benutzt – wobei die Sprache in einer Art Klicken bestand.

Die Wesen trugen keine Kleider, aber Ranzen oder Tornister, die von der Spitze des konischen Rumpfes herabhingen. Gewöhnlich trugen sie den Kopf und das dazugehörige Glied in Höhe der Kegelspitze, oft aber auch höher oder niedriger.

Die drei anderen großen Glieder hingen meist auf ungefähr fünf

Fuß Länge zusammengeschrumpft an den Seiten des Kegels herab, wenn sie nicht benutzt wurden. Aus der Geschwindigkeit, mit der sie schrieben, lasen und ihre Maschinen bedienten – die Apparate auf den Tischen hatten offenbar etwas mit dem Denken zu tun –, schloß ich, daß ihre Intelligenz unermeßlich höher war als die des Menschen.

Später sah ich sie dann überall; sie liefen scharenweise in den großen Zimmern und Korridoren umher, bedienten fürchterliche Maschinen in tiefen Gewölben und rasten in gigantischen, bootsförmigen Wagen die unglaublich breiten Straßen entlang. Ich verlor meine Angst vor ihnen, denn sie erschienen mir als ein völlig natürlicher Bestandteil ihrer Umgebung.

Allmählich konnte ich einzelne Individuen auseinanderhalten, und manche schienen einer Beschränkung zu unterliegen. Obwohl diese Exemplare sich von der Gestalt her nicht von den anderen unterschieden, hoben sie sich durch ihr Verhalten und ihre Gebärden deutlich von der Mehrheit, aber auch voneinander ab. Sie schrieben sehr viel, und zwar – soweit ich dies mit meinem trüben Blick erkennen konnte – in unzähligen verschiedenen Schriftarten, aber nie in den typischen, krummlinigen Hieroglyphen der Mehrheit. Ein paar von ihnen, so bildete ich mir ein, verwendeten unser vertrautes Alphabet. Die meisten arbeiteten wesentlich langsamer als die überwiegende Mehrzahl der Wesen.

In all den Träumen dieser Periode schien meine eigene Rolle die eines entkörperlichten Bewußtseins mit einem abnorm weiten Gesichtskreis zu sein, das frei umherschwebte, sich aber doch an die normalen Wege und Geschwindigkeiten halten mußte. Erst im August 1915 begannen mich Anzeichen für eine körperliche Existenz zu quälen. Ich sage quälen, weil die erste Phase eine rein abstrakte, jedoch unendlich furchterregende Verflechtung des schon früher aufgetretenen Abscheus vor meinem eigenen Körper mit den Szenen aus meinen Traumgesichten darstellte.

Eine Zeitlang war ich in meinen Träumen ängstlich darauf bedacht, nicht an mir selbst hinabzuschauen, und ich erinnere mich, wie dankbar ich für das völlige Fehlen großer Spiegel in den sonderbaren Räumen war. Ich war äußerst beunruhigt über die Tatsache, daß die großen Tische, die nicht niedriger als zehn Fuß sein konnten, mit ihrer Oberfläche ungefähr meine Augenhöhe erreichten.

Und dann wurde die morbide Versuchung, an mir selbst hinabzuschauen, größer und größer, bis ich ihr eines Nachts nicht mehr widerstehen konnte. Zunächst sah ich, als ich nach unten blickte, überhaupt nichts. Einen Augenblick später wurde mir klar, daß dies daher kam, daß mein Kopf sich am Ende eines enorm langen Halses befand. Als ich diesen Hals einzog und sehr steil nach unten blickte, sah ich die schuppige, runzlige, glitzernde Masse eines riesigen Kegels von zehn Fuß Höhe und zehn Fuß Basisdurchmesser. Das war in jener Nacht, als ich mit einem solchen Schrei aus den Tiefen des Schlafes emporfuhr, daß halb Arkham davon aufwachte. Erst nachdem sich das entsetzliche Schauspiel wochenlang wiederholt hatte, fand ich mich mit dem Anblick meiner selbst in dieser fürchterlichen Gestalt halbwegs ab. Im Traum bewegte ich mich jetzt körperlich inmitten der unbekannten Wesen, las in furchtbaren Büchern aus endlosen Regalen und schrieb stundenlang an den großen Tischen mit einem Griffel, den ich mit den von meinem Kopf herabhängenden grünen Tentakeln führte.

Bruchstücke von dem, was ich las und schrieb, fielen mir tagsüber wieder ein. Da gab es schreckliche Annalen anderer Welten und anderer Universen, Berichte von den Regungen formlosen Lebens außerhalb aller Universen. Es gab Aufzeichnungen über seltsame Gattungen von Lebewesen, welche unsere Welt in vergessenen Urzeiten bevölkert hatten, und furchtbare Chroniken über intelligente Wesen mit grotesken Körpern, die Millionen Jahre nach dem Tod des letzten menschlichen Wesens die Erde bevölkern würden.

Ich erfuhr von Epochen der Menschheitsgeschichte, deren Existenz kein lebender Gelehrter auch nur erahnen könnte. Die meisten dieser Schriften waren in der Sprache der Hieroglyphen abgefaßt, die ich auf kuriose Weise mit Hilfe dröhnender Maschinen erlernte und die offenbar eine agglutinierende Sprache war, mit Wortstämmen wie sie in keiner menschlichen Sprache zu finden sind.

Andere Bände waren in anderen unbekannten Sprachen geschrieben, die ich auf dieselbe merkwürdige Art erlernte. Nur sehr wenige waren in Sprachen, die ich kannte. Äußerst aufschlußreiche Bilder, sowohl als Illustrationen in den Büchern als auch in gesonderten Bildbänden, halfen mir sehr viel. Und während der ganzen Zeit schien ich eine Geschichte meines eigenen Zeitalters in englischer Sprache niederzuschreiben. Wenn ich aufwachte, konnte ich mich nur an winzige, bedeutungslose Fragmente der Sprachen erinnern, die mein Traum-Ich beherrscht hatte, obwohl ich andererseits ganze Sätze aus meinem Geschichtswerk behielt.

Ich erfuhr – noch bevor mein waches Selbst die Parallelfälle oder die alten Mythen studiert hatte, denen die Träume ohne Zweifel entsprangen –, daß die Wesen um mich herum zu der größten Rasse der Welt gehörten, welche die Zeit überwunden und forschende Geister in jedes Zeitalter entsandt hatte. Auch wußte ich, daß ich aus meinem Zeitalter herausgerissen worden war, während ein anderer meinen Körper in jenem Zeitalter benutzte, und daß manche der anderen seltsamen Gestalten ebenfalls solch einen gefangenen Geist beherbergten. Ich schien – in einer seltsamen, durch das Klicken meiner Klauen gebildeten Sprache – mit verbannten Intellekten aus allen Ecken des Sonnensystems zu sprechen.

Da gab es einen Geist von dem bei uns als Venus bekannten Planeten, der in unberechenbar fernen Epochen leben würde, und einen von einem äußeren Mond des Jupiter, der vor sechs Millionen Jahren gelebt hatte. Von den irdischen Geistern waren einige aus der geflügelten, sternköpfigen, halb pflanzlichen Rasse der paläogenen Antarktis vertreten; einer von einem Reptilienmenschen aus dem sagenhaften Valusia; drei von den bepelzten, vormenschlichen, hyperboreischen Anbetern des Tsathoggua; einer von den absolut widerwärtigen Tcho-Tchos; zwei von den arachnidischen Wesen der letzten Erdepoche; fünf aus der robusten Coleopterus-Rasse, die unmittelbar dem menschlichen Zeitalter folgen und auf die die Große Rasse eines Tages angesichts furchtbarer Gefahr *en masse* ihre größten Geister übertragen würde; und mehrere aus verschiedenen Stadien der Menschheitsgeschichte.

Ich sprach mit dem Geist von Yiang-Li, einem Philosophen aus der Zeit der grausamen Herrschaft des Tsan-Chan, die im Jahre 5000 n. Chr. beginnen wird; mit dem eines Generals der großköpfigen braunen Menschen, die 50000 v. Chr. Südafrika beherrschten; mit dem eines Florentiner Mönchs namens Bartolomeo Corsi aus dem zwölften Jahrhundert; mit dem eines Königs von Lomar, der dieses schreckliche Polarland einhunderttausend Jahre vor der Zeit regierte, in der die untersetzten, gelben Inutos von Westen kamen und es eroberten.

Ich sprach mit dem Geist von Nug-Soth, einem Zauberer der

finsteren Eroberer 16000 n. Chr.; mit dem eines Römers namens Titus Cempronius Blaesus, der zu Sullas Zeiten Quaestor gewesen war; mit dem von Khephnes, einem Ägypter der 14. Dynastie, der mich über das furchtbare Geheimnis des Nyarlathotep aufklärte; mit dem eines Priesters aus dem mittleren Königreich von Atlantis; mit dem eines Adligen aus Suffolk, James Woodville mit Namen, aus der Zeit Cromwells; mit dem eines Hofastronomen aus Peru aus der Zeit vor der Herrschaft der Inka; mit dem des australischen Physikers Nevel Kingston-Brown, der im Jahre 2518 n. Chr. sterben wird; mit dem eines Erzzauberers aus dem versunkenen Yhe im Pazifik; mit dem von Theodotides, einem graecobaktrischen Beamten 200 v. Chr.; mit dem eines alten Franzosen aus der Zeit Ludwigs des Dreizehnten namens Pierre-Louis Montagny; mit dem von Crom-Ya, einem cimmerischen Häuptling aus der Zeit 15000 v. Chr.; und mit so vielen anderen, daß mein Gehirn die erschreckenden Geheimnisse und schwindelerregenden Wunder nicht zu fassen vermochte, die sie mir anvertrauten.

Ich erwachte jeden Morgen wie im Fieber und versuchte manchmal verzweifelt, Beweise für oder gegen diejenigen Informationen zu finden, die in den Bereich des modernen menschlichen Wissens fielen. Überlieferte Tatsachen sah ich in einem neuen, zweifelhaften Licht, und ich staunte über die Phantasie des Traums, die so überraschende Nachträge zu Geschichte und Wissenschaft erfinden konnte.

Ich schauderte vor den Geheimnissen, welche die Vergangenheit bergen mochte, und zitterte vor den Bedrohungen, welche die Zukunft bringen konnte. Was die nachmenschlichen Wesen über das Schicksal der Menschheit andeuteten, übte eine solche Wirkung auf mich aus, daß ich es hier nicht wiedergeben möchte.

Nach dem Menschen würde die mächtige Käferzivilisation die Erde bevölkern, und in die Körper dieser Wesen würde die Elite der Großen Rasse sich versetzen, wenn die alte Welt dem schrecklichen Untergang anheimfiel. Später, wenn die Zeitspanne der Erde abgelaufen war, würden die übertragenen Geister wiederum durch Zeit und Raum wandern – zu ihrem neuen Zufluchtsort in den knolligen Pflanzenwesen des Merkur. Aber es würde auf der Erde auch nach ihnen noch Rassen geben, die sich pathetisch an den erkalteten Planeten klammern und sich in seinen von Greueln erfüllten Kern wühlen würden, bevor das unwiderrufliche Ende nahte.

Währenddessen schrieb ich in meinen Träumen unablässig an der Geschichte meines eigenen Zeitalters, die ich – teils freiwillig und teils aufgrund von Versprechen größerer Freiheit und weiter Reisen – für die zentralen Archive der Großen Rasse verfaßte. Die Archive befanden sich in einem kolossalen unterirdischen Bau in der Nähe des Stadtzentrums, den ich gut kannte, weil ich dort oft arbeitete und nachschlug. Erbaut, um so lange bestehen zu bleiben wie die Rasse und auch den gewaltigsten Erdbeben zu widerstehen, übertraf dieses titanische Gewölbe alle anderen Bauwerke in der massiven, felsengleichen Stärke seiner Mauern.

Die Texte, auf große Bogen eines sonderbar zähen, zellulosen Gewebes geschrieben oder gedruckt, waren in Bücher gebunden, die man von oben aufschlug. Diese wurden in einzelnen Behältern aus einem seltsamen, extrem leichten, rostfreien Metall von grauer Farbe aufbewahrt, die mit mathematischen Zeichen verziert und auf denen die Titel in den krummlinigen Hieroglyphen der Großen Rasse vermerkt waren.

Diese Behälter wurden in Reihen rechteckiger Kammern – geschlossenen Regalen ähnlich – aufbewahrt, die aus demselben rostfreien Metall geschmiedet und durch einen sinnreichen Mechanismus verschlossen waren. Meinem Geschichtswerk wurde ein Platz in der für Vertebraten vorgesehenen, untersten Reihe der Kammern zugewiesen – jener Abteilung, die den Kulturen der Menschheit und der behaarten und reptilischen Rassen, die unmittelbar vor dem Menschen die Erde beherrscht hatten, vorbehalten war.

Aber keiner der Träume vermittelte mir ein vollständiges Bild vom täglichen Leben der Großen Rasse. Es waren alles nebelhafte, zusammenhanglose Fragmente, und diese Fragmente wurden mir offensichtlich nicht in der richtigen Reihenfolge enthüllt. So habe ich zum Beispiel nur eine sehr vage Vorstellung von meinen eigenen Lebensumständen in der Traumwelt; es schien aber, daß ich ein großes Zimmer mit steinernen Wänden für mich allein hatte. Die Beschränkungen, denen ich als Gefangener unterlag, wurden nach und nach aufgehoben; meine Visionen erstreckten sich deshalb allmählich auch auf schnelle Fahrten über die ungeheueren Dschungelstraßen, Aufenthalte in seltsamen Städten und Forschungsreisen zu den gewaltigen, dunklen, fensterlosen Ruinen, von denen die Große Rasse sich so sonderbar ängstlich fernhielt. Ich erlebte auch lange Seereisen auf riesenhaften, unglaublich schnellen Schiffen mit zahlreichen Decks sowie Flüge über wilde Gegenden in geschlossenen, projektilartigen Luftschiffen, die mit elektrischer Kraft emporgehoben und angetrieben wurden. Jenseits des weiten, warmen Ozeans lagen andere Städte der Großen Rasse, und auf einem fernen Kontinent sah ich die primitiven Dörfer der schwarzschnäuzigen, geflügelten Kreaturen, die sich zu einer dominanten Spezies entwickeln würden, sobald die Große Rasse ihre hervorragenden Geister in die Zukunft versetzt hatte, um den unterirdischen Ungeheuern zu entkommen. Flaches Land und üppige Vegetation waren überall die beherrschenden Merkmale. Nur selten sah ich ein paar niedrige Berge, die meistens Anzeichen vulkanischer Tätigkeit aufwiesen.

Die Beschreibung der Tiere, die ich sah, würde Bände füllen. Sie waren alle wild, denn die technisierte Kultur der Großen Rasse hatte schon vor langer Zeit die Haustiere abgeschafft, und die Nahrung bestand ausschließlich aus pflanzlichen oder synthetischen Stoffen. Plumpe, massige Reptilien krochen in dampfenden Morasten herum, flatterten schwer durch die Luft oder spien in den Meeren und Seen Fontänen aus; unter all diesen Tieren glaubte ich niedere, archaische Prototypen vieler Arten zu erkennen, die mir aus der Paläontologie vertraut waren – Dinosaurier, Pterodaktylen, Ichthyosaurier, Labyrinthodonten, Plesiosaurier und ähnliche. Vögel oder Säugetiere konnte ich keine entdecken.

Auf dem Boden und in den Sümpfen wimmelte es überall von Schlangen, Eidechsen und Krokodilen, während in der üppigen Vegetation unablässig Insekten summten. Und weit draußen auf dem Meer spien unsichtbare, unbekannte Monstren turmhohe Dampfsäulen in den dunstigen Himmel. Einmal brachte mich ein gigantisches Unterseeboot mit Suchscheinwerfern in die Tiefen des Ozeans, und ich erspähte Ungeheuer von furchteinflößenden Ausmaßen. Auch sah ich Ruinen von unvorstellbaren versunkenen Städten und die allgegenwärtige Fülle krinoider, brachiopodischer, korallen- und fischartiger Lebewesen.

Über die Physiologie, die Psychologie, die Bräuche und die ausführliche Geschichte der Großen Rasse erfuhr ich nur wenig aus meinen Träumen, und auf die wenigen Einzelheiten, die ich hier wiedergebe, stieß ich nicht in den Träumen, sondern bei meinem

Studium der alten Legenden und der Krankheitsgeschichten.

Denn mit der Zeit holte ich natürlich mit meiner Lektüre und meinen Nachforschungen die Träume ein oder gelangte sogar über sie hinaus, so daß manche Traumfragmente schon erklärt waren, bevor sie auftraten, und im nachhinein bestätigten, was ich gelesen hatte. Das bestärkte mich in der tröstlichen Annahme, daß die Lektüre und die Nachforschungen, die mein zweites Selbst genau wie ich betrieben hatte, das ganze schreckliche Gewebe von Schein-Erinnerungen hervorgebracht hatten.

Das Zeitalter meiner Träume lag offenbar etwas weniger als 150 Millionen Jahre zurück, am Übergang des Paläozoikums in das Mesozoikum. Die Körper der Großen Rasse stellten keine überlebende, oder wenigstens der Wissenschaft bekannte Linie der irdischen Evolution dar, sondern waren organische Gebilde einer eigenen, völlig homogenen und hochspezialisierten Art, die ebenso viele Merkmale pflanzlichen wie tierischen Lebens aufwies.

Die Zelltätigkeit war so geartet, daß fast nie Ermüdung auftrat und Schlaf gänzlich unnötig war. Die Nahrung, die durch die roten, trompetenartigen Anhängsel an einem der großen flexiblen Glieder aufgenommen wurde, war immer halb flüssig und unterschied sich in vielerlei Hinsicht grundlegend von der existierender Lebewesen.

Die Wesen hatten nur zwei der uns bekannten Sinne – Gesichts- und Gehörsinn –, wobei der letztere seinen Sitz in den blumenartigen Anhängseln der grauen Stengel auf ihrem Kopf hatte. Dafür verfügten sie über viele andere, erstaunliche Sinne – derer sich jedoch ein in einem solchen Körper gefangener Geist aus einer anderen Epoche kaum bedienen konnte. Der besonderen Anordnung ihrer Augen verdankten sie einen übernatürlich weiten Gesichtskreis. Ihr Blut war ein dunkler, grünlicher und sehr dickflüssiger Saft.

Sie hatten kein Geschlecht, sondern vermehrten sich durch Samen oder Sporen, die an ihrer Unterseite gebildet wurden und sich nur unter Wasser entwickeln konnten. In großen, seichten Wasserbehältern entstanden ihre Jungen, von denen aber wegen der Langlebigkeit der Wesen – sie wurden normalerweise vier- bis fünftausend Jahre alt – nur sehr wenige aufgezogen wurden.

Offensichtlich mißgebildete Individuen wurden beseitigt, sobald die Mißbildungen bemerkt wurden. Krankheit und herannahender Tod wurden – da die Wesen keinen Tastsinn besaßen und keinen physischen Schmerz empfinden konnten – an rein visuellen Symptomen erkannt.

Die Toten wurden in feierlichen Zeremonien verbrannt. Wie schon erwähnt, entging hin und wieder ein überragender Geist dem Tod, indem er sich in eine zukünftige Epoche versetzte; aber solche Fälle waren nicht zahlreich. Wenn es doch geschah, so wurde der verbannte Geist aus der Zukunft bis zum Untergang des fremden Körpers, der ihn beherbergte, mit größter Freundlichkeit behandelt.

Die Große Rasse schien einen einzigen, lose zusammenhaltenden Staat oder Bund zu bilden, in dem die wichtigsten Institutionen zentralisiert waren, obwohl er aus vier selbständigen Teilen bestand. Das politische und wirtschaftliche System jeder Einheit war eine Art faschistischer Sozialismus; die wichtigen Güter wurden vernünftig verteilt und alle politische Macht einem Regierungsausschuß übertragen, der von allen Bürgern, die bestimmte wissensmäßige und psychologische Prüfungen bestanden hatten, gewählt wurde. Der Familie wurde keine allzu große Bedeutung beigemessen, obwohl persönliche Bindungen zwischen Individuen gemeinsamer Abstammung anerkannt und die Jungen von ihren Erzeugern aufgezogen wurden.

Ähnlichkeiten mit menschlichen Verhaltensweisen und Institutionen waren natürlich besonders dort stark ausgeprägt, wo es sich entweder um sehr abstrakte Elemente handelte oder wo grundlegende, nicht modifizierte Triebe vorherrschten, die allem organischen Leben gemeinsam sind. Einige zusätzliche Gemeinsamkeiten ergaben sich daraus, daß die Große Rasse bestimmte Dinge, die sie durch ihre Vorstöße in die Zukunft kennengelernt hatte, für gut befand und bewußt imitierte.

Die weitgehend automatisierte Industrie beanspruchte nur einen kleinen Teil der Zeit eines jeden Bürgers; die reichliche Freizeit wurde mit intellektuellen und ästhetischen Beschäftigungen unterschiedlicher Art ausgefüllt.

Die Wissenschaften waren auf einem unglaublich hohen Entwicklungsstand, und die Kunst war ein wesentlicher Bestandteil des Lebens, obwohl sie zu der Zeit meiner Träume ihren Höhepunkt überschritten hatte. Die Technologie wurde enorm angeregt durch den unablässigen Kampf um das Überleben und die physische Erhaltung der großen Städte, den die ungeheueren geologischen Umwälzungen jener Urzeit der Großen Rasse auferlegten. Verbrechen waren erstaunlich selten und wurden mit höchst wirksamer Polizeiarbeit bekämpft. Strafen reichten von dem Entzug von Privilegien und der Gefangenschaft bis zum Tod oder der gewaltsamen Veränderung der Persönlichkeit; sie wurden nie verhängt, ohne daß vorher die Beweggründe des Verbrechers sorgfältig untersucht wurden.

Kriege – die während der letzten Jahrtausende größtenteils ziviler Natur gewesen waren, manchmal aber gegen die Mitglieder der geflügelten, sternköpfigen Rasse geführt wurden, die in der Antarktis lebten – kamen nicht häufig vor, hatten aber verheerende Folgen. Eine riesige Armee mit Waffen, die wie Kameras aussahen und eine furchtbare elektrische Wirkung hatten, wurde für Zwecke unterhalten, über die kaum gesprochen wurde, die aber irgend etwas mit der unablässigen Furcht vor den dunklen, fensterlosen, alten Ruinen und den großen, versiegelten Falltüren tief unter der Erde zu tun haben mußten.

Diese Furcht vor den Basaltruinen und den Falltüren war höchstens Gegenstand unausgesprochener Andeutung – oder bestenfalls verstohlenen Geflüsters. Es war offenkundig, daß die allgemein zugänglichen Bücher keinerlei Aufschluß darüber gaben. Dies war das eine Thema, das bei der Großen Rasse mit einem vollkommenen Tabu belegt war, und es schien gleichermaßen mit furchtbaren früheren Kämpfen wie auch jener zukünftigen Gefahr zusammenzuhängen, die eines Tages die Rasse zwingen würde, ihre überragenden Geister *en masse* in die Zukunft zu projizieren.

So unvollständig und bruchstückhaft all die anderen Dinge schon waren, die in den Träumen und den Legenden auftauchten – diese Sache war noch geheimnisvoller. Die verschwommenen alten Mythen erwähnten nichts davon – vielleicht waren alle Andeutungen darauf aus irgendeinem Grunde ausgemerzt worden. Und in meinen Träumen und denen anderer Menschen waren die Hinweise merkwürdig spärlich. Mitglieder der Großen Rasse sprachen nie absichtlich davon, und was ich darüber erfahren konnte, stammte ausschließlich von scharf beobachtenden gefangenen Geistern.

Nach diesen unzulänglichen Berichten war der Gegenstand dieser Furcht eine grauenhafte ältere Rasse von halb polypenartigen, fremden Wesen, die durch das All aus unermeßlich fernen

Universen gekommen waren und die Erde und drei andere Planeten unseres Sonnensystems vor ungefähr sechshundert Millionen Jahren beherrscht hatten. Sie waren nur zum Teil aus Materie – was wir unter Materie verstehen –, und ihr Bewußtsein und ihre Mittel der Wahrnehmung unterschieden sich stark von denen irdischer Organismen. So hatten sie zum Beispiel keinen Gesichtssinn; ihre geistige Welt war ein seltsames, nicht-visuelles Muster von Eindrücken.

Sie waren jedoch stofflich genug, um Geräte aus normaler Materie zu benützen, wenn sie sich in kosmischen Gegenden befanden, in denen Materie vorhanden war; und sie benötigten Wohnungen – wenn auch solche von einer besonderen Art. Obwohl ihre Sinne alle materiellen Hindernisse überwinden konnten, war dies ihnen selbst nicht möglich; und mit bestimmten Arten elektrischer Energie konnten sie völlig vernichtet werden.

Sie besaßen die Fähigkeit zu fliegen, obwohl sie keine Flügel oder andere sichtbaren Schwebewerkzeuge hatten. Ihr Geist war so beschaffen, daß die Große Rasse keinen Austausch mit ihnen zuwege brachte. Als diese Wesen auf die Erde gekommen waren, hatten sie mächtige Basaltstädte von fensterlosen Türmen erbaut und fürchterlich unter den Lebewesen gehaust, die sie vorfanden. So sah es aus, als die Geister der Großen Rasse durch das All aus jener finsteren, transgalaktischen Welt geflogen kamen, die in den verwirrenden und umstrittenen Eltdown-Fragmenten als Yith bezeichnet wird.

Für die Neuankömmlinge war es dank der Instrumente, die sie schufen, ein leichtes gewesen, die räuberischen Wesen zu unterwerfen und sie in jene Höhlen im Innern der Erde hinabzutreiben, die sie schon vorher ihren Gebäuden angefügt und bewohnt hatten.

Dann hatte die Große Rasse die Eingänge versiegelt und sie ihrem Schicksal überlassen; später hatte sie dann die meisten ihrer großen Städte besetzt und einzelne bedeutende Bauwerke stehen gelassen, aus Gründen, die mehr mit Aberglauben als mit Gleichgültigkeit, Mut oder wissenschaftlichem und historischem Interesse zu tun hatten.

Aber als die Äonen vergingen, tauchten undeutliche, schlimme Anzeichen dafür auf, daß die älteren Wesen im Innern der Welt stark wurden und sich vermehrten. Es gab sporadische Ausbrüche grauenhafter Art in bestimmten kleinen und entfernten Städten der Großen Rasse sowie in einigen der verlassenen alten Städte, welche die Große Rasse unbewohnt gelassen hatte – Orte, in denen die Zugänge zu den darunterliegenden Abgründen nicht hinreichend versiegelt oder bewacht worden waren.

Danach wurden strengere Vorsichtsmaßregeln ergriffen, und viele der Zugänge wurden für immer zugemauert; an einigen ließ man jedoch die versiegelten Falltüren, um sie für strategische Zwecke nutzen zu können, sollten die älteren Wesen jemals an unerwarteten Orten hervorbrechen.

Die Ausbrüche der älteren Wesen mußten über alle Maßen entsetzlich gewesen sein, denn sie hatten die Psychologie der Großen Rasse für immer beeinflußt. So sehr hatte sich dieses Angstgefühl festgesetzt, daß sogar über das Aussehen der Kreaturen nie gesprochen wurde. Nie ist es mir gelungen, eine klare Auskunft darüber zu bekommen, wie sie aussahen. Es gab vage Andeutungen über eine widernatürliche Plastizität und temporäre Unsichtbarkeit, während anderem bruchstückhaften Geflüster zu entnehmen war, daß sie mächtige Stürme beherrschten und für militärische Zwecke einsetzten. Merkwürdige Pfeifgeräusche und kolossale Fußspuren, die aus fünf kreisförmigen Zehenabdrücken bestanden, wurden anscheinend auch mit diesen Wesen in Verbindung gebracht.

Es war offenkundig, daß die bevorstehende Katastrophe, vor der die Große Rasse so panische Angst hatte – die Katastrophe, die eines Tages Millionen hervorragender Geister über Abgründe der Zeit in die seltsamen Körper einer sicheren Zukunft schicken würde –, etwas mit dem endgültigen, erfolgreichen Ausbruch der älteren Wesen zu tun hatte.

Geistprojektionen in alle zukünftigen Epochen hatten unwiderleglich dieses grauenhafte Ereignis prophezeit, und die Große Rasse hatte beschlossen, daß niemand, der ihm entgehen könne, sich ihm aussetzen solle. Daß der Ausfall ein Racheakt – und nicht etwa ein Versuch, die äußere Welt zurückzuerobern – sein würde, wußten sie aus der späteren Geschichte des Planeten; denn ihre Projektionen zeigten das Kommen und Gehen späterer Rassen, die nicht von diesen gräßlichen Wesen belästigt wurden.

Vielleicht waren diese Wesen dahin gelangt, daß sie die inneren Abgründe der Erde der veränderlichen, sturmumtobten Oberfläche vorzogen, da das Licht ihnen nichts bedeutete. Vielleicht wurden sie im Laufe der Äonen auch allmählich schwächer. Tatsächlich war bekannt, daß sie im Zeitalter der Käfer-Rasse, in die sich die projizierten Geister flüchten würden, völlig ausgestorben sein würden.

In der Zwischenzeit verharrte die Große Rasse in ihrer vorsichtigen Wachsamkeit und hielt ständig mächtige Waffen in Bereitschaft, trotz der ängstlichen Verbannung des Themas aus den normalen Gesprächen und den zugänglichen Schriften. Und immer lag der Schatten namenloser Furcht über den versiegelten Falltüren und den dunklen, fensterlosen Türmen aus vergangenen Zeiten.

Dies ist die Welt, aus der meine Träume mir jede Nacht schwache, verstreute Echos brachten. Ich kann nicht hoffen, das Grauen und den Schrecken dieser Echos wahrheitsgetreu zu beschreiben, denn diese Gefühle entsprangen größtenteils einer gänzlich unbestimmbaren Erscheinung – der beunruhigenden Ahnung, daß es sich dabei um Erinnerungen handelte.

Wie ich schon sagte, boten meine Studien mir nach und nach in Form rationaler psychologischer Erklärungen Schutz vor diesen Gefühlen; und dieser heilsame Einfluß wurde verstärkt durch den leisen Anflug von Vertrautheit, den die verrinnende Zeit mit sich bringt. Aber trotz allem kehrte diese vage, schleichende Angst immer wieder für kurze Augenblicke zurück. Aber sie überwältigte mich nicht mehr, so wie sie es früher getan hatte; und nach 1922 lebte ich ein sehr normales Leben der Arbeit und der Erholung.

Im Laufe der Jahre gelangte ich zu der Meinung, daß mein Erlebnis – zusammen mit den ähnlichen Fällen und den damit verwandten Volkssagen – zum Nutzen ernsthafter Studenten abschließend zusammengefaßt und veröffentlicht werden sollte; deshalb schrieb ich eine Artikelserie, in der ich das ganze Gebiet umriß und die ich mit groben Skizzen von einigen der Formen, Szenen, dekorativen Muster und Hieroglyphen illustrierte, an die ich mich aus meinen Träumen erinnerte.

Diese Artikel erschienen in unregelmäßigen Abständen in den Jahren 1928 und 1929 im *Journal der Amerikanischen Psychologischen Gesellschaft,* erregten aber nicht sonderlich viel Aufsehen. Währenddessen fuhr ich fort, meine Träume mit äußerster Sorgfalt aufzuschreiben, obwohl der wachsende Stapel von Aufzeichnungen allmählich einen beunruhigenden Umfang annahm.

Am 10. Juli 1934 wurde mir von der Psychologischen Gesellschaft der Brief zugeleitet, der die kulminierende und schrecklichste Phase dieser wahnwitzigen Zerreißprobe einleitete. Er war in Pilbarra in West-Australien abgestempelt und trug die Unterschrift eines Mannes, der, wie Nachforschungen ergaben, ein Bergbauingenieur von beachtlicher Reputation war. Einige sehr merkwürdige Photos lagen dem Brief bei. Ich will den Text vollständig wiedergeben, und keinem Leser wird das Verständnis dafür mangeln, welch ungeheuere Wirkung er und die Photos auf mich hatten.

Ich war eine Zeitlang fast betäubt und konnte nicht glauben, was ich las; denn obwohl ich oft gedacht hatte, daß bestimmte Phasen der Legenden, die meine Träume beeinflußt hatten, einen wahren Kern haben müßten, war ich doch nicht auf irgendwelche greifbaren Überreste aus einer Welt gefaßt, die so unvorstellbar weit in der Vergangenheit lag. Am verheerendsten waren die Photographien – denn hier standen in nackter, unbestreitbarer Realität vor einem sandigen Hintergrund gewisse verwitterte, von Regen und Sturm zerklüftete Steinblöcke, deren leicht konvexe Ober- und leicht konkave Unterseite für sich selbst sprachen.

Und als ich sie mit einem Vergrößerungsglas betrachtete, konnte ich nur zu deutlich zwischen Schrunden und Rissen die Spuren jener ausgedehnten krummlinigen Zeichnungen und gelegentlichen Hieroglyphen entdecken, die für mich eine so grauenhafte Bedeutung erlangt hatten. Aber hier nun der Brief, der für sich selbst spricht:

49 Dampier St.,
Pilbarra, W. Australia,
18. Mai 1934

Prof. N. W. Peaslee,
c/o Am. Psychological Society,
30 E. 41st St.
New York City, USA

Sehr geehrter Herr Professor,

ein noch nicht lange zurückliegendes Gespräch mit Dr. E. M. Boyle aus Perth und einige Zeitschriften mit Ihren Artikeln, die er mir soeben geschickt hat, lassen es mir ratsam erscheinen, Ihnen von gewissen Dingen zu berichten, die ich in der Großen Sandwüste östlich unserer hiesigen Goldfelder gesehen habe. Es scheint, daß ich im Hinblick auf die von Ihnen beschriebenen, eigenartigen Legenden über alte Städte mit riesigen Steinbauten und seltsamen Zeichnungen und Hieroglyphen auf etwas sehr Wichtiges gestoßen bin.

Die Schwarzen haben schon immer viel über die »großen Steine mit den Zeichen« geredet und scheinen vor diesen Dingen schreckliche Angst zu haben. Sie bringen sie irgendwie mit ihren Stammeslegenden über Budai in Verbindung, den riesigen alten Mann, der seit Urzeiten mit dem Kopf auf seinem Arm unter der Erde schläft und eines Tages aufwachen wird, um die ganze Welt aufzufressen.

Es gibt einige sehr alte und halb vergessene Geschichten über gewaltige unterirdische Hütten aus großen Steinen, mit unendlich weit hinabführenden Gängen, in denen schreckliche Dinge geschehen sind. Die Schwarzen behaupten, daß einmal ein paar Krieger, die aus einer Schlacht geflohen waren, in eine solche Hütte hinabgestiegen und nie wieder aufgetaucht seien, daß aber furchtbare Winde von dieser Stelle aus zu wehen begannen, kurz nachdem sie hinabgestiegen waren. Allerdings darf man auf das Gerede dieser Eingeborenen gewöhnlich nicht viel geben.

Aber ich habe Ihnen noch mehr zu berichten. Vor zwei Jahren, als ich ungefähr fünfhundert Meilen östlich von hier in der Wüste nach Goldvorkommen suchte, stieß ich auf eine Menge seltsamer, behauener Steine, von ungefähr 3 mal 2 mal 2 Fuß Größe, die fast bis zum endgültigen Zerfall verwittert waren.

Zunächst konnte ich keine der Zeichen finden, von denen die Schwarzen sprachen, aber als ich genauer hinsah, bemerkte ich trotz der Verwitterungsspuren einige tief eingemeißelte Linien. Sie bildeten eigenartige Kurven, genau wie die Schwarzen sie zu beschreiben versucht hatten. Ich glaube, es waren ungefähr dreißig oder vierzig Blöcke, manche fast völlig im Sand begraben, und alle in einem Umkreis von vielleicht einer Viertelmeile im Durchmesser.

Als ich die ersten entdeckt hatte, suchte ich angestrengt nach weiteren und vermaß den Platz sorgfältig mit meinen Instrumenten. Ich machte auch Aufnahmen von zehn oder zwölf der typischsten Blöcke und lege Ihnen Abzüge davon bei, damit Sie sich selbst ein Bild machen können.

Ich berichtete der Regierung in Perth über meine Entdeckung und schickte ihr die Bilder, aber es wurde nichts unternommen.

Dann traf ich Dr. Boyle, der Ihre Artikel im *Journal der Ameri-*

kanischen Psychologischen Gesellschaft gelesen hatte, und erwähnte ihm gegenüber die Steinblöcke. Er war äußerst interessiert und geriet in helle Aufregung, als ich ihm meine Photos zeigte; er sagte, daß die Steine und die Zeichen genau denen glichen, von denen Sie geträumt und deren Beschreibungen Sie in den Volkssagen gefunden hätten.

Er wollte Ihnen schreiben, kam aber noch nicht dazu. Inzwischen hat er mir die meisten der Zeitschriften mit Ihren Artikeln geschickt, und ich sah sofort, aufgrund Ihrer Zeichnungen und Beschreibungen, daß meine Steine bestimmt von der Art sind, die Sie meinen. Später wird Mr. Boyle Ihnen noch selbst schreiben.

Nun, ich kann mir vorstellen, wie wichtig das alles für Sie sein wird. Ohne Frage haben wir es mit den Überresten einer unbekannten Zivilisation zu tun, die älter ist, als man sich je hat träumen lassen, und die die Grundlage für Ihre Legenden abgibt.

Als Bergbauingenieur weiß ich ein wenig in der Geologie Bescheid, und ich kann Ihnen sagen, diese Blöcke sind so alt, daß ich darüber erschrocken bin. Sie sind größtenteils aus Sandstein und Granit, obwohl einer davon zweifellos aus einer merkwürdigen Art von Zement oder Beton hergestellt ist.

Sie weisen Spuren von Erosion durch Wasser auf, so als sei dieser Teil der Welt einst versunken gewesen und nach langer Zeit wieder aufgetaucht – alles nach der Epoche, in der diese Steine behauen und benutzt wurden. Es ist eine Angelegenheit von Hunderttausenden von Jahren – oder weiß der Himmel welchen noch längeren Zeitspannen. Ich denke nicht gerne darüber nach.

Angesichts der vielen Arbeit, die Sie sich bis jetzt mit der Erforschung der Legenden und aller Begleiterscheinungen gemacht haben, kann ich nicht daran zweifeln, daß Sie den Wunsch haben werden, eine Expedition in die Wüste zu unternehmen und einige archäologische Ausgrabungen zu machen. Sowohl Dr. Boyle als auch ich selbst sind bereit, uns an solchen Arbeiten zu beteiligen, falls Sie – oder Ihnen bekannte Organisationen – die nötigen Mittel bereitstellen können.

Ich könnte ein Dutzend Bergarbeiter für die schwere Ausgrabungsarbeit zusammenbekommen – die Schwarzen würden dazu nicht taugen, denn ich habe herausgefunden, daß sie vor diesem Ort fast irrsinnige Angst haben. Boyle und ich sprechen mit niemand anderem darüber, denn selbstverständlich gebührt Ihnen das Vorrecht, dort Ausgrabungen zu machen und die Anerkennung für eventuelle Funde zu bekommen.

Der Ort ist von Pilbarra aus in ungefähr vier Tagen mit einem Traktor zu erreichen – der zu unserer Ausstattung gehören müßte. Er liegt etwas westlich und südlich von Warburtons Expeditionsroute von 1873, und hundert Meilen südöstlich von Joanna Spring. Wir könnten die Ausrüstung auch in einem Boot den De Grey River hinaufschaffen, anstatt in Pilbarra loszufahren – aber über all das können wir noch später sprechen.

Die Steine befinden sich etwa an einem Punkt von 22°3′14″ südlicher Breite und 125°0′39″ östlicher Länge. Das Klima ist tropisch, und der Aufenthalt in der Wüste ist beschwerlich. Ich würde mich über jede weitere Korrespondenz über dieses Thema freuen und brenne darauf, Sie bei jeder Unternehmung, zu der Sie sich entschließen mögen, zu unterstützen. Nach der Lektüre Ihrer Artikel bin ich von der tiefen Bedeutung der ganzen Sache überzeugt. Dr. Boyle wird Ihnen etwas später schreiben. Wenn eine eilige Benachrichtigung vonnöten ist, kann ein Telegramm nach Perth per Funk durchgegeben werden.

In der Hoffnung auf eine baldige Nachricht bin ich
Ihr sehr ergebener
Robert B. F. Mackenzie

Über die unmittelbaren Auswirkungen dieses Briefes kann viel den Zeitungen entnommen werden. Ich hatte großes Glück bei der Sicherstellung der finanziellen Unterstützung durch die Miskatonic-Universität, und sowohl Mr. Mackenzie als auch Dr. Boyle erwiesen mir unschätzbare Dienste bei den Vorbereitungen auf der australischen Seite. In der Öffentlichkeit machten wir keine allzu genauen Angaben über unser Vorhaben, denn die ganze Angelegenheit hätte sich für eine sensationelle und mysteriöse Aufmachung in den billigeren Blättern geradezu angeboten. Deshalb erschienen nur spärliche Berichte in den Zeitungen; aber die Leser erfuhren immerhin von unserem Vorhaben, angeblich existierende australische Ruinen auszugraben, und von den einzelnen Phasen unserer Vorbereitungen.

Professor William Dyer von der geologischen Fakultät der Universität – der Leiter der Antarktis-Expedition der Miskatonic-Universität in den Jahren 1930 und 1931 –, Ferdinand C. Ashley von der anthropologischen Fakultät sowie mein Sohn Wingate begleiteten mich.

Mein Briefpartner Mackenzie kam Anfang 1935 nach Arkham und half uns bei den abschließenden Vorbereitungen. Er erwies sich als ein ungemein tüchtiger und umgänglicher Mann um die fünfzig, bewundernswert belesen und aufs beste mit den Bedingungen für eine Expedition in Australien vertraut.

Er hatte Traktoren in Pilbarra bereitstehen, und wir charterten einen Frachtdampfer, der klein genug war, um bis an diese Stelle den Fluß hinauffahren zu können. Wir waren dafür ausgerüstet, äußerst sorgfältige und wissenschaftliche Ausgrabungen zu machen, wobei wir jedes Sandkorn sieben und nichts antasten würden, was sich noch ganz oder teilweise in seinem ursprünglichen Zustand befand.

Am 28. März 1935 liefen wir an Bord der schnaufenden *Lexington* aus und erreichten nach einer geruhsamen Fahrt über den Atlantik und das Mittelmeer, durch den Suezkanal, das Rote Meer und über den Indischen Ozean unser Ziel. Ich brauche nicht zu erzählen, wie sehr der Anblick der flachen, sandigen Küste West-Australiens mich bedrückte und wie ich die unwirtliche Goldgräberstadt mit ihren öden Goldfeldern verabscheute, in der die Traktoren beladen wurden.

Dr. Boyle, der zu uns stieß, war ein älterer, angenehmer und intelligenter Mann – und seine psychologischen Kenntnisse verleiteten ihn zu langen Gesprächen mit meinem Sohn und mir.

Eine seltsame Mischung von Unbehagen und erwartungsvoller Neugier erfüllte die meisten von uns, als unsere aus achtzehn Mitgliedern bestehende Gruppe Meile für Meile über die ausgedörrten Sand- und Steinwüsten dahinratterte. Am Freitag, dem 31. Mai, durchwateten wir einen Seitenarm des De Grey und betraten das Reich äußerster Einsamkeit. Ein deutliches Gefühl der Furcht bemächtigte sich meiner, während wir immer weiter zu dem tatsächlichen Schauplatz der Legenden aus der alten Welt vordrangen – einer Furcht, die natürlich noch verstärkt wurde durch die Tatsache, daß meine verwirrenden Träume und Schein-Erinnerungen mich mit unverminderter Heftigkeit verfolgten.

Am Montag, dem 3. Juni, sahen wir die ersten, halb unter dem Sand begrabenen Blöcke. Ich kann die Gefühle nicht beschreiben, mit denen ich zum ersten Mal in der objektiven Wirklichkeit ein Stück zyklopischen Mauerwerks berührte, das in jeder Hinsicht den Steinblöcken in den Wänden meiner Traumgebäude glich. Der Block war offenbar mit einem Meißel bearbeitet worden, und meine Hände zitterten, als ich einen Teil des krummlinigen, dekorativen Musters erkannte, das mir in Jahren quälender Alpträume und erstaunlicher Entdeckungen so verhaßt geworden war.

Ausgrabungsarbeiten von einem Monat förderten insgesamt etwa 1250 Blöcke in unterschiedlichen Stadien der Zerstörung und des Zerfalls zutage. Die meisten davon waren behauene Megalithen mit gewölbten Ober- und Unterseiten. Einige wenige waren kleiner, flacher, mit ebenen Flächen und viereckig oder achteckig geschnitten – wie die Steine auf den Fußböden und Pflastern in meinen Träumen –, während wieder andere einzigartig massiv und gewölbt oder abgeschrägt waren, so daß man den Eindruck hatte, sie seien in Tonnen- oder Kreuzgewölben verwendet worden oder als Teile von Bögen oder runden Fenstereinfassungen.

Je tiefer – und je weiter nord- und ostwärts – wir gruben, um so mehr Blöcke fanden wir, obwohl es uns nicht gelang, irgendein Anzeichen für eine bestimmte Ordnung zu entdecken. Professor Dyer war bestürzt über das unermeßliche Alter der Fragmente, und Freeborn fand Spuren von Symbolen, die auf geheimnisvolle Weise mit gewissen uralten papuanischen und polynesischen Legenden übereinstimmten. Der Zustand und die Lage der Blöcke erzählten stumm von schwindelerregenden Zeitspannen und geologischen Umwälzungen von kosmischen Ausmaßen.

Wir hatten ein Flugzeug dabei, und mein Sohn Wingate suchte oft aus verschiedenen Höhen die Sand- und Steinwüste nach Anzeichen für schwer erkennbare, großflächige Umrisse ab – nach Bodenerhebungen oder Verbindungslinien zwischen verstreuten Blöcken. Er hatte jedoch keinen Erfolg; denn sooft er glaubte, eine bedeutsame Anordnung entdeckt zu haben, bekam er am nächsten Tag einen anderen, ebenso unwirklichen Eindruck – eine Folge der ständigen Sandverwehungen.

Ein oder zwei dieser vergänglichen Spuren übten eine seltsame, beunruhigende Wirkung auf mich aus. Sie schienen auf eine ganz bestimmte Art mit irgend etwas übereinzustimmen, das ich geträumt oder gelesen hatte, woran ich mich aber nicht mehr erinnern konnte. Sie waren von einer schrecklichen Vertrautheit – die mich verstohlen und ängstlich über das furchteinflößende unfruchtbare Gelände blicken ließ.

Ungefähr von der ersten Juliwoche an erregte der nordöstliche Teil des Gebietes, in dem wir uns befanden, seltsam gemischte, unerklärliche Gefühle in mir. Ich empfand Angst und Neugier – aber ich unterlag auch der hartnäckigen und verwirrenden Illusion, daß diese Gegend mich an etwas erinnerte. Ich nahm Zuflucht zu allen möglichen psychologischen Hilfsmitteln, um diese Vorstellungen aus meinem Kopf zu verdrängen, aber ohne Erfolg. Auch litt ich zunehmend unter Schlaflosigkeit, was mir jedoch eher angenehm war, weil dadurch meine Träume verkürzt wurden. Lange, einsame Spaziergänge in der Wüste spät in der Nacht wurden mir zur Gewohnheit – ich ging meistens nach Norden oder Nordosten, wohin mich meine neuen Impulse mit vereinter Kraft zu ziehen schienen.

Manchmal stolperte ich bei diesen Wanderungen über fast zugewehte Fragmente alter Bauwerke. Obwohl hier weniger sichtbare Blöcke waren als an der Stelle, wo wir mit unseren Ausgrabungen begonnen hatten, war ich mir sicher, daß es unter der Oberfläche große Mengen von ihnen gab. Der Boden war nicht so eben wie in der Umgebung unseres Lagers, und der fast unablässig wehende Wind türmte den Sand hin und wieder zu phantastischen, vergänglichen Hügeln auf – wobei manche tieferliegenden Steine freigelegt und andere wieder zugeschüttet wurden.

Mir lag merkwürdig viel daran, die Ausgrabungen auch auf dieses Gelände auszudehnen, aber gleichzeitig fürchtete ich mich vor dem, was dabei zutage kommen würde. Offenbar verfiel ich in einen sehr unangenehmen Zustand – um so mehr, als ich ihn mir nicht erklären konnte.

Wie sehr meine Nerven in Mitleidenschaft gezogen wurden, mag man aus meiner Reaktion auf eine seltsame Entdeckung ersehen, die ich auf einer meiner nächtlichen Exkursionen machte. Es war in der Nacht des 11. Juli, als der Mond die geheimnisträchtigen Sandhügel in ein gespenstisch bleiches Licht tauchte.

Ich hatte mich etwas weiter als sonst von unserem Lager entfernt und stieß plötzlich auf einen großen Stein, der sich deutlich von allen anderen unterschied, die wir bis jetzt gefunden hatten. Er war fast ganz bedeckt, aber ich bückte mich, scharrte mit meinen Händen den Sand weg und untersuchte das Objekt genau im zusätzlichen Licht meiner Taschenlampe.

Anders als die anderen überdurchschnittlichen großen Blöcke war dieser vollkommen rechteckig behauen und hatte keine konvexen oder konkaven Flächen. Er schien auch aus einem dunklen, basaltartigen Material zu sein, ganz und gar unähnlich dem Granit, Sandstein und gelegentlichen Beton der jetzt schon vertrauten anderen Bruchstücke.

Plötzlich stand ich auf, wandte mich um und rannte so schnell ich konnte zum Lager zurück. Es war eine völlig unbewußte und irrationale Flucht, und erst als ich kurz vor meinem Zelt war, wurde mir wirklich klar, warum ich davongelaufen war. Der sonderbare dunkle Stein war etwas, wovon ich geträumt und gelesen hatte und das mit den schlimmsten Greueln der uralten Legenden zusammenhing.

Es war einer der Steine aus jenen älteren Basaltgebäuden, vor denen sich die legendäre Große Rasse so fürchtete – die riesigen, fensterlosen Ruinen, zurückgelassen von jenen heckenden, halbstofflichen, fremdartigen Wesen, die in den innersten Schlünden der Erde dahindämmerten und gegen deren windartige, unsichtbare Macht die Falltüren versiegelt und die schlaflosen Wächter aufgestellt wurden.

Ich blieb die ganze Nacht wach, aber im Morgengrauen kam mir zum Bewußtsein, wie töricht ich gewesen war, mich von diesem Schatten eines Mythos aus der Fassung bringen zu lassen. Anstatt mich zu fürchten, hätte ich die Begeisterung des Entdeckers haben müssen.

Am folgenden Vormittag berichtete ich den anderen von meinem Fund, und Dyer, Freeborn, Boyle, mein Sohn und ich machten uns auf den Weg, um den anomalen Block in Augenschein zu nehmen. Jedoch vergebens. Ich hatte keine genaue Vorstellung von der Lage des Steins, und der Wind hatte die Sandhügel völlig verändert.

Ich komme jetzt zu dem entscheidenden und schwierigsten Teil meiner Erzählung – er ist um so schwieriger, als ich mir nicht ganz sicher bin, ob er der Realität entspricht. Manchmal fühle ich die beunruhigende Gewißheit, daß ich nicht geträumt habe und keiner Wahnvorstellung zum Opfer gefallen bin; und es ist dieses Gefühl, das mich – angesichts der ungeheuerlichen Folgerungen, die aus der objektiven Wahrheit meines Erlebnisses zu ziehen wären – dazu drängt, diese Niederschrift zu vollenden.

Mein Sohn – ein ausgebildeter Psychologe, der meinen Fall besser kennt als alle anderen und Verständnis dafür hat – soll als erster sein Urteil über das abgeben, was ich zu erzählen habe.

Lassen Sie mich zunächst die äußeren Umstände schildern, so wie sie den Leuten im Lager bekannt sind: In der Nacht vom 17. auf den 18. Juli – der Tag war windig gewesen – legte ich mich früh zur Ruhe, konnte aber nicht schlafen. Als ich kurz vor elf aufstand und wie gewöhnlich von jenem seltsamen Gefühl im Zusammenhang mit dem nordöstlichen Gebiet befallen wurde, brach ich zu einem meiner typischen nächtlichen Spaziergänge auf; beim Verlassen des Lagers sah und grüßte ich nur einen einzigen Mann – einen australischen Bergarbeiter namens Tupper.

Der Mond, der gerade abzunehmen begann, schien von einem klaren Himmel herab und tauchte die uralten Sandfelder in einen weißen, leprösen Glanz, der mir irgendwie unendlich bösartig schien. Kein Lüftchen regte sich mehr, und für fast fünf Stunden kam auch kein Wind mehr auf, wie Tupper und andere hinreichend bezeugt haben, die mich über die bleichen, geheimnisträchtigen Hügel rasch in nordöstlicher Richtung davongehen sahen.

Gegen 3 Uhr 30 erhob sich ein furchtbarer Sturm, der alle aufweckte und drei unserer Zelte umriß. Der Himmel war wolkenlos und die Wüste glänzte noch immer unter diesem leprösen Mondlicht. Als man sich um die zusammengebrochenen Zelte kümmerte, wurde meine Abwesenheit bemerkt, aber angesichts meiner früheren Spaziergänge versetzte dieser Umstand niemanden in Besorgnis. Und doch fühlten nicht weniger als drei Männer – alles Australier – etwas Bedrohliches in der Luft.

Mackenzie erzählte Professor Freeborn, daß diese Angst auf den Sagen der Schwarzen beruhe – die Eingeborenen hätten ein kurioses Netz bösartiger Mythen um diese starken Winde gesponnen, die in langen Abständen immer wieder einmal bei klarem Himmel über die Sandwüste wehen. Diese Winde, so erzähle man sich, kämen aus den großen Steinhütten unter der Erde, in denen schreckliche Dinge passiert seien, und wehten nur in den Gegenden, wo die großen Steine mit den Zeichen verstreut seien. Kurz vor vier legte sich der Sturm so unvermittelt wie er losgebrochen war und ließ die Dünen in veränderten, ungewohnten Formen zurück.

Es war gerade fünf Uhr vorbei und der aufgeblähte, schwammige Mond versank im Westen, als ich in das Lager gestolpert kam – ohne Hut, zerlumpt, mit zerkratztem, blutverschmiertem Gesicht und ohne meine Taschenlampe. Die meisten waren wieder zu Bett gegangen, aber Professor Dyer rauchte vor seinem

Zelt eine Pfeife. Als er sah, in welchem erschöpften und halb wahnsinnigen Zustand ich mich befand, rief er Dr. Boyle, und die beiden brachten mich zu meinem Feldbett und versorgten mich. Mein Sohn, der von den Geräuschen aufgewacht war, kam auch dazu, und alle redeten mir gut zu, ich solle ruhig liegenbleiben und zu schlafen versuchen.

Aber von Schlafen konnte jetzt keine Rede sein. Mein psychischer Zustand war ganz außerordentlich – anders als alles, was ich bis dahin erlitten hatte. Nach einer Weile bestand ich darauf, zu sprechen – nervös und unter umständlichen Erklärungen für meinen Zustand.

Ich erzählte ihnen, ich sei müde geworden und hätte mich für ein Nickerchen in den Sand gelegt. Ich hätte, so sagte ich, schlimmere Träume als sonst gehabt – und als ich von dem plötzlichen Sturm wach geworden sei, hätten meine überreizten Nerven versagt. Ich sei in panischer Angst geflohen und oft über halb begrabene Steine gefallen, was der Grund für mein zerlumptes und beschmutztes Aussehen sei. Ich müsse lange geschlafen haben – daher meine mehrstündige Abwesenheit.

Ich deutete in keiner Weise an, daß ich etwas Seltsames gesehen oder erlebt hätte – in dieser Hinsicht übte ich strikte Selbstbeherrschung. Aber ich sprach davon, daß ich meine Meinung über die ganze Expeditionsarbeit geändert habe und beschwor die anderen, auf keinen Fall in nordöstlicher Richtung weiterzugraben. Meine Argumente waren ausgesprochen schwach – denn ich behauptete, es seien zu wenig Steine vorhanden, ich wolle die abergläubischen Bergarbeiter nicht kränken, die Universität werde uns möglicherweise die Mittel kürzen und ähnliche entweder unwahre oder belanglose Dinge. Natürlich nahm keiner im geringsten auf meine neuen Wünsche Rücksicht – nicht einmal mein Sohn, der offensichtlich um meine Gesundheit besorgt war.

Am folgenden Tag stand ich auf und ging im Lager umher, beteiligte mich aber nicht an den Ausgrabungen. Ich beschloß, so bald wie möglich meinen Nerven zuliebe nach Hause zurückzukehren, und ließ mir von meinem Sohn versprechen, daß er mich im Flugzeug nach Perth – tausend Meilen südwestlich – bringen würde, sobald er sich das Gebiet, in dem nach meinem Willen keine Ausgrabungen mehr stattfinden sollten, aus der Luft angeschaut hatte.

Wenn, so überlegte ich, das Ding, das ich gesehen hatte, noch zu sehen war, dann könnte ich die anderen noch einmal ausdrücklich warnen, auch auf die Gefahr hin, ausgelacht zu werden. Es war durchaus denkbar, daß die Bergarbeiter, die über die Sagen der Eingeborenen Bescheid wußten, mich unterstützen würden. Um mir meinen Willen zu lassen, überflog mein Sohn noch am selben Nachmittag das ganze Gebiet, in dem ich mich bei meiner Exkursion bewegt haben konnte. Aber nichts von dem, was ich gesehen hatte, war zu entdecken.

Es war dasselbe wie bei dem Basaltblock – der Treibsand hatte alle Spuren verwischt. Einen Augenblick lang tat es mir fast leid, daß ich in meiner Panik ein bestimmtes unheimliches Objekt verloren hatte – aber jetzt weiß ich, daß der Verlust eine Gnade war. So kann ich noch immer glauben, daß mein ganzes Erlebnis eine Sinnestäuschung war – besonders wenn, was ich inständig hoffe, der Höllenschlund nie gefunden wird.

Wingate brachte mich am 20. Juli nach Perth, lehnte es jedoch ab, die Expedition im Stich zu lassen und mit mir nach Hause zurückzukehren. Er blieb bei mir bis zum 25., als der Dampfer nach Liverpool auslief. Jetzt, in der Kabine der *Empress,* denke ich lange und krampfhaft über die ganze Angelegenheit nach, und ich bin zu dem Schluß gekommen, daß zumindest mein Sohn alles erfahren soll. Bei ihm soll die Entscheidung darüber liegen, ob die Sache bekanntgemacht werden soll.

Um allen möglichen Einwänden vorzubeugen, habe ich diese zusammenfassende Darstellung meines Falles – wie er anderen in Einzelheiten bereits bekannt ist – zu Papier gebracht und will jetzt so knapp wie möglich berichten, was mir während meiner Abwesenheit vom Lager in jener fürchterlichen Nacht zustieß – mag es nun Wirklichkeit oder Einbildung gewesen sein.

Mit bis zum äußersten angespannten Nerven und von jenem unerklärlichen, mit Furcht vermischten, dämonischen Impuls in nordöstliche Richtung getrieben, stolperte ich unter dem bösartigen, brennenden Mond dahin. Hier und dort sah ich, halb vom Sand verhüllt, jene urzeitlichen, zyklopischen Blöcke, Reste aus namenlosen, vergessenen Äonen.

Das unermeßliche Alter und das schleichende Grauen dieser schaurigen Wüste bedrückten mich wie nie zuvor, und ich mußte unwillkürlich an meine entnervenden Träume, an die schrecklichen Legenden, die ihren Hintergrund bildeten, und an die Ängste der heutigen Eingeborenen und Bergarbeiter im Zusammenhang mit der Wüste und den behauenen Steinen denken.

Und doch stolperte ich weiter, als sei ich unterwegs zu einem gespenstischen Rendezvous – während mich verwirrende Illusionen, Zwangsvorstellungen und Schein-Erinnerungen immer heftiger attackierten. Ich dachte an einige der schwachen Konturen, die mein Sohn aus der Luft gesehen zu haben glaubte, und fragte mich, warum sie mir so unheilvoll und vertraut zugleich vorkamen. Irgend etwas rüttelte und kratzte am Schloß meines Gedächtnisses, während eine andere unbekannte Macht versuchte, das Tor verschlossen zu halten.

Die Nacht war windstill, und der bleiche Sand hob und senkte sich wie gefrorene Wellen des Meeres. Ich hatte kein Ziel, aber ich bahnte mir irgendwie meinen Weg, als sei er vom Schicksal vorgezeichnet. Meine Träume stiegen in die Welt der Wachenden herauf, so daß jeder sandbedeckte Megalith ein Teil endloser Räume und Gänge vormenschlicher Bauwerke zu sein schien, bedeckt mit Symbolen und Hieroglyphen, die ich nur zu gut aus jahrelangem Umgang mit ihnen als gefangener Geist der Großen Rasse kannte.

Manchmal bildete ich mir ein, ich sähe jene allwissenden, kegelförmigen Ungeheuer, wie sie sich bewegten und ihren gewohnten Beschäftigungen nachgingen, und ich vermied es, an mir hinabzuschauen, aus Angst, ich könnte entdecken, daß ich ihnen gleichsah. Doch die ganze Zeit sah ich die sandbedeckten Blöcke ebenso wie die Räume und Korridore; den bösartigen, brennenden Mond ebenso wie die Lampen aus leuchtendem Kristall; die endlose Wüste ebenso wie die wehenden Farne vor den Fenstern. Ich war wach, und doch träumte ich.

Ich weiß nicht, wie lange oder wie weit – oder auch nur in welcher Richtung – ich gegangen war, als ich den Haufen von Blökken sah, den tagsüber der Wind freigeblasen hatte. Es war die größte Gruppe an einer Stelle, die ich bisher gesehen hatte, und sie beeindruckte mich derart, daß die Visionen aus sagenhafter Urzeit plötzlich verschwanden.

Ich war wieder allein mit der Wüste, dem bösartigen Mond und den Scherben einer ungeahnten Vergangenheit. Ich ging näher hin, blieb stehen und erhellte den wirren Haufen mit dem zusätzlichen Licht meiner Taschenlampe. Eine Düne war weggeblasen worden und hatte einen niedrigen, unregelmäßig runden Haufen von Megalithen und kleineren Fragmenten freigegeben, der ungefähr vierzig Fuß im Durchmesser und zwei bis acht Fuß hoch war.

Von Anfang an spürte ich, daß es mit diesen Steinen eine ganz besondere Bewandtnis hatte. Nicht nur ihre Anzahl war absolut einmalig, auch irgend etwas in den vom Treibsand abgeschliffenen Resten früherer Zeichnungen zog mich in seinen Bann, als ich sie im Licht des Mondes und meiner Taschenlampe betrachtete.

Zwar unterschieden sich diese Spuren nicht wesentlich von denen, die wir bisher gefunden hatten. Die Besonderheit hatte tiefere Gründe. Ich hatte diesen Eindruck nicht, wenn ich nur einen einzelnen Block ansah, sondern nur, wenn ich meine Augen über mehrere gleichzeitig gleiten ließ.

Dann endlich kam mir die Erleuchtung. Die krummlinigen Muster auf vielen dieser Blöcke hingen eng zusammen – sie waren Teile eines riesigen dekorativen Entwurfs. Zum ersten Mal war ich in dieser die Zeiten erschütternden Wüste auf ein Stück Mauerwerk gestoßen, das in seiner ursprünglichen Form erhalten war – zerborsten zwar und bruchstückhaft, aber trotzdem in einem sehr eindeutigen Sinn existent.

An einer niedrigen Stelle stieg ich hinauf und kletterte mühsam über den Haufen; hier und dort wischte ich mit den Händen den Sand weg, und ständig versuchte ich, Abweichungen in der Größe, der Form und dem Stil sowie Gemeinsamkeiten in den Zeichnungen zu interpretieren.

Nach einer Weile hatte ich eine vage Vorstellung von der Art des einstigen Gebäudes und der Ornamente, die einmal die riesigen Flächen dieses urzeitlichen Mauerwerks bedeckt hatten. Die völlige Übereinstimmung mit einigen meiner Traumgesichte erschreckte und entnervte mich. Dies war einmal ein zyklopischer Korridor gewesen, dreißig Fuß breit und dreißig Fuß hoch, mit einem Fußboden aus achteckigen Steinblöcken und einem massiven Gewölbe als Decke. Auf der rechten Seite hatte sich der Korridor in Räume geöffnet, und am anderen Ende hatte sich eine der sonderbaren Rampen noch tiefer hinabgewunden.

Ich erschrak heftig, als mir diese Vorstellungen kamen, denn sie enthielten mehr, als ich aus den übriggebliebenen Blöcken schließen konnte. Woher wußte ich, daß diese Fläche weit unter der Erde gelegen hatte? Woher wußte ich, daß die aufwärts führende Rampe hinter mir war? Woher wußte ich, daß der lange unterirdische Gang zum Platz der Säulen auf der linken Seite eine Etage über mir hätte verlaufen müssen?

Woher wußte ich, daß der Maschinenraum und der nach rechts in die zentralen Archive abzweigende Tunnel zwei Etagen tiefer liegen mußten? Woher wußte ich, daß vier Etagen unter mir eine jener schrecklichen Falltüren mit den Metallbändern sein würde? Bestürzt über diesen Übergriff aus meiner Traumwelt spürte ich, wie ich zitterte und in kalten Schweiß ausbrach.

Und dann bemerkte ich – was die Sache vollends unerträglich machte – jenen schwachen, heimtückischen, kühlen Luftstrom, der aus einer Vertiefung ungefähr in der Mitte des riesigen Trümmerhaufens heraufdrang. Augenblicklich verschwanden, wie schon einmal zuvor, meine Visionen, und ich sah wieder nur das bösartige Mondlicht, die bedrohliche Wüste und den breiten Hügel urzeitlicher Mauerreste. Ich stand vor einer realen und greifbaren, aber dennoch mit unendlichen Ahnungen finsterer Geheimnisse erfüllten Erscheinung. Denn dieser kalte Luftzug konnte nur eines bedeuten – unter den durcheinandergeworfenen Blöcken auf der Oberfläche verbarg sich ein riesiger Hohlraum.

Ich dachte gleich an die finsteren Eingeborenen-Legenden von den riesigen unterirdischen Hütten unter den Megalithen, wo schreckliche Dinge geschahen und starke Winde geboren wurden. Dann kehrten die Gedanken an meine eigenen Träume zurück, und ich fühlte, wie die Schein-Erinnerungen an meinem Gehirn zerrten. Was für ein Raum befand sich unter mir? Welche unvorstellbare, urzeitliche Quelle alter Sagenkreise und bedrükkender Alpträume sollte ich entdecken?

Ich zögerte nur einen Moment, denn mehr als Neugier und wissenschaftlicher Eifer trieb mich vorwärts und kämpfte gegen meine wachsende Furcht an.

Ich schien mich fast automatisch zu bewegen, wie unter dem Zwang eines unausweichlichen Schicksals. Ich steckte meine Taschenlampe ein, und mit einer Kraft, die ich mir nie zugetraut hätte, wälzte ich erst eines der titanischen Bruchstücke zur Seite und dann noch eines, bis ein starker Luftstrom heraufstieg, dessen Feuchtigkeit in einem merkwürdigen Gegensatz zu der trokkenen Wüstenluft stand. Eine schwarze Kluft begann sich aufzutun, und schließlich – als ich jeden Stein, der klein genug war, beiseite geräumt hatte – schien das fahle Mondlicht auf eine Öffnung, die weit genug war, um mich hindurchzulassen.

Ich zog meine Taschenlampe hervor und leuchtete in die Öffnung. Unter mir war ein Chaos eingefallenen Mauerwerks, das nach Norden in einem Winkel von etwa fünfundvierzig Grad abfiel und offensichtlich das Ergebnis eines vor langer Zeit erfolgten Einbruchs von oben war.

Zwischen ihm und der Erdoberfläche klaffte ein undurchdringlich finsterer Abgrund, an dessen oberem Rand Reste eines gigantischen Gewölbes zu erkennen waren. An dieser Stelle, so schien es, lag der Wüstensand direkt auf dem Boden eines titanischen Bauwerks aus den Anfängen der Erdgeschichte; wie es sich durch die Äonen geologischer Umwälzungen erhalten hatte, konnte ich weder damals noch kann ich heute auch nur zu erahnen versuchen.

Rückblickend erscheint mir der bloße Gedanke an einen plötzlichen, einsamen Abstieg in einen so zweifelhaften Abgrund – noch dazu zu einem Zeitpunkt, da niemand wußte, wo ich mich befand – als der Gipfel des Wahnsinns. Vielleicht war er es – doch in dieser Nacht wagte ich diesen Abstieg ohne Zögern.

Wieder spürte ich diesen schicksalhaften, lockenden Drang, der mich schon an diesen Ort geführt hatte. Ich ließ die Taschenlampe nur ab und zu aufleuchten, um die Batterie zu schonen, und kletterte halsbrecherisch die finstere, zyklopische Schräge unterhalb der Öffnung hinab – manchmal mit dem Gesicht nach vorne, wenn meine Hände und Füße genügend Halt fanden, und manchmal den Megalithen zugewandt, wenn es schwieriger wurde, einen Weg zu ertasten.

Zu beiden Seiten sah ich im Licht der Taschenlampe Wände behauenen, zerbröckelnden Mauerwerks düster aufragen. Vor mir aber war Finsternis.

Ich achtete nicht darauf, wieviel Zeit während meines Abstiegs verging. So viele Ahnungen und Bilder bedrängten mich, daß alle objektiven Dinge in eine unermeßliche Entfernung zurückzutreten schienen. Die körperlichen Empfindungen waren betäubt, und sogar die Furcht war zu einem gespenstischen, unbeweglichen Wasserspeier geworden, der mich ohnmächtig anglotzte.

Schließlich erreichte ich einen ebenen Grund, der mit herabgestürzten Blöcken, formlosen Gesteinsbrocken und mit Sand und Schutt jeder erdenklichen Art übersät war. Zu beiden Seiten – vielleicht dreißig Fuß voneinander entfernt – ragten massive

Wände auf, die von riesigen Kreuzgewölben gekrönt waren. Daß sie mit eingemeißelten Mustern bedeckt waren, konnte ich erkennen, aber die Art dieser Muster war nicht auszumachen.

Was mich am meisten fesselte, war das Gewölbe hoch über mir. Der Strahl meiner Taschenlampe erreichte nicht den Scheitelpunkt, aber die unteren Teile der ungeheueren Bögen waren deutlich zu sehen. Und so vollkommen war ihre Identität mit dem, was ich in zahllosen Träumen von der alten Welt gesehen hatte, daß ich zum ersten Mal wirklich zitterte.

Hinter mir zeugte weit oben ein schwacher heller Schimmer von der Existenz der monderleuchteten Außenwelt. Ein undeutliches Gefühl sagte mir, daß ich diesen Schimmer nicht aus den Augen lassen durfte, weil ich sonst den Rückweg nicht mehr finden würde.

Ich ging jetzt auf die Wand auf der linken Seite zu, an der die Spuren der Zeichnungen am deutlichsten zu erkennen waren. Auf dem mit Gesteinsbrocken übersäten Boden kam ich fast genauso schwer vorwärts wie auf der von oben herabführenden Schräge, aber irgendwie bahnte ich mir einen Weg.

An einer Stelle wälzte ich einige Blöcke zur Seite und scharrte den Schutt weg, um festzustellen, wie der Fußboden aussah, und ich schauderte über die unbezweifelbare, schicksalhafte Vertrautheit der großen, achteckigen Steine, deren aufgeworfene Oberfläche noch einigermaßen zusammenhielt.

Als ich nahe genug an die Wand herangekommen war, ließ ich das Licht der Taschenlampe langsam über die verwaschenen Spuren der einstigen Ornamente gleiten. Irgendwann mußte Wasser eingedrungen sein und die Oberfläche des Sandsteins angegriffen haben; außerdem stellte ich eine sonderbare Krustenbildung fest, die ich mir nicht erklären konnte.

An manchen Stellen war das Mauerwerk sehr gelockert und verformt, und ich fragte mich, für wie viele weitere Epochen dieses urzeitliche, verborgene Gebäude die restlichen Spuren seiner einstigen Form inmitten der Zuckungen der Erdkruste noch würde bewahren können.

Aber es waren die Zeichnungen selbst, die mich am meisten faszinierten. Trotz ihres schlechten Zustands waren sie aus der Nähe noch verhältnismäßig gut zu erkennen; und die vollständige, innige Vertrautheit mit jeder Einzelheit betäubte mich beinahe. Daß mir diese uralten Bilder in groben Zügen vertraut waren, überstieg nicht die menschliche Vorstellungskraft. Sie hatten wohl die Urheber gewisser Mythen stets tief beeindruckt und waren so in einen Strom kryptischer Sagen eingebettet worden, der wiederum – nachdem ich während meiner Amnesie mit ihm in Berührung gekommen war – in meinem Unterbewußtsein lebhafte Bilder hervorgerufen hatte.

Aber wie sollte ich mir die genaue, bis in die kleinsten Einzelheiten perfekte Übereinstimmung jeder Linie und jeder Spirale dieser seltsamen Zeichnung mit dem, was ich seit mehr als zwanzig Jahren träumte, erklären? Welch eine obskure, vergessene Ikonographie konnte jede der feinsten Schattierungen und Nuancen reproduziert haben, die mich so hartnäckig, genau und unwandelbar Nacht für Nacht in meinen Traumgesichten verfolgten?

Denn hier konnte von einer entfernten Ähnlichkeit nicht die Rede sein. Endgültig und absolut war der jahrtausendealte, seit Äonen verborgene Korridor, in dem ich stand, derselbe Raum, den ich im Schlaf genausogut kannte wie mein eigenes Haus in der Crane Street in Arkham. Zwar zeigten meine Träume den Raum in seinem ursprünglichen, unzerstörten Zustand; aber die Übereinstimmung war deshalb nicht weniger frappierend. So erschreckend es war – ich hatte all das schon vorher gesehen.

Das Gebäude, in dem ich mich befand, war mir bekannt. Bekannt war mir auch seine Lage in jener schrecklichen alten Traumstadt. Daß ich unfehlbar jede Stelle in diesem Bauwerk und dieser Stadt, die den Veränderungen und Verheerungen ungezählter Epochen entgangen war, finden würde, kam mir mit grauenhafter, instinktiver Gewißheit zum Bewußtsein. Was um Himmels willen konnte all das bedeuten? Woher hatte ich all das erfahren, was ich wußte? Und welche furchtbare Realität lag hinter jenen uralten Geschichten über die Wesen, die in diesem Labyrinth aus urzeitlichem Gestein gewohnt haben sollten?

Worte können nur unzulänglich den Aufruhr von Furcht und Verwirrung wiedergeben, der in meinem Gemüt tobte. Ich kannte diesen Ort. Ich wußte, was unter mir lag und was über mir gelegen hatte, bevor die Myriaden hoch aufragender Stockwerke zu Staub, Schutt und Wüstensand zerfallen waren. Es war jetzt nicht mehr nötig, so dachte ich schaudernd, diesen schwachen Schimmer von Mondlicht im Auge zu behalten.

Ich wurde hin- und hergerissen zwischen dem Wunsch zu fliehen und einer fieberhaften Mischung aus brennender Neugier und schicksalhaftem Antrieb. Was war mit dieser monströsen Metropole in den Millionen von Jahren seit der Zeit meiner Träume geschehen? Wie viele von den unterirdischen Labyrinthen, die damals unter der Stadt lagen und alle die gigantischen Türme verbanden, hatten die Zuckungen der Erdkruste überdauert?

War ich auf eine ganze, begrabene Welt von unheimlichem Alter gestoßen? Würde ich noch das Haus des Schreiblehrers finden und den Turm, in dem S'gg'ha, der gefangene Geist von den sternköpfigen, pflanzlichen Fleischfressern der Antarktis, Bilder in freie Stellen an der Wand eingemeißelt hatte?

Würde der Gang auf der zweiten Ebene hinunter in die Halle der fremden Geister noch immer frei und passierbar sein? In dieser Halle hatte der gefangene Geist eines unvorstellbaren Wesens – eines halb-plastischen Bewohners des inneren Hohlraums eines unbekannten, transplutonischen Planeten achtzehn Millionen Jahre in der Zukunft ein Ding aufbewahrt, das er aus Lehm geformt hatte.

Ich schloß meine Augen und legte mir die Hand auf die Stirn, in einem vergeblichen, jämmerlichen Versuch, diese irrsinnigen Traumfragmente aus meinem Bewußtsein zu verscheuchen. Dann fühlte ich zum ersten Mal deutlich die Kühle, die Bewegung und die Feuchtigkeit der mich umgebenden Luft. Schaudernd erkannte ich, daß eine lange Reihe seit Urzeiten toter, schwarzer Abgründe irgendwo vor und unter mir gähnen mußte.

Ich dachte an die schrecklichen Kammern und Korridore und die Rampen, die ich aus meinen Träumen kannte. Würde der Weg zu den zentralen Archiven noch offen sein? Wieder zerrte dieser schicksalhafte Antrieb hartnäckig an meinem Gehirn, als ich mich der unheimlichen Schriften entsann, die einst in ihren rechteckigen Behältern aus rostfreiem Metall gelegen hatten.

Dort, so sagten die Träume und die Legenden, sei die gesamte Geschichte, Vergangenheit und Zukunft, des kosmischen Raum-Zeit-Kontinuums aufbewahrt worden – geschrieben von gefangenen Geistern von jedem Stern und aus jeder Epoche des Sonnensystems. Wahnsinn, natürlich – aber war ich nicht in eine finstere Welt gestolpert, die genauso wahnsinnig war wie ich?

Ich dachte an die verschlossenen Metallbehälter und die merkwürdigen Handgriffe, mit denen jeder einzelne von ihnen geöffnet werden mußte. Mein eigenes Werk kam mir lebhaft in

Erinnerung. Wie oft hatte ich diese verwickelte Routine von verschiedenen Drehungen und Stößen absolviert, in der Abteilung für irdische Vertebraten auf der untersten Ebene! Jede Einzelheit war mir frisch im Gedächtnis.

Wenn es diese Kammern, von denen ich geträumt hatte, wirklich gab, würde ich sie auf der Stelle öffnen können? Und dann ergriff mich schierer Wahnsinn. Im nächsten Augenblick sprang und stolperte ich über die felsigen Trümmer auf die wohlbekannte Rampe zu, die in die Tiefe führte.

Von diesem Punkt an sind meine Eindrücke kaum noch verläßlich – tatsächlich bewahre ich mir noch immer eine letzte, verzweifelte Hoffnung, daß sie alle die Bestandteile eines dämonischen Traums oder einer aus dem Delirium geborenen Sinnestäuschung sind. In meinem Gehirn wütete ein Fieber, und alles erreichte mich durch eine Art Schleier – und mit gelegentlichen Unterbrechungen.

Die Strahlen meiner Taschenlampe drangen nur schwach durch die alles verschlingende Finsternis und enthüllten mir phantastische Anblicke fürchterlich bekannter Wände und Muster, alle vom Jahrtausende währenden Verfall gekennzeichnet. An einer Stelle war ein riesiges Gewölbe zusammengebrochen, so daß ich über einen mächtigen Wall von Steinen klettern mußte. Er reichte bis fast an die zerklüftete Decke, von der groteske Stalaktiten herabhingen.

All das war der äußerste Gipfel alptraumhaften Grauens, das noch durch jenes widernatürliche Zerren der Schein-Erinnerungen verschlimmert wurde. Nur eines war ungewohnt, nämlich meine eigene Größe im Verhältnis zu dem gigantischen Gemäuer. Ein Gefühl ungewohnter Kleinheit bedrückte mich, als ob der Anblick dieser aufragenden Mauern von einem menschlichen Körper aus etwas völlig Neues und Abnormes sei. Wieder und wieder blickte ich nervös an mir selbst hinab, leicht verwirrt über meine menschliche Gestalt.

Ich sprang, stürmte und stolperte weiter durch die Finsternis des Abgrunds – oft fiel ich hin und verletzte mich, und einmal zerschlug ich fast meine Taschenlampe. Jeder Stein und jede Ecke dieses dämonischen Abgrunds waren mir bekannt, und an vielen Stellen blieb ich stehen, um in verschüttete und zerbröckelnde, aber stets vertraute Bogengänge zu leuchten.

Manche Räume waren völlig in sich zusammengesunken; andere waren leer oder mit Trümmern angefüllt. In einigen sah ich Gebilde aus Metall – manche fast unversehrt, andere zerbrochen oder völlig zerquetscht und zertrümmert –, in denen ich die kolossalen Sockel oder Tische aus meinen Träumen wiedererkannte. Was sie in Wirklichkeit gewesen waren, wagte ich mir nicht vorzustellen.

Ich fand den nach unten führenden Gang und begann hinabzusteigen. Aber nach einer Weile kam ich an einen gähnenden, zakkigen Spalt, der an seiner schmalsten Stelle kaum weniger als vier Fuß breit sein konnte. Hier war der Steinfußboden nach unten durchgebrochen und hatte unermeßliche, pechschwarze Abgründe freigegeben.

Ich wußte, daß noch zwei weitere Kellergeschosse in diesem titanischen Gebäude sein mußten, und zitterte erneut vor Angst, als ich mich der mit Metallbändern verschlossenen Falltür im tiefsten dieser Keller entsann. Davor würden jetzt keine Wächter mehr stehen – denn was sich darunter verborgen hatte, mußte längst seine fürchterliche Arbeit verrichtet haben und einem langsamen Niedergang anheimgefallen sein. Im Zeitalter der nachmenschlichen Käfer-Rasse würden diese Wesen längst tot sein. Und doch, als ich an die Eingeborenen-Legenden dachte, begann ich wieder zu zittern.

Es kostete mich eine gewaltige Anstrengung, diesen klaffenden Spalt zu überwinden, denn die überall verstreuten Steinbrocken machten einen Anlauf unmöglich; aber mich trieb der Wahnsinn. Ich entschied mich für eine Stelle an der linken Wand – wo die Kluft am schmalsten war und auf der anderen Seite nicht allzuviel gefährliche Trümmer herumlagen – und nach einer bangen Sekunde erreichte ich wohlbehalten die andere Seite.

Schließlich gelangte ich auf die untere Ebene und stolperte an dem überwölbten Eingang des Maschinenraumes vorbei, in dem phantastische Ruinen aus Metall halb unter den eingestürzten Gewölben begraben waren. Alles war dort, wo ich es erwartet hatte, und ich kletterte zuversichtlich über die Trümmerhaufen, die den Zugang zu einem riesigen Seitenkorridor versperrten. Dieser Korridor, das wußte ich, würde mich unter der Stadt in die zentralen Archive bringen.

Die Zeit schien stillzustehen, während ich mir springend, stolpernd und kriechend in diesem mit Trümmern vollgestopften Korridor einen Weg bahnte. Hin und wieder konnte ich an den modrigen Wänden Zeichnungen ausmachen – manche davon kannte ich, andere schienen seit der Zeit meiner Träume hinzugekommen zu sein. Da dies einer der unterirdischen Verbindungsgänge zwischen mehreren Häusern war, gab es hier keine überwölbten Seitengänge, außer wenn der Tunnel durch die unteren Stockwerke eines Hauses führte.

An einigen dieser Quergänge drehte ich mich lange genug zur Seite, um in wohlbekannte Räume hineinzuschauen. Nur zweimal entdeckte ich wesentliche Änderungen gegenüber dem, was ich im Traum gesehen hatte – und in einem dieser Fälle erkannte ich noch die Umrisse des später zugemauerten Eingangs, an den ich mich erinnerte.

Ich schauderte heftig und fühlte eine merkwürdige bleierne Schwäche in mir aufsteigen, als ich eilig und mit Widerwillen die Krypta eines der großen, fensterlosen, verfallenen Türme durchquerte, dessen fremdartige Basaltbauweise von seinem geheimnisvollen, schrecklichen Ursprung zeugte.

Dieses urzeitliche Gewölbe war rund und volle hundert Fuß im Durchmesser, ohne irgendwelche in die dunklen Wände eingemeißelten Zeichen oder Muster. Der Boden war hier nur mit Staub und Sand bedeckt, und ich konnte die Öffnungen sehen, die aufwärts und abwärts führten. Es gab keine Treppen und keine Rampen – tatsächlich waren die Türme auch in meinen Träumen völlig von der legendären Großen Rasse unangetastet gewesen. Die Wesen, von denen sie erbaut worden waren, hatten weder Treppen noch Rampen gebraucht.

In meinen Träumen war die Öffnung nach unten fest verschlossen und streng bewacht gewesen. Jetzt stand sie offen – schwarz und gähnend, und ein kühler, feuchter Luftstrom wehte aus ihr heraus. In was für Höhlen ewiger Nacht dieser Schacht führte, daran wagte ich nicht zu denken.

Später, als ich mir mühsam einen Weg durch ein besonders stark verschüttetes Stück des Korridors gebahnt hatte, erreichte ich eine Stelle, wo die Decke ganz durchgebrochen war. Die Trümmer türmten sich zu einem Berg auf; ich kletterte darüber und kam durch einen riesigen, leeren Raum, wo ich im Licht meiner Taschenlampe weder Wände noch Deckengewölbe erkennen konnte. Dies, so überlegte ich, mußte der Keller des Hauses der Metall-Lieferanten sein, das an dem dritten Platz gestanden hatte, nicht weit von den Archiven. Was mit ihm geschehen war, konnte ich mir nicht vorstellen.

Jenseits des Trümmerhaufens fand ich den Korridor wieder, aber schon bald stieß ich auf eine völlig zugeschüttete Stelle, wo die eingestürzten Gewölbe beinahe die bedenklich durchhängende Decke berührten. Wie es mir gelang, soviel Trümmer aus dem Weg zu wälzen und zu zerren, daß ich mich schließlich hindurchzwängen konnte, und woher ich den Mut nahm, die übereinandergestapelten Blöcke zu verschieben, da doch bei der geringsten Störung des Gleichgewichts all die Tonnen darüberliegenden Mauerwerks hätten herabstürzen und mich zermalmen können, das weiß ich nicht mehr.

Schierer Wahnsinn trieb und leitete mich, wenn nicht – was ich hoffe – mein ganzes unterirdisches Abenteuer eine höllische Sinnestäuschung oder ein Alptraum gewesen ist. Traum oder Wirklichkeit – ich schuf mir jedenfalls eine Öffnung, durch die ich mich hindurchwinden konnte. Als ich so über den Trümmerhaufen kroch – die brennende Taschenlampe zwischen den Zähnen – spürte ich, wie die phantastischen Stalaktiten, die von der zerklüfteten Decke herabhingen, mir den Rücken zerkratzten.

Ich konnte jetzt nicht mehr weit von den großen unterirdischen Archiv-Gewölben sein, die offenbar mein Ziel waren. Ich rutschte und kletterte auf der anderen Seite des Trümmerhaufens hinab, und nachdem ich mich mit der zeitweise ausgeschalteten Taschenlampe in der Hand durch das letzte Stück des Korridors gekämpft hatte, kam ich schließlich in eine niedrige, kreisförmige Krypta, die sich nach allen Seiten in erstaunlich gut erhaltene, überwölbte Gänge öffnete.

Die Wände, oder jedenfalls die Teile davon, die in der Reichweite meiner Taschenlampe lagen, waren über und über mit eingemeißelten, charakteristischen Symbolen und Hieroglyphen bedeckt – von denen einige seit der Zeit meiner Träume neu hinzugekommen waren.

Dies, so erkannte ich, war mein vom Schicksal vorgegebenes Ziel, und ich wandte mich sofort einem vertrauten Bogengang auf der linken Seite zu. Daß ich ungehindert über die Rampen alle erhalten gebliebenen Geschosse erreichen würde, das bezweifelte ich merkwürdigerweise kaum. Dieses gigantische, von der Erde selbst geschützte Gebäude, das die Annalen des ganzen Sonnensystems beherbergte, war mit überirdischer Geschicklichkeit und Kraft erbaut worden, um so lange zu dauern wie das System selbst.

Blöcke von ungeheuerer Größe, nach genialen mathematischen Berechnungen zusammengefügt und mit einem unglaublich zähen Kitt verbunden, bildeten eine Masse so fest wie der felsige Kern des Planeten. Hier, nach unvorstellbar langen Zeiträumen, stand dieses mächtige Bauwerk noch immer, begraben, aber praktisch unversehrt; auf seinen weiten, sandverwehten Fußböden nur hie und da einer der Steinbrocken, die sich anderswo zu Bergen türmten.

Die Leichtigkeit, mit der ich von dieser Stelle aus weitergehen konnte, stieg mir zu Kopf. Ich ließ meiner brennenden Ungeduld nach so vielen Hindernissen jetzt endlich freien Lauf und rannte buchstäblich wie im Fieber den niedrigen, nur allzu vertrauten Gang entlang.

Ich wunderte mich schon längst nicht mehr über die Vertrautheit dessen, was ich sah. Zu beiden Seiten tauchten gespenstisch die großen, mit Hieroglyphen versehenen Türen der Metallregale auf, manche noch an ihrem Platz, andere aufgesprungen und wieder andere verbeult und verbogen durch lange zurückliegende geologische Belastungen, die aber nicht stark genug gewesen waren, das zyklopische Gemäuer zu zerstören.

An einigen Stellen schien ein staubbedeckter Haufen unter einer gähnend leeren Kammer anzudeuten, daß die Behälter durch ein Erdbeben herausgeschleudert worden waren. An vereinzelten Säulen waren große Symbole und Buchstaben, die auf Gruppen und Untergruppen von Büchern hinwiesen.

Einmal blieb ich vor einer offenen Kammer stehen, in der noch die vertrauten Behälter unter dem allgegenwärtigen, sandigen Staub an ihrem Platz standen. Ich langte hinauf, holte mit einiger Mühe eines der dünneren Exemplare heraus und legte es auf den Boden, um es anzuschauen. Sein Titel war in den krummlinigen Hieroglyphen geschrieben, obwohl etwas in der Anordnung der Zeichen mir ein bißchen ungewohnt vorkam. Der kuriose Mechanismus des Verschlußhakens war mir völlig vertraut, und ich ließ den noch immer rostfreien und beweglichen Deckel aufschnappen und zog das Buch heraus. Wie erwartet, hatte es ein Format von etwa zwanzig mal fünfzehn Zoll und war zwei Zoll dick; die dünnen Metalldeckel ließen sich an der Oberseite öffnen.

Die festen Seiten aus dem zelluloseartigen Stoff hatten offenbar die Jahrtausende ihrer Existenz ohne Schaden überstanden, und ich studierte die seltsam pigmentierten, mit einem Pinsel gezeichneten Buchstaben des Textes – Symbole, die weder den gewohnten krummlinigen Hieroglyphen, noch irgendeinem der menschlichen Wissenschaft bekannten Alphabet ähnelten – unter dem Eindruck einer wiedererwachenden Erinnerung.

Es fiel mir ein, daß diese Sprache von einem gefangenen Geist verwendet worden war, den ich in meinen Träumen flüchtig gekannt hatte – einem Geist von einem großen Asteroiden, auf dem sich viel von den archaischen Sitten und Gebräuchen des Mutterplaneten erhalten hatte, von dem er sich losgerissen hatte. Gleichzeitig entsann ich mich, daß dieses Stockwerk der Archive den Büchern über die nichtirdischen Planeten vorbehalten war.

Als ich von diesem unfaßlichen Dokument aufblickte, sah ich, daß das Licht der Taschenlampe schwächer zu werden begann, und legte schnell die Ersatzbatterie ein, die ich immer dabei hatte. Sodann, bewaffnet mit dem helleren Lichtschein, setzte ich meinen fieberhaften Lauf durch die endlosen Labyrinthe von Hallen und Gängen fort – hin und wieder ein bekanntes Regal wiedererkennend und leicht beunruhigt durch die herrschende Akustik, die meine Tritte grotesk in diesen Katakomben widerhallen ließ.

Die bloßen Abdrücke meiner Schuhe hinter mir in dem seit Jahrtausenden unberührten Staub machten mich schaudern. Nie zuvor hatte – wenn an meinen verrückten Träumen etwas Wahres war – der Fuß eines Menschen diese urzeitlichen Steine betreten.

Das eigentliche Ziel dieser wahnwitzigen Hetzjagd war mir nicht bewußt. Aber irgendeine böse Macht zerrte an meinem benommenen Willen und meinen verschütteten Erinnerungen, so daß ich das vage Gefühl hatte, ich liefe nicht einfach ziellos umher.

Ich gelangte an eine Rampe und folgte ihr in die Tiefe. Im Vorbeilaufen sah ich die einzelnen Stockwerke, blieb aber nicht stehen, um sie zu untersuchen. In meinem schwindelnden Gehirn hatte ein bestimmter Rhythmus zu schlagen begonnen, der sich auf meine rechte Hand übertrug. Ich wollte etwas aufschließen und fühlte, daß ich alle die komplizierten Drehungen und Stöße kannte, die dazu nötig waren. Es würde wie bei einem modernen Safe mit einem Kombinationsschloß sein. Ob ich nun träumte oder wachte – ich hatte es einmal gewußt und wußte es noch immer. Wie irgendein Traum – oder irgendein Hinweis aus einer unbewußt aufgenommenen Legende – mich eine so nebensächliche und doch so knifflige Einzelheit hatte lehren können, versuchte ich mir erst gar nicht zu erklären. Ich war jenseits allen zusammenhängenden Denkens. Denn war nicht dieses ganze Erlebnis – diese erschreckende Vertrautheit mit einer Ansammlung unbekannter Ruinen, und diese groteske Indentität aller vor mir liegenden Dinge mit dem, was ich nur aus Träumen und bruchstückhaften Mythen hatte erahnen können – ein Schreckbild jenseits aller Vernunft?

Wahrscheinlich war es damals meine innerste Überzeugung – wie sie es jetzt in meinen lichteren Momenten auch ist –, daß ich überhaupt nicht wach und die ganze begrabene Stadt die Ausgeburt einer fiebrigen Halluzination war.

Schließlich erreichte ich das unterste Geschoß und bog von der Rampe aus nach rechts ab. Aus irgendeinem schleierhaften Grund versuchte ich, meine Tritte zu dämpfen, obwohl ich deshalb langsamer laufen mußte. Es gab in diesem letzten, tief begrabenen Geschoß eine Stelle, vor der ich mich fürchtete.

Als ich mich ihr näherte, fiel mir wieder ein, was die Ursache meiner Angst war. Es war eine jener mit Metallbändern verschlossenen, scharf bewachten Falltüren. Jetzt würden dort keine Wächter stehen, und deshalb ging ich auf Zehenspitzen, so wie ich es getan hatte, als ich das schwarze Basaltgewölbe durchquert hatte, in dem ähnliche Falltüren gegähnt hatten.

Ich spürte einen kühlen, feuchten Luftzug, wie ich ihn auch dort gespürt hatte, und wünschte, daß mein Weg mich nicht daran vorbeigeführt hätte. Warum ich gerade diesen Weg gehen mußte, wußte ich nicht.

Als ich die Stelle erreicht hatte, sah ich, daß die Falltüre gähnend weit offenstand. Weiter vorne begannen wieder die Regale, und vor einem bemerkte ich auf dem Boden einen Haufen herabgefallener Behälter, der nur mit einer sehr dünnen Staubschicht bedeckt war. Im selben Augenblick überlief mich eine neue Welle panischer Angst, obwohl ich eine Weile nicht wußte, weshalb.

Solche Haufen herabgefallener Behälter waren nicht selten, denn Jahrtausende hindurch war dieses lichtlose Labyrinth von Erdbeben erschüttert worden und hatte vom ohrenbetäubenden Dröhnen umstürzender Objekte widergehallt. Erst als ich näherkam, wurde mir klar, warum ich so heftig zitterte.

Nicht dieser Haufen, sondern etwas im Staub auf dem ebenen Fußboden beunruhigte mich. Im Licht meiner Taschenlampe schien es, als sei diese Staubschicht nicht so flach wie sonst – es gab Stellen, wo sie dünner aussah, so als sei sie erst vor einigen Monaten aufgewühlt worden. Ich war mir aber nicht sicher, denn auch die anscheinend dünneren Stellen waren genügend staubbedeckt; doch der Argwohn einer gewissen Regelmäßigkeit in diesen eingebildeten Unebenheiten war höchst beunruhigend.

Als ich eine der seltsamen Stellen aus nächster Nähe beleuchtete, sah ich etwas, das mir gar nicht gefiel – denn der Eindruck der Unebenheit verstärkte sich beträchtlich. Es war mir, als sähe ich regelmäßige Reihen von zusammengesetzten Abdrücken – von denen immer drei beieinander lagen, jeder über einen Fuß im Durchmesser und aus fünf annähernd kreisförmigen, drei Zoll großen Abdrücken bestehend, von denen jeweils einer vor den übrigen vier lag.

Diese von den großen Abdrücken gebildeten Linien schienen in zwei Richtungen zu führen, als ob etwas irgendwohin gegangen und dann zurückgekehrt sei. Die Spuren waren natürlich sehr schwach und konnten auf Einbildung oder Zufall beruhen; aber ein unheimliches, tastendes Grauen erfüllte mich, als ich zu sehen glaubte, woher sie kamen und wohin sie führten. Denn an ihrem einen Ende war der Haufen von Behältern, die vor nicht allzu langer Zeit herabgefallen sein mußten, und an ihrem anderen Ende war die ominöse Falltüre mit dem kühlen, feuchten Wind, die sich in unvorstellbare Abgründe öffnete.

Wie tief und überwältigend das seltsame Gefühl des Zwanges war, zeigt die Tatsache, daß es sogar meine Furcht überwand. Kein vernünftiges Motiv hätte mich weiterziehen können nach dieser fürchterlichen Entdeckung und angesichts der schleichenden Traumerinnerungen, die sie weckte. Und doch machte meine rechte Hand, obwohl sie vor Angst zitterte, weiter diese rhythmische Bewegung, war sie weiter darauf erpicht, an einem Schloß zu drehen, das sie zu finden hoffte. Bevor ich wußte, was ich tat, war ich an dem Haufen herabgefallener Behälter vorbeigegangen und rannte auf Zehenspitzen weiter durch die von völlig unberührtem Staub bedeckten Gänge auf eine Stelle zu, die ich grauenhaft gut zu kennen schien.

Insgeheim stellte ich mir Fragen, deren Herkunft und Bedeutung ich erst allmählich zu erahnen begann. Würde die Kammer für einen menschlichen Körper erreichbar sein? Konnte meine Menschenhand all die aus Urzeiten erinnerten Drehungen des Schlosses beherrschen? Würde das Schloß unbeschädigt und funktionsfähig sein? Und was würde ich tun – zu tun wagen –, wenn ich das gefunden hatte, was ich – wie mir jetzt klar wurde – zu finden gleichzeitig hoffte und fürchtete? Würde es die unheimliche, sinnverwirrende Wahrheit von etwas beweisen, das jenseits aller Vorstellungskraft lag, oder würde es nur zeigen, daß ich träumte?

Das nächste, woran ich mich erinnere, ist, daß ich plötzlich zu laufen aufgehört hatte, wie angewurzelt vor einer Reihe von Regalen stand und auf die unheimlich vertrauten Hieroglyphen starrte. Sie waren fast völlig erhalten, und nur drei Türen waren in dieser Umgebung aufgesprungen.

Meine Empfindungen beim Anblick dieser Regale kann ich nicht beschreiben – so intensiv und hartnäckig war das Gefühl alter Bekanntschaft. Ich schaute hoch hinauf zu einer Reihe dicht unter der Decke, die völlig außer Reichweite lag; ich fragte mich, wie ich wohl am besten an diese Reihe herankäme. Eine offene Tür in der vierten Reihe von unten würde von Nutzen sein, und die Schlösser der anderen Türen würden Händen und Füßen Halt geben. Ich würde die Taschenlampe zwischen die Zähne nehmen, wie ich es schon an anderen Stellen getan hatte, wo ich beide Hände frei haben mußte, und vor allem durfte ich keinen Lärm machen.

Es würde schwierig sein, das Buch, das ich herausholen wollte, sicher auf den Boden zu bringen, aber vielleicht konnte ich die bewegliche Verschlußkammer an meinem Jackenkragen einhaken und es wie einen Rucksack tragen. Wieder fragte ich mich, ob das Schloß intakt sein würde. Daß ich jeden der vertrauten Handgriffe wiederholen konnte, bezweifelte ich nicht im geringsten. Aber ich hoffte, das Ding würde nicht knarren oder quietschen und nicht zu groß für meine Hand sein.

Noch während ich das dachte, hatte ich mir die Taschenlampe in den Mund gesteckt und hinaufzuklettern begonnen. Die vorstehenden Schlösser boten nur wenig Halt, aber wie erwartet erwies sich die offene Kammer als große Hilfe. Ich stützte mich gleichzeitig auf die bewegliche Tür und den Rand der Öffnung selbst und konnte so jedes laute Geräusch vermeiden.

Auf der Oberkante der Tür balancierend und weit nach rechts

gelehnt konnte ich das gewünschte Schloß gerade erreichen. Meine Finger, von der Kletterei fast gefühllos, waren zunächst etwas ungelenk, aber ich stellte bald fest, daß ich mit ihnen das Schloß umspannen konnte. Und der Rhythmus der Erinnerung steckte tief in ihnen.

Aus unermeßlichen Urzeiten hatte die Kenntnis der komplizierten, geheimen Bewegungen irgendwie mein Gehirn korrekt und in jeder Einzelheit erreicht – denn nach weniger als fünf Minuten vernahm ich ein Klicken, dessen Vertrautheit mich um so mehr erschreckte, als ich mich nicht bewußt darauf vorbereitet hatte. Im nächsten Augenblick ging die Tür langsam und ganz leise knirschend auf.

Benommen schaute ich auf die so freigelegte Reihe grauer Behälter und spürte ein völlig undefinierbares Gefühl in mir aufsteigen. Gerade noch in der Reichweite meiner Hand stand ein Behälter, dessen geschwungene Hieroglyphen mich unter einem stechenden Schmerz zusammenzucken ließen; dieser Schmerz war unendlich vielfältiger, als wenn Angst seine einzige Ursache gewesen wäre. Noch immer bebend, gelang es mir, ihn in einer Wolke flockigen Staubs herauszuziehen und ohne ein störendes Geräusch zu mir herüberzuwuchten.

Wie der andere Behälter, den ich in der Hand gehabt hatte, war auch dieser etwas über zwanzig mal fünfzehn Zoll groß und trug eingeprägte Hieroglyphen. Die Dicke betrug etwas mehr als drei Zoll.

Ich klemmte ihn mühsam zwischen mich und die Regalfläche, nestelte an dem Verschluß herum und bekam schließlich den Haken frei. Ich öffnete den Deckel, hob den schweren Behälter auf meinen Rücken und befestigte den Haken an meinem Kragen. So bekam ich beide Hände frei, hangelte mich mühsam auf den Fußboden hinab und machte mich daran, meine Beute zu inspizieren.

In dem sandigen Staub kniend, holte ich den Behälter nach vorne und legte ihn vor mich hin. Meine Hände zitterten, und ich fürchtete mich fast ebensosehr davor, das Buch herauszuziehen, wie ich darauf brannte – und mich gezwungen fühlte –, es zu tun. Ganz allmählich war mir klargeworden, was ich finden würde, und diese Erkenntnis ließ mich beinahe erstarren.

Wenn das Ding da war – und ich nicht träumte –, dann würden die Folgerungen das Fassungsvermögen des menschlichen Geistes übersteigen. Am meisten quälte mich, daß ich in diesem Augenblick überhaupt nicht den Eindruck hatte, ich befände mich in einem Traum. Ich hatte vielmehr ein scheußliches Gefühl der Realität – und habe es auch jetzt noch, wenn ich an diese Situation zurückdenke.

Schließlich zog ich zitternd das Buch aus dem Behälter und schaute fasziniert auf die wohlbekannten Hieroglyphen auf dem Deckel. Es schien völlig unversehrt, und die krummlinigen Buchstaben des Titels übten einen so hypnotischen Zauber auf mich aus, als hätte ich sie lesen können. Fast möchte ich meinen, daß ich sie in einer Anwandlung abnormer Erinnerungsfähigkeit wirklich lesen konnte.

Ich weiß nicht, wie lange ich brauchte, bis ich diesen dünnen Metalldeckel aufzuschlagen wagte. Um den schrecklichen Augenblick hinauszuzögern, erfand ich alle möglichen Ausreden. Ich nahm die Taschenlampe aus dem Mund und schaltete sie aus, um die Batterie zu schonen. Jetzt, in der Dunkelheit, nahm ich meinen Mut zusammen und schlug den Deckel auf, ohne dabei die Lampe anzuknipsen. Dann endlich ließ ich das Licht auf die aufgeschlagene Seite fallen – nachdem ich mir fest vorgenommen hatte, auf keinen Fall zu schreien, was immer ich auch finden sollte.

Ich sah einen Moment lang hin, dann brach ich zusammen. Aber mit zusammengebissenen Zähnen gelang es mir, jeden Laut zu unterdrücken. Ich sank vollends zu Boden und schlug mir in der undurchdringlichen Finsternis mit der Hand an die Stirn. Was ich erwartet und befürchtet hatte, war da. Entweder träumte ich, oder Zeit und Raum waren zur Farce geworden.

Ich mußte träumen – aber ich würde das Trugbild auf die Probe stellen und dieses Ding mitnehmen und es meinem Sohn zeigen, wenn es wirklich ein realer Gegenstand war. Mir wurde furchtbar schwindelig, obwohl in der ungebrochenen Finsternis keinerlei Objekte sichtbar wurden, die sich vor meinen Augen hätten drehen können. Gedanken und Bilder von äußerster Schrecklichkeit – ausgelöst von den Perspektiven, die der eine kurze Blick eröffnet hatte – drangen auf mich ein und raubten mir fast die Sinne.

Ich dachte an die vermeintlichen Spuren im Staub und zitterte vor dem Geräusch meines eigenen Atems. Ich schaltete die Lampe wieder ein und sah die Seite an, wie das Opfer einer Schlange seinem Mörder in die Augen und den aufgerissenen Rachen blickt.

Dann, mit klammen Fingern und im Dunkeln, klappte ich das Buch zu, steckte es in seinen Behälter zurück und ließ den Deckel und den seltsamen Hakenverschluß zuschnappen. Das war es, was ich an die Außenwelt bringen mußte, wenn es wirklich existierte – wenn dieser ganze Abgrund wirklich existierte – wenn ich und die Welt selbst wirklich existierten.

Wann ich mich schwankend erhob und den Rückweg antrat, kann ich nicht genau sagen. Es berührt mich seltsam, daß ich – ein Maßstab für den Grad meiner Entrücktheit von der Außenwelt – während dieser grauenhaften Stunden unter der Erde nicht ein einziges Mal auf die Uhr sah.

Die Taschenlampe in der Hand und den ominösen Behälter unter dem Arm, sah ich mich schließlich auf Zehenspitzen und in einer Art lautloser Panik an dem zugigen Loch und den unheimlichen Spuren vorüberschleichen. Ich dämpfte meine Vorsicht, während ich die endlosen Rampen hinaufstieg, konnte aber nicht den Schatten einer Angst abschütteln, die ich beim Herabsteigen nicht empfunden hatte.

Ich fürchtete mich davor, abermals die schwarze Basaltkrypta zu durchqueren, die älter war als die Stadt selbst und in der kalte Luftströme aus unbewachten Tiefen heraufstiegen. Ich dachte an die Wesen, vor denen sich die Große Rasse gefürchtet hatte, und die vielleicht noch immer dort unten hausten, mochten sie auch noch so schwach und todgeweiht sein. Ich dachte an jene fünfteiligen, kreisförmigen Abdrücke und an das, was ich aus meinen Träumen über derartige Abdrücke wußte – an die seltsamen Winde und Pfeifgeräusche, von denen sie begleitet waren. Und ich dachte an die Geschichten der Eingeborenen, in denen schreckliche Stürme und namenlose Ruinen eine so wichtige Rolle spielten.

Ein in die Wand gemeißeltes Symbol sagte mir, auf welcher Höhe ich von der Rampe abbiegen mußte, und schließlich kam ich – vorbei an dem anderen Buch, das ich untersucht hatte – in den großen, kreisförmigen Raum mit den nach allen Richtungen ausstrahlenden Gängen. Zu meiner Rechten erkannte ich sofort den Gang, durch den ich hergekommen war. Dort hinein ging ich, in dem Bewußtsein, daß der Rückweg von hier an beschwerlicher sein würde wegen der vielen Trümmerhaufen außerhalb des Archivgebäudes. Ich hatte an meiner neuen Last in dem Metallbehälter schwer zu tragen und fand es immer schwieriger, keinen

Lärm zu machen, während ich über Schutt und Trümmer jeder erdenklichen Art hinwegstolperte.

Dann gelangte ich an den bis zur Decke reichenden Trümmerberg, in den ich das enge Schlupfloch gewühlt hatte. Unendliche Angst ergriff mich bei dem Gedanken, daß ich mich dort wieder hindurchzwängen mußte, denn beim ersten Mal war es nicht ohne Geräusch abgegangen, und jetzt, nachdem ich diese vermeintlichen Spuren gesehen hatte, fürchtete ich mich vor nichts so sehr wie vor dem geringsten Lärm. Daß ich diesmal auch den Behälter durch den engen Spalt zerren mußte, verstärkte noch meine Besorgnis.

Aber ich erklomm das Hindernis recht und schlecht und schob zuerst den Behälter durch die Öffnung. Dann, mit der Taschenlampe im Mund, kroch ich selbst durch – wobei mir wieder die Stalaktiten den Rücken zerkratzten.

Als ich versuchte, den Behälter wieder an mich zu nehmen, entglitt er mir und schlug ein Stück weiter unten auf die Steine auf; das Gepolter weckte Echos, die mich in kalten Schweiß ausbrechen ließen. Ich sprang ihm sofort nach und bekam ihn zu fassen, ohne noch mehr Lärm zu machen. Aber einen Augenblick später verursachten die unter meinen Füßen wegrutschenden Steinbrocken ein plötzliches, beispielloses Getöse.

Dieses Getöse war mein Verderben. Denn gleich darauf glaubte ich zu hören, wie es irgendwo hinter mir auf fürchterliche Art beantwortet wurde. Ich meinte einen schrillen, pfeifenden Ton zu hören, der keinem irdischen Geräusch glich und mit Worten nicht zu beschreiben ist. Falls ich mir diesen Ton nur eingebildet hatte, so lag eine grimmige Ironie in den gleich darauffolgenden Ereignissen; denn ohne meine Panik über diese erste Erscheinung hätte all das, was ihr folgte, nicht zu passieren brauchen.

So aber verfiel ich in grenzenlose, durch nichts gemilderte, rasende Angst. Ich packte die Taschenlampe, umklammerte mit letzter Kraft den Behälter und stürzte Hals über Kopf los, unfähig, an etwas anderes zu denken als an meinen verzweifelten Wunsch, so schnell wie möglich aus diesen gespenstischen Ruinen hinauszukommen in die greifbare Welt der Wüste und des Mondscheins, die so weit über mir lag.

Ich merkte es kaum, als ich den Trümmerberg erreichte, der in den ungeheueren dunklen Raum über dem eingestürzten Dach emporragte, und stieß und schnitt mich mehrmals, während ich den steilen, aus scharfkantigen Blöcken und Splittern gebildeten Abhang erklomm.

Dann kam das Desaster. Als ich in blinder Hast den Gipfel erreicht hatte, bemerkte ich nicht, daß es gleich wieder schroff abwärts ging, glitt aus und war augenblicklich in einer rapide anwachsenden Lawine abwärts polternder Steinbrocken, deren donnerndes Getöse in der schwarzen Kellerluft in einer ohrenbetäubenden Serie erdbebenhafter Erschütterungen nachhallte.

Ich kann mich nicht daran erinnern, wann und wie ich diesem Chaos entfloh, aber in einem flüchtigen Augenblick des Bewußtseins sehe ich mich inmitten des Höllenlärms durch den Korridor stürzen und stolpern und klettern – noch immer mit Taschenlampe und Behälter.

Dann, gerade als ich auf jene urzeitliche Basaltkrypta zukam, vor der ich mich so fürchtete, faßte schiere Raserei mich an. Denn als der Nachhall der Steinlawine verklungen war, hörte ich wieder dieses unheimliche, fremdartige Pfeifen. Diesmal gab es keinen Zweifel – und was das Schlimmste war, es kam nicht von hinten, sondern aus irgendeiner Richtung *vor mir*.

Wahrscheinlich habe ich in diesem Moment laut aufgeschrien. Verschwommen sehe ich mich durch das höllische Basaltgewölbe fliehen, verfolgt von dem widerwärtigen, fremdartigen Pfeifton, der aus der offenen, unbewachten Tür zu den endlos tiefen schwarzen Abgründen heraufdrang. Es wehte auch ein Wind – nicht bloß ein kühler, feuchter Luftzug, sondern ein starker, tückischer Sturm, der aus diesem widerwärtigen Loch hervorbrach, aus dem auch die unheimlichen Pfeiftöne kamen.

Ich erinnere mich, wie ich über Hindernisse aller Art hinwegtaumelte, während hinter mir der tobende Sturm und das schrille Pfeifen immer mehr anschwollen und zielbewußt und bösartig nach mir zu schnappen schienen.

Obwohl er von hinten kam, hatte dieser Wind die merkwürdige Eigenschaft, meinen Lauf zu behindern, anstatt ihn zu beschleunigen, gerade so, als hätte jemand von hinten eine Schlinge oder ein Lasso über mich geworfen. Ohne auf den Lärm zu achten, den ich verursachte, kletterte ich über eine Barriere aus Steinblöcken und befand mich wieder in dem Gemäuer, aus dem der Weg zur Oberfläche führte.

Ich entsinne mich, daß ich den Seitengang zu dem Maschinenraum sah und beinahe aufschrie, als ich die Rampe bemerkte, die zu der Stelle zwei Geschosse weiter unten hinabführte, wo eine dieser blasphemischen Falltüren offenstehen mußte. Aber anstatt laut zu schreien, stammelte ich immer wieder vor mich hin, daß dies alles ein Traum sei, aus dem ich bald erwachen müsse. Vielleicht war ich im Lager – vielleicht war ich zu Hause in Arkham. Während ich mich mit solchen Hoffnungen zu beruhigen versuchte, begann ich, die Rampe zu dem oberen Geschoß hinaufzusteigen.

Ich wußte natürlich, daß ich noch den vier Fuß breiten Spalt überqueren mußte, war aber zu sehr von anderen Ängsten gepeinigt, um mir dieses Schreckens voll bewußt zu werden – bis ich fast davor stand. Beim Abstieg war der Sprung über den Spalt leicht gewesen – aber konnte ich ihn jetzt ebenso leicht überwinden, da ich aufwärts springen mußte und außerdem durch das Gewicht des Metallbehälters, durch meine Furcht, meine Erschöpfung und das widernatürliche Zerren des dämonischen Windes behindert war? An all diese Dinge dachte ich erst im letzten Moment, und ich dachte auch an die namenlosen Wesen, die in den schwarzen Tiefen unter dem Spalt lauern konnten.

Meine Taschenlampe begann zu flackern, doch irgendeine dunkle Erinnerung sagte mir, daß ich mich dem Spalt näherte. Die eisigen Windstöße und die ekelerregenden Pfeiftöne hinter mir wirkten einen Augenblick lang fast wie ein barmherziges Beruhigungsmittel, das meine Sinne für die Schrecken des vor mir klaffenden Spalts betäubte. Und dann bemerkte ich die zusätzlichen Windstöße und Pfeiftöne, die von vorne kamen – Wellen des Abscheus, die durch eben diesen Spalt aus nie erahnten und nie zu erahnenden Tiefen heraufdrangen.

Jetzt fürwahr packte mich nacktes Entsetzen. Jegliche Vernunft verließ mich – und ohne irgend etwas anderes zu beachten als den animalischen Trieb zur Flucht, stürmte und kletterte ich über die Trümmer des Abhangs nach oben, als gebe es den Spalt überhaupt nicht. Dann sah ich den Rand der Kluft, sprang mit aller Kraft – und versank augenblicklich in einem pandämonischen Strudel widerwärtigster Geräusche und äußerster, physisch spürbarer Finsternis.

Dies ist das Ende meines Erlebnisses, soweit meine Erinnerung reicht. Alle weiteren Eindrücke gehören eindeutig in das Reich deliriöser Phantasmagorien. Traum, Wahnsinn und Erinnerung verschmolzen wild zu einer Reihe phantastischer, bruchstückhafter Wahnvorstellungen, die keine Beziehung zu irgendwelchen realen Dingen haben können.

Ich fiel durch unermeßliche Tiefen zähflüssiger, fühlbarer Dunkelheit und ein Gewirr von Geräuschen, die völlig anders waren als alle, die wir von der Erde und ihrem organischen Leben kennen. Ruhende, verkümmerte Sinne schienen in mir zu neuem Leben zu erwachen und berichteten mir von Höhlen und Schlünden, die von schwebenden Ungeheuern bevölkert waren und zu sonnenlosen Klippen und Ozeanen und wimmelnden Städten fensterloser Basalttürme führten, die nie ein Lichtstrahl getroffen hat.

Geheimnisse des urzeitlichen Planeten und seiner unermeßlichen Äonen durchzuckten mein Gehirn ohne die Hilfe von Gesicht oder Gehör, und ich wußte Dinge, die ich auch in den wildesten meiner früheren Träume nicht erahnt hätte. Und die ganze Zeit umklammerten mich die kalten Finger feuchten Dampfes, und dieses unheimliche, abscheuliche Pfeifen schrillte dämonisch durch all die Wechsel von Höllenlärm und Stille in den Strudeln der Dunkelheit.

Später kamen Visionen von der zyklopischen Stadt meiner Träume – nicht in Ruinen, sondern so, wie sie in meinen Träumen gewesen war. Ich war wieder in meinem kegelförmigen, nichtmenschlichen Körper und mischte mich unter die Scharen der Großen Rasse und der gefangenen Geister, die in den hohen Korridoren und auf den riesigen Rampen Bücher hin und her trugen.

Dann erschienen, diesen Bildern überlagert, schreckliche, flüchtige Momente nichtvisuellen Bewußtseins, mit verzweifelten Kämpfen, einem Losreißen von krallenden Tentakeln eines heulenden Windes, einem wahnwitzigen, fledermausartigen Flug durch halbstoffliche Luft, einem fieberhaften Wühlen durch zyklongepeitschte Finsternis und einem wilden Stolpern und Klimmen über eingestürztes Mauerwerk.

Einmal kam eine merkwürdige, blitzartige Andeutung von etwas Sichtbarem – ein schwacher, diffuser Schimmer bläulichen Lichts weit oben. Dann kam ein Traum von windverfolgtem Kriechen und Klimmen – und ich tauchte in den Glanz eines sardonischen Mondlichts ein, während hinter mir der Haufen von Trümmern, über den ich heraufgekrochen war, in einem gewaltigen Wirbelsturm zusammenbrach und verschwand. Es war das bösartige, monotone Klopfen dieses sinnverwirrenden Mondlichts, das mir schließlich meine Rückkehr in eine Welt anzeigte, die ich einmal als die reale, wachende Welt gekannt hatte.

Ich kroch auf allen vieren durch den Sand der australischen Wüste, und um mich herum tobte ein Sturm, wie ich ihn nie zuvor auf unserem Planeten erlebt hatte. Meine Kleider hingen in Fetzen, und mein Körper war über und über mit Beulen und Kratzern bedeckt.

Das volle Bewußtsein kehrte nur langsam wieder, und nie werde ich wissen, wo der phantastische Traum aufhörte und die wirkliche Erinnerung begann. Da war ein Hügel titanischer Blöcke gewesen, ein Abgrund unter ihm, eine monströse Enthüllung der Vergangenheit und zum Schluß entsetzliches Grauen – aber wieviel davon war Wirklichkeit?

Meine Taschenlampe war verschwunden und ebenso der Metallbehälter, den ich entdeckt haben konnte. Hatte es diesen Behälter wirklich gegeben – und den Abgrund – und den Hügel? Ich hob meinen Kopf und blickte zurück, aber ich sah nur die sterilen, welligen Dünen der Wüste.

Der dämonische Wind legte sich, und der aufgedunsene, schwammige Mond ging rot im Westen unter. Schwankend erhob ich mich und machte mich taumelnd in südwestlicher Richtung auf den Weg zum Lager. Was war mir wirklich geschehen? War ich nur einfach in der Wüste zusammengebrochen und hatte einen von Träumen gepeinigten Körper meilenweit über Sand und verwehte Steinblöcke geschleppt? Wenn nicht, wie konnte ich es dann ertragen, noch weiterzuleben?

Denn in diesem neuen Zweifel löste sich all mein Glaube an die mythische Unwirklichkeit meiner Visionen wieder in die höllischen früheren Zweifel auf. Wenn dieser Abgrund real war, dann war auch die Große Rasse real – und ihre blasphemischen Projektionen und Übergriffe in dem kosmosweiten Strudel der Zeit waren keine Mythen und Alpträume, sondern furchtbare, seelenvernichtende Wirklichkeit.

War ich, in voller, fürchterlicher Wirklichkeit, in eine vormenschliche Welt hundertfünfzig Millionen Jahre vor unserer Zeit zurückversetzt worden, in jenen dunklen, verwirrenden Tagen der Amnesie? Hatte mein eigener Körper einen schrecklichen, fremden Geist aus unermeßlichen Urzeiten beherbergt?

Hatte ich, als gefangener Geist jener watschelnden Ungeheuer, wirklich diese fluchbeladene Stadt in ihrer urzeitlichen Blüte gekannt und war ich in der abscheulichen Gestalt meines Fängers diese vertrauten Korridore entlanggeglitten? Waren diese quälenden Träume aus über zwanzig Jahren das Ergebnis widernatürlicher Erinnerungen?

Hatte ich einst wirklich mit Geistern aus unerreichbaren Winkeln von Raum und Zeit gesprochen, die Geheimnisse des Universums, vergangene und zukünftige, erfahren und die Annalen meiner eigenen Welt für die metallenen Behälter jener titanischen Archive geschrieben? Und waren jene anderen – diese erschreckenden Wesen der widernatürlichen Stürme und dämonischen Pfeiftöne – wirklich eine lauernde, fortlebende Bedrohung, wartend und langsam schwächer werdend in dunklen Schlünden, während die verschiedenen Formen des Lebens ihren vieltausendjährigen Lauf auf der vom Alter gezeichneten Oberfläche des Planeten nahmen?

Ich weiß es nicht. Wenn dieser Abgrund und das, was er barg, Wirklichkeit ist, dann gibt es keine Hoffnung. Dann liegt wahrhaftig über dieser Welt der Menschen ein beunruhigender, unfaßbarer Schatten aus der Vergangenheit. Aber gottlob gibt es keinen Beweis dafür, daß diese Dinge mehr sind als eine neue Phase meiner aus Mythen geborenen Träume. Ich brachte nicht den metallenen Behälter mit, der ein Beweis gewesen wäre, und bis jetzt sind jene unterirdischen Gänge nicht gefunden worden.

Wenn die Gesetze des Universums gnädig sind, werden sie auch nie gefunden werden. Aber ich muß meinem Sohn sagen, was ich sah oder zu sehen glaubte, und ihn mit seiner Urteilskraft als Psychologe darüber entscheiden lassen, wieviel von meinen Erlebnissen Wirklichkeit war und ob dieser Bericht anderen zugänglich gemacht werden soll.

Ich habe gesagt, daß die Wahrheit meiner jahrelangen qualvollen Träume mit der Wirklichkeit des Gegenstandes steht und fällt, den ich in jenen zyklopischen, begrabenen Ruinen gesehen zu haben glaube. Es ist mir wirklich schwergefallen, diese entscheidende Entdeckung zu Papier zu bringen, obwohl sich der Leser sicherlich denken kann, worin sie bestand. Sie lag natürlich in jenem Buch in dem Metallbehälter – dem Behälter, den ich aus seiner mit dem Staub von einer Million Jahrhunderten bedeckten Kammer geholt hatte.

Dieses Buch war seit dem Erscheinen des Menschen auf diesem

Planeten von keinem Auge gesehen, von keiner Hand berührt worden. Und doch sah ich, als ich in diesem schrecklichen Gewölbe das Licht meiner Taschenlampe einschaltete, daß die seltsam pigmentierten Buchstaben auf den spröden, von Äonen gebräunten Zellulose-Seiten nicht irgendwelche undeutbaren Hieroglyphen aus den Anfängen der Erdgeschichte waren. Es waren statt dessen die Buchstaben unseres vertrauten Alphabets, und der Text war in englischer Sprache, geschrieben in meiner eigenen Handschrift.

H. P. Lovecraft – Schöpfer kosmischer Mythen

Wer war eigentlich dieser H. P. Lovecraft, dessen phantastisch-unheimliche Erzählungen auch in Deutschland immer mehr Leser und Bewunderer finden? Zu Lebzeiten war er nur in einem kleinen Kreis von Liebhabern der Weird Fiction bekannt und geschätzt. Seine Geschichten, die nur in billigen Gruselmagazinen erschienen, gerieten schnell in Vergessenheit. Erst nach seinem Tode wurde Lovecraft wiederentdeckt und bald von manchen Enthusiasten überschwenglich gelobt und verehrt wie ein zweiter Poe. Von anderen Kritikern hingegen wurde er mit unverhohlenem Spott abgetan als ein völlig unbedeutender Autor.

Heute ist Lovecrafts Werk weit verbreitet und in viele Sprachen übersetzt. Sein mit außerirdischen Monstern belebter Cthulhu-Mythos hat jüngere Autoren des Genres inspiriert. Er ist sowohl Kultfigur begeisterter Anhänger als auch Gegenstand literaturwissenschaftlicher Forschung geworden. Man weist ihm einen gebührenden Platz in der phantastischen Literatur zu: gleichberechtigt steht er neben den großen Meistern der amerikanischen Horrorgeschichte Edgar Allan Poe und Ambrose Bierce. Damit erntet dieser umstrittene Phantast nachträglich einen bemerkenswerten Ruhm, wovon er zu seinen Lebzeiten nie geträumt hat.

Wie verlief das Leben dieses außerordentlichen, aber auch außenseiterischen Schriftstellers?

Er wurde am 20. August 1890 als Sohn des Handlungsreisenden Winfield Scott Lovecraft in Providence, Rhode Island, geboren und auf den Namen Howard Phillips getauft. Er wuchs als kränkliches, frühreifes Kind ohne Geschwister heran und stand sehr unter dem Einfluß seiner überängstlichen, neurotischen Mutter Sarah Susan (geb. Phillips). Ihre mißratene Erziehung weckte in dem Jungen Minderwertigkeitskomplexe und Unselbständigkeit. Als Howard Phillips drei Jahre alt war, wurde sein Vater in eine Heil- und Pflegeanstalt eingeliefert, in der er fünf Jahre später infolge Parese (Lähmung) starb.

Lovecrafts schwache Gesundheit erlaubte ihm keinen regelmäßigen Schulbesuch, auch auf das College-Studium mußte er verzichten. Dafür hatte er schon von frühester Kindheit an Gelegenheit, in der umfangreichen Bibliothek des Großvaters Whipple Phillips zu lesen und sich weiterzubilden. Er besaß ein ausgezeichnetes Gedächtnis, und sein Lesehunger war schier unersättlich. Mit fünf Jahren hatte er schon die Grimmschen Märchen und die Erzählungen aus Tausendundeiner Nacht verschlungen und vertiefte sich dann in die griechisch-römischen Mythen und Sagen. Seine Begeisterung ging so weit, daß er bei seinen Spielen Altäre aufrichtete und Pan, Apollo und anderen heidnischen Göttern opferte.

Andererseits war er an Naturwissenschaften, besonders Chemie und Astronomie, stark interessiert. Im Keller des großväterlichen Hauses richtete er sich ein Chemie-Labor ein. Noch stärker faszinierte ihn der Sternenhimmel: er stellte stundenlange Beobachtungen mit seinem Fernrohr an. Auch verfaßte er handgeschriebene Bulletins unter dem seriös klingenden Titel *The Rhode Island Journal of Astronomy* und verteilte sie an Freunde und Verwandte. Seit 1906 schrieb er jahrelang astronomische Artikel für die *Providence Evening Tribune* und andere lokale Zeitungen.

Bald trat aber seine leidenschaftliche Zuneigung zur Literatur in den Vordergrund, wobei er sich besonders heftig zur Geschichte und Dichtung des 18. Jahrhunderts hingezogen fühlte. Er begann selbst Gedichte und Geschichten in diesem altertümlichen Stil zu schreiben, in denen er seine Vorbilder, die englischen Dichter Pope, Dryden, Addison, Johnson u. a. nachahmte. Diese altmodische, umständliche Schreibweise, nicht frei von Schwulst und Stilblüten, prägte sich ihm so fest ein, daß er auch später nicht mehr ganz davon loskam.

Die phantastische Literatur, insbesondere die unheimlichen Geschichten von Edgar Allan Poe, sowie auch phantastisch-utopische Abenteuergeschichten übten von Kindheit an einen unwiderstehlichen Reiz auf ihn aus. Schon mit acht Jahren fing er an, selbst kleine Gruselgeschichten zu verfassen, die er aber später als wertloses Gekritzel ansah und zum größten Teil vernichtete.

1914 trat Lovecraft der »United Amateur Press Association« bei, einer über ganz Amerika verbreiteten Organisation von Amateurschriftstellern, die sich gegenseitig Anregungen und Kritik zukommen ließen. Die selbstverlegten Publikationen der UAPA brachten seine ersten Gruselgeschichten, Gedichte und Essays. In dieser Zeit begann Lovecraft seine umfangreiche Korrespondenz, die er sein Leben lang fortführte. Zu seinem engsten Freundeskreis gehörten damals Reinhart Kleiner,

James F. Morton, Frank Belknap Long und Samuel Loveman, der auch den Kontakt zu dem Dichter Clark Ashton Smith in Kalifornien vermittelte.

Wenn auch Lovecraft ein sehr aufgeweckter und belesener junger Mann war, so zeigt sich in seinen damaligen Anschauungen eine gewisse Unerfahrenheit und Leichtgläubigkeit, um nicht zu sagen Weltfremdheit. So hegte er in seinen jüngeren Jahren ultrakonservative und antidemokratische Ansichten, die uns heute recht befremdlich erscheinen. Allerdings entsprechen sie dem damaligen durch das konservative amerikanische Bürgertum geprägten Zeitgeist. Diese Ansichten hat Lovecraft in den Leitartikeln der von ihm selbst herausgegebenen Amateurzeitschrift *The Conservative* (1917-1923) und in mehreren Briefen geäußert. Im Einklang mit der ihm eigentümlichen Leidenschaft für vergangene Epochen schwärmte er für die britische Monarchie und die Kolonialzeit vor der Unabhängigkeit der Vereinigten Staaten. In anglophiler Begeisterung soll er vor Denkmälern stramm gestanden und laut gebrüllt haben: »God save the King! Nieder mit den Feinden des Königs Georg III.!« Andererseits übernahm er unkritisch die gefährlichen Ideen eines Houston Stewart Chamberlain (»Die Grundlagen des 19. Jahrhunderts«). Er zeigte eine unverhohlene Sympathie für nicht ernst zu nehmende Rassentheorien wie die Überlegenheit der nordischen Rasse und den Antisemitismus sowie für den Faschismus Mussolinis. In seinen Briefen wetterte Lovecraft gegen Fortschritt und Sozialismus, weil er fürchtete, daß damit das Traditionsbewußtsein und die Überlieferungen der Kolonialzeit verloren gingen. Hinzu kam seine fast pathologische Ablehnung anderer Volksgruppen, wie z. B. Juden, Farbige, Mischlinge und Einwanderer. Diese Abneigung artete in seiner New Yorker Zeit zum reinen Fremdenhaß aus.

Um Lovecraft gerecht zu werden, muß betont werden, daß er sich in seinen letzten Lebensjahren von diesen befremdenden Ansichten distanzierte. Er verwandelte sich von einem Rechtsradikalen zu einem Quasi-Liberalen, der zuletzt sogar seine Stimme Franklin D. Roosevelt gab. In Wirklichkeit war er nicht der Menschenverächter, als der er sich in seinen Briefen ausgab. Seine heftigen Ausfälle und zum Teil widersprüchlichen Ansichten waren doch mehr oder weniger von rhetorischer Art. Als er die Vertreter der »verhaßten Volksgruppen« näher kennenlernte, legte er seine feindseligen Vorurteile wieder ab. So waren seine spätere Frau und einige seiner besten Freunde, wie z. B. der schon erwähnte Samuel Loveman, jüdischer Abstammung.

Nach dem Tode seiner Mutter, die 1921 ebenfalls in einer Nervenheilanstalt starb, blieb Lovecraft weiterhin in Providence, wo ihm die beiden Schwestern seiner Mutter den Haushalt führten. Lediglich im April 1924 unternahm er einen Versuch, aus dem Milieu seiner Heimatstadt auszubrechen. Er heiratete die hübsche jüdische Modistin Sonia Greene und zog nach New York. Obwohl er sich dort im Kreis seiner Freunde recht wohl fühlte, mit ihnen nächtelang diskutierte und durch New York bummelte, wurde ihm das Leben in der turbulenten Großstadt dennoch unerträglich, nicht zuletzt durch seine Allergie gegenüber dem dort brodelnden Völkergemisch. Auch schlugen seine Versuche fehl, eine Tätigkeit als Lektor oder Editor auszuüben und eine feste Existenz zu gründen. Diese Schwierigkeiten trugen dazu bei, daß seine Ehe auseinanderging. Im April 1926 trennte er sich von seiner Frau. Er war überglücklich, das verhaßte New York zu verlassen und wieder nach seinem geliebten Providence zurückzukehren, wo er den Rest seines Lebens zusammen mit seinen Tanten verbrachte.

Lovecraft übte nie einen richtigen Beruf aus, sondern arbeitete zu Hause als Schriftsteller, Ghostwriter, Lektor, Kritiker und Korrektor von Manuskripten, was ihm allerdings nur ein sehr bescheidenes Einkommen sicherte. So war er gezwungen, von seiner kleinen Erbschaftssumme zu zehren. Anspruchslos wie er war, schlug er sich oft mit ein paar Dollar in der Tasche eine ganze Woche durch. Trotzdem trat er in der Pose eines selbstbewußten Gentleman auf, der es gar nicht nötig hat, seine dichterischen Erzeugnisse auf dem Markt für Geld anzubieten.

Lovecrafts unheimliche Erzählungen sind zum größten Teil zuerst in dem berühmten Gruselgeschichten-Magazin *Weird Tales* abgedruckt, welches seit 1923 regelmäßig erschien. Farnsworth Wright, der Herausgeber der *Weird Tales*, lehnte zwar häufig die angebotenen Geschichten ab, akzeptierte sie in der Regel aber später und zahlte dafür etwa 1 Cent pro Wort. Je eigenständiger und länger aber Lovecrafts Geschichten mit der Zeit wurden, desto unsicherer wurde Wrights Urteil. Er konnte sich nicht entschließen, solche Meisternovellen wie »At the Mountains of Madness« oder »The Shadow Out of Time« für

Weird Tales anzunehmen – diese Erzählungen erschienen schließlich in dem Science-Fiction-Magazin *Astounding Stories* (1936). Übrigens hätte Lovecraft aufgrund eines Angebotes des damaligen Verlegers J. C. Henneberger selbst der Herausgeber des Magazins *Weird Tales* werden können, wozu er wohl der geeignete Mann gewesen wäre. Aber er zögerte zu lange mit seiner Zusage, weil er die Übersiedlung nach Chicago scheute, und so erhielt Farnsworth Wright im Herbst 1924 diesen günstigen Job.

In Providence führte Lovecraft das Leben eines Sonderlings. Seine exzentrische Lebensweise paßt zu dem Bild, welches man sich von einem Autor der Weird Fiction macht. Er arbeitete meistens nachts oder bei Tage mit zugezogenen Vorhängen und künstlichem Licht und unternahm nächtliche Spaziergänge durch die Stadt und die nähere Umgebung. Obwohl er das gesellige Leben scheute, wäre es dennoch falsch, ihn als Einsiedler zu bezeichnen. Er empfing gelegentlich Besuch seiner Freunde und unternahm auch Reisen, unter anderem nach Kanada und Florida.

Er war wohl einer der eifrigsten Briefeschreiber, die es je gegeben hat. Man schätzt, daß er insgesamt etwa 100 000 Briefe an Freunde und gleichgesinnte Autoren geschrieben hat. Im Durchschnitt schrieb er acht bis zehn Briefe täglich, manche waren mehr als 20 Seiten lang. Diese riesige Korrespondenz zeigt sein enzyklopädisches Wissen und eine für einen Autodidakten bewundernswerte Gelehrsamkeit. In den Briefen gibt er seine mitunter recht merkwürdigen Ansichten und umstrittenen Meinungen über Menschen, Kultur, insbesondere Literatur, und Politik wieder. Darüber hinaus spiegelt sich in ihnen sein alltägliches Leben mit seinen Problemen und Sorgen. Auch seine Großzügigkeit und Güte sowie ein unerwarteter Humor kommen hier gut zur Geltung. Seinen Brieffreunden gab er unermüdlich wertvolle Ratschläge und Anregungen und korrigierte deren literarische Arbeiten. Dieser rege Briefwechsel raubte ihm natürlich sehr viel Zeit, andererseits war er wohl ein Ersatz für einen fehlenden Freundeskreis in Providence.

Seine letzten Jahre waren von häufigen Krankheiten überschattet, und seine schöpferische Tätigkeit ließ stark nach. Er starb am 15. März 1937, die Todesursachen waren Darmkrebs und chronische Nierenentzündung.

Wie stellt sich nun Lovecraft durch sein erzählerisches Werk dar?

Umfangreich ist es nicht, es umfaßt etwa 40 kürzere und zwölf längere Geschichten, die ausschließlich zur Gattung Weird Fiction gehören. Es sind phantastische oder zumindest seltsame Geschichten mit einem starken Hang zum Makabren und Unheimlichen. Das Ziel des Autors ist eindeutig: den Leser zu erschrecken und zu verunsichern und in ihm Zweifel über die Gültigkeit der vertrauten Realität zu erwecken.

Schon in den kürzeren Geschichten seiner frühen Schaffensperiode (1917-1926) spürt man die Loslösung von den traditionellen Motiven der Gespenstergeschichte und Schauergeschichte, wenn auch die Einflüsse seiner Lieblingsautoren Poe, Machen und Lord Dunsany noch ohne weiteres zu erkennen sind. In den letzten zehn Jahren seines Schaffens (1927-1936) schrieb er die großen kosmischen Horrorerzählungen, die seinen Ruhm begründeten. Er wurde selbstkritischer und gewann an Originalität und Aussagekraft, der Themenkreis erweiterte sich. Während er in den frühen Geschichten die irdischen Quellen des Horrors in Meerestiefen und labyrinthischen Grotten ausgeschöpft hatte, schildert er in den späteren Geschichten schreckliche Phänomene, die keine irdische Herkunft haben.

Einen Wendepunkt in seinem Schaffen markiert recht deutlich die im September 1927 in *Amazing Stories* erschienene Science-Fiction-Gruselgeschichte »The Colour Out of Space« (in der vorliegenden Sammlung enthalten unter dem Titel »Die Farbe aus dem All«). Die Erzählung beeindruckt durch die genaue reportagenhafte Darstellung der unheimlichen Ereignisse, die sich nach dem Niedergang eines Meteors in einer Farm in der Nähe der fiktiven Stadt Arkham (entspricht Salem/Massachusetts) abspielen. Die eindringliche Schilderung des fortschreitenden Verfalls der Vegetation und des Dahinsterbens von Mensch und Tier gehört zum Besten, was Lovecraft je geschrieben hat.

Die grundlegende Idee, daß der Mensch sich vor dem Unbekannten und Unheimlichen aus den unermeßlichen Tiefen des Universums fürchtet, verwendete Lovecraft erfolgreich bei der Schöpfung seiner Cthulhu-Mythologie, die das Kernstück in den bahnbrechenden Horrorgeschichten seiner zweiten Schaffensperiode bildet. Der Cthulhu-Mythos ist eine Wiederbelebung alter Dämonensagen in kosmischem Rahmen und stellt eine Verbindung zwischen Weird und Science Fiction her. Lovecraft war dabei beeinflußt von der atheistischen Erkenntnis, daß die Erde nur ein Staubkorn in den unvorstellbaren Weiten des Kosmos darstellt und der Mensch auf ihr gleich einer Eintagsfliege im Vergleich zu den Äonen des Weltalls lebt. Auch faszinierte ihn der Gedanke, daß noch andere, dem Menschen weit überlegene Rassen im Kosmos existieren könnten, von denen einige in vormenschlicher Zeit die Erde bevölkert und die Überreste ihres Wirkens hinterlassen haben. Damit hat Lovecraft geradezu die Thesen moderner Pseudowissenschaftler wie beispielsweise E. von Dänikens vorweggenommen. Im Gegensatz zu von Däniken waren diese Vorstellungen für ihn nur ein intellektuelles Gedankenspiel.

Nach A. Derleth äußerte sich Lovecraft wie folgt:

»Alle meine Geschichten, wie unzusammenhängend sie auch zu sein scheinen, gründen sich auf die ursprüngliche Kunde oder Legende, nach der diese Welt früher von einer anderen Rasse bewohnt war, die in Ausübung schwarzer Magie den Boden verlor und verstoßen wurde, jedoch außerhalb unserer Welt weiterlebt, jederzeit bereit, von der Erde wieder Besitz zu ergreifen.«

Die Geschichten um Cthulhu sind dadurch miteinander verknüpft, daß sie sich um gewisse Dämonengestalten kosmischen Ursprungs ranken, die er die ›Uralten‹ (›Great Old Ones‹) nennt, wobei er sich auf das ›legendäre‹ Geheimbuch des Mythos, das »Necronomicon«, beruft. Lovecraft schuf die Cthulhu-Mythologie in ihren Wesenszügen, die trocken-pedantische Systematisierung überließ er großzügig seinen Freunden. Vor allem war es August Derleth, der unermüdlich an dem Mythos herumbastelte. Bei Derleth gibt es Rivalitäten und Kämpfe zwischen bösen und guten Mächten, während bei Lovecraft der Mensch den bösen Mächten schutzlos ausgeliefert ist.

Giorgio Manganelli faßt zusammen (im Vorwort des Erzählungsbandes »Cthulhu«, suhrkamp taschenbuch Band 29): »Lovecraft hat einen besonderen Ehrgeiz kultiviert: es ist die Erfindung einer Mythologie oder Pseudomythologie, die Beschreibung eines geschlossenen, totalen Universums, ein vielleicht überfordernder, jedenfalls aber großzügiger Ehrgeiz eines außerordentlichen Schriftstellers.« Weiter schreibt Manganelli: »Lovecraft will kein Visionär sein, sondern ein Chronist des Grauens, ein Chronist der Unterwelt.«

In der Tat ist Lovecraft ein sorgfältiger, pedantischer Reporter des Grauens. Wer hat das »namenlose uralte Grauen« in unterirdischen Gängen und Grotten, in den Ruinen titanischer Städte eindringlicher zu schildern gewußt als er? Er hat sich nicht lange mit den traditionellen Gespenstern, Vampiren und Werwölfen aufgehalten. Vielmehr formte er neue Gestalten des Unheimlichen: finstere Nachtwesen wie Ghoulen, die Kinder stehlen und Leichen verzehren und an Eingängen zu den unterirdischen Labyrinthen auf Vorbeigehende lauern, ferner lemurenhafte, geflügelte Nachtmahre wie »Night-Gaunts« (›hagere Nachtgestalten‹) und Shantaks oder wiederum degenerierte Bewohner gewisser Hafenstädte wie Innsmouth, die mehr Fischen oder Fröschen als Menschen ähneln. Schließlich erfand er die ureigenen Geschöpfe seiner kosmischen Dämonologie: die Monstergötter mit den unaussprechlichen Namen wie Cthulhu, Yog-Sothoth und Nyarlathotep, die er von seinen Alpträumen her zu bedrohlichen Archetypen seines literarischen Universums umgestaltete. Es sind die machtgierigen dämonischen ›Uralten‹, die sich hin und wieder als formlose, gallertartige Massen oder als Chimären mit drachenähnlichen Flügeln und rüsselartigen Fangarmen manifestieren, nicht zuletzt mit einem widerwärtigen Gestank, der ihre Nähe ankündigt. Lovecraft gibt sich ehrliche Mühe, die Ungeheuer seiner Phantasie detailliert zu schildern und sie als Realitäten darzustellen. Er begnügt sich nicht mit bloßen Andeutungen, sondern er berichtet mit wissenschaftlicher Akribie. Da er als überzeugter Materialist und Atheist überhaupt nicht an das Übernatürliche, Okkulte und Mystische glaubte, im Gegensatz zu anderen Autoren von unheimlichen Geschichten, verliert er sich nicht in mystische Schwärmerei und Geschwafel.

Genauso wie er in den späten Jahren seines Lebens seine unausgegorenen politischen und weltanschaulichen Ansichten überwand, befreite er sich in seinen Geschichten in zunehmendem Maße von dem Ballast des Okkultismus, der schwarzen Magie und anderem dämonischen Brimborium. Die beiden letzten Erzählungen »Berge des Wahnsinns« (suhrkamp taschenbuch 220) und »Der Schatten aus der Zeit« (in diesem Band) verzichten fast vollständig auf Hexerei, ruchlose Riten, Geisterbeschwörung und Zitate aus den Geheimbüchern. Sie sind besonders gelungene Beispiele für die für Lovecraft so eigentümliche Mischung von Weird und Science Fiction. Das Hauptanliegen der erstgenannten Novelle ist es, eine Jahrmillionen überspannende Chronik vormenschlicher Kulturen zu entwerfen, in welcher die fernen Sternen entstammenden »Alten Wesen« als große Baumeister der Vergangenheit unsere Bewunderung erwecken. Die brillant konzipierte Novelle »Der Schatten aus der Zeit« erzielt ihren Horroreffekt dadurch, daß der Mensch hier dem Eingriff der ›Großen Rasse‹, d. h. fremden Wesen aus ferner Vergangenheit, ahnungslos ausgesetzt ist.

Ihm nicht wohlgesinnte Kritiker wie Edmund Wilson halten Lovecraft für einen schlechten Schriftsteller, weil er zu weitschweifig und langatmig schreibe und in seinen Geschichten zu häufig von Adjektiven wie »horrible, terrible, frightful, unholy, eerie, weird, forbidden, blasphemous etc.« Gebrauch mache. Um eine effektvolle Horrorgeschichte zu schreiben, meint Wilson, müßte der Autor solche Übertreibungen unbedingt vermeiden. Meiner Meinung nach hat Lovecraft die Anhäufung von Adjektiven wie »unheimlich, furchtbar, grausig, gruselig, unheilig, blasphemisch usw.« als eine Art Wortmagie bewußt eingesetzt, um durch die Monotonie der Wiederholungen eine besonders gesteigerte Wirkung auf den Leser zu erzielen. Lovecraft verwendet solche gespreizte Redewendungen als vorsätzliche literarische Stilmittel, obwohl dadurch auch die Gefahr gegeben ist, daß der beabsichtigte Gruseleffekt ins unfreiwillig Komische umschlägt.

War Lovecraft ein Außenseiter seiner Zeit?

War er ein Versager im Beruf, in der Ehe und sogar als Autor? Sein jüngster Biograph L. Sprague de Camp spart nicht mit solchen Vorwürfen. Daran ist sicherlich etwas Wahres. Hätte aber Lovecraft ohne Schwierigkeiten sein äußeres Leben gemeistert, erfolgreich studiert und wäre er gar Professor an der Brown Universität in Providence geworden, hätte er dann uns solche eindringlichen Geschichten wie »Das Ding auf der Schwelle« oder »Der Außenseiter« hinterlassen? Diese Geschichten tragen seinen Stempel und spiegeln seine innere Welt wider.

Kalju Kirde

© 1963/64 by August Derleth
© Das Ding auf der Schwelle (The Thing on the Doorstep) Popular Fiction Publishing Company for Weird Tales, 1936
© Der Außenseiter (The Outsider) Popular Fiction Publishing Company for Weird Tales, 1926
© Die Farbe aus dem All (The Colour Out of Space) Experimenter Publishing Company for Amazing Stories, 1927
© Träume im Hexenhaus (The Dreams in the Witch-House) Popular Fiction Publishing Company for Weird Tales, 1933
© Der Schatten aus der Zeit (The Shadow Out of Time) Street & Smith Publishing Company for Astounding Stories, 1936
© »The Outsider and Others«, 1939 by August Derleth and Donald Wandrei

Phantastische Bibliothek in den suhrkamp taschenbüchern

»Phantastische Bibliothek« – das ist Verzauberung der Phantasie, keine Betäubung der Sinne, sondern Öffnen der Augen als Blick über den nächsten Horizont ins Hypothetisch-Virtuelle. Der Zukünftige verbindet sich mit dem Zeitlosen, rationales Kalkül steht neben poetischer Vision, denkbare Wirklichkeit und analytischer Blick in menschliche Abgründe neben Wunsch- und Alptraum. Anregend und unterhaltsam ist es immer.«

Abe, Kōbō: Die Entdeckung des R 62. Vier Erzählungen. Aus dem Japanischen von Michael Noetzel. PhB 333. st 2559

– Die vierte Zwischeneiszeit. Roman. Aus dem Japanischen von Siegfried Schaarschmidt. PhB 331. st 2530

Autobiographie einer Leiche. Russische phantastische Erzählungen. Herausgegeben von Dagmar Kassek. PhB 341. st 2672

Blackwood, Algernon: Besuch von Drüben. Gruselgeschichten. Deutsch von Friedrich Polakovics. PhB 331. st 2701

– Das leere Haus. Geschichten. Aus dem Englischen von Friedrich Polakovics. PhB 339. st 2664

– Der Tanz in den Tod. Unheimliche Geschichten. Ausgewählt von Kalju Kirde. Aus dem Englischen von Friedrich Polakovics. PhB 355. st 2792

Boye, Karin: Kallocain. Utopischer Roman. Aus dem Schwedischen von Hermine Clemens. PhB 303. st 2260

Carroll, Jonathan: Das Land des Lachens. Roman. Aus dem Amerikanischen von Rudolf Hermstein. Mit Illustrationen von Hans-Jörg Brehm. PhB 284. st 1954

Eliade, Mircea: Der besessene Bibliothekar. Roman. Aus dem Rumänischen von Richard Reschika. PhB 357. st 2828

Franke, Herbert W.: Einsteins Erben. Drei Romane. PhB 336. st 2587

Genzmer, Herbert: Das Amulett. Roman. PhB 338. st 2641

Hammerschmitt, Marcus: Der Glasmensch. Und andere Science-fiction-Geschichten. PhB 324. st 2473

– Wind. Zwei Romane. PhB 353. st 2778

Hodgson, William Hope: Stimme in der Nacht. Unheimliche Seegeschichten. PhB 340. st 2709

Irwin, Robert: Der arabische Nachtmahr oder die Geschichte der 1002. Nacht. Roman. Übersetzt und vorgestellt von Annemarie Schimmel. PhB 304. st 2266

Kazic, Mihajlo: Die unterbrochene Reise. Roman. Aus dem Serbischen von Goranka Vogl. PhB 334. st 2566

Kiss, Ady Henry: Atlantic City. PhB 358. st 2838

– Baker's Barn. Roman. PhB 337. st 2633

252/1/7.97

Phantastische Bibliothek in den suhrkamp taschenbüchern

Kiss, Ady Henry: Manhattan II. Roman. PhB 319. st 2416

Künstliche Menschen. Dichtungen und Dokumente über Golems, Homunculi, lebende Statuen und Androiden. Herausgegeben von Klaus Völker. PhB 308. st 2293

Lem, Stanisław: Also sprach GOLEM. Aus dem Polnischen von Friedrich Griese. PhB 175. st 1266

– Altruizin und andere kybernetische Beglückungen. Der Kyberiade zweiter Teil. Mit Zeichnungen von Daniel Mróz. Aus dem Polnischen von Jens Reuter. Die Übersetzung wurde vom Autor autorisiert. PhB 163. st 1215

– Die Astronauten. Aus dem Polnischen von Rudolf Pabel. PhB 16. st 441

– Frieden auf Erden. Science-fiction-Roman. Aus dem Polnischen von Hubert Schumann. PhB 220. st 1574

– Imaginäre Größe. Aus dem Polnischen von Caesar Rymarowicz und Jens Reuter. PhB 335. st 2580

– Irrläufer. Erzählungen. Aus dem Polnischen von Hanna Rottensteiner. PhB 285. st 1890

– Die Jagd. Neue Geschichten des Piloten Pirx. Aus dem Polnischen von Roswitha Buschmann, Kurt Kelm, Barbara Sparing. PhB 18. st 302

– Das Katastrophenprinzip. Die kreative Zerstörung im Weltall. Aus Lems Bibliothek des 21. Jahrhunderts. Aus dem Polnischen von Friedrich Griese. PhB 125. st 999

– Lokaltermin. Science-fiction-Roman. Aus dem Polnischen von Hubert Schumann. PhB 200. st 1455

– Mehr phantastische Erzählungen des Stanisław Lem. Herausgegeben von Franz Rottensteiner. PhB 232. st 1636

– Memoiren, gefunden in der Badewanne. Mit einer Einleitung des Autors. Aus dem Polnischen von Walter Tiel. Autorisierte Übersetzung. PhB 25. st 508

– Der Mensch vom Mars. Science-fiction-Roman. Aus dem Polnischen von Hanna Rottensteiner. PhB 291. st 2145

– Eine Minute der Menschheit. Eine Momentaufnahme. Aus Lems Bibliothek des 21. Jahrhunderts. Aus dem Polnischen von Edda Werfel. PhB 110. st 955

– Mondnacht. Hör- und Fernsehspiele. Aus dem Polnischen übersetzt von Klaus Staemmler, Charlotte Eckert, Jutta Janke und I. Zimmermann-Göllheim. PhB 57. st 729

– Nacht und Schimmel. Erzählungen. Aus dem Polnischen von I. Zimmermann-Göllheim. PhB 1. st 356

252/2/7.97

Phantastische Bibliothek
in den suhrkamp taschenbüchern

Lem, Stanisław: Die phantastischen Erzählungen. Herausgegeben von Werner Berthel. PhB 210. st 1525
- Die Ratte im Labyrinth. Ausgewählt von Franz Rottensteiner. PhB 73. st 806
- Robotermärchen. Herausgegeben von Franz Rottensteiner. Aus dem Polnischen von I. Zimmermann-Göllheim und Caesar Rymarowicz. PhB 85. st 856
- Der Schnupfen. Kriminalroman. Autorisierte Übersetzung aus dem Polnischen von Klaus Staemmler. PhB 33. st 570
- Sterntagebücher. Mit Zeichnungen des Autors. Aus dem Polnischen von Caesar Rymarowicz. PhB 20. st 459
- Die Stimme des Herrn. Roman. Aus dem Polnischen von Roswitha Buschmann. PhB 311. st 2494
- Terminus und andere Geschichten des Piloten Pirx. Aus dem Polnischen übersetzt von Caesar Rymarowicz. PhB 61. st 740
- Der Unbesiegbare. Roman. Aus dem Polnischen von Roswitha Dietrich. PhB 322. st 2459
- Die Untersuchung. Kriminalroman. Aus dem Polnischen von Jens Reuter und Hans Juergen Mayer. PhB 14. st 435
- Vom Nutzen des Drachen. Erzählungen. Aus dem Polnischen von Hubert Schumann und Hanna Rottensteiner. PhB 297. st 2199
- Wie die Welt noch einmal davonkam. Der Kyberiade erster Teil. Mit Zeichnungen von Daniel Mróz. Aus dem Polnischen von Jens Reuter, Caesar Rymarowicz, Karl Dedecius und Klaus Staemmler. PhB 158. st 1181

Lovecraft, Howard Phillips: Azathoth. Erzählungen und Schriften. Ausgewählt von Kalju Kirde. Aus dem Amerikanischen von Franz Rottensteiner. PhB 349. st 2759
- Cthulhu. Geistergeschichten. Deutsch von H.C. Artmann. Vorwort von Giorgio Manganelli. Übersetzung des Vorworts von Gerald Bissinger. PhB 19. st 29
- Cthulhus Ruf. The Best of H. P. Lovecraft. Aus dem Amerikanischen von H. C. Artmann, Rudolf Hermstein u. a. PhB 332. st 2552
- Das Ding auf der Schwelle. Unheimliche Geschichten. Mit einem Nachwort von Kalju Kirde. Deutsch von Rudolf Hermstein. PhB 2. st 357
- Das Grauen im Museum und andere Erzählungen. Ausgewählt von Kalju Kirde. Aus dem Amerikanischen von Rudolf Hermstein. PhB 136. st 1067
- In der Gruft. Makabre Erzählungen. Aus dem Amerikanischen von Michael Walter. PhB 347. st 2757

252/3/7.97

Phantastische Bibliothek
in den suhrkamp taschenbüchern

Lovecraft, Howard Phillips: Die Katzen von Ulthar. Erzählungen. Aus dem Amerikanischen von Michael Walter. PhB 345. st 2755

– Die Literatur der Angst. Zur Geschichte der phantastischen Literatur. PhB 320. st 2422

– Lovecraft-Lesebuch. Herausgegeben von Franz Rottensteiner. Mit einem Essay von Barton Levi St. Armand. PhB 184. st 1306

– Der Schatten aus der Zeit. Erzählung. Aus dem Amerikanischen von Rudolf Hermstein. PhB 352. st 2762

– Stadt ohne Namen. Horrorgeschichten. Mit einem Nachwort von Dirk W. Mosig. Aus dem Amerikanischen von Charlotte Gräfin von Klinckowstroem. PhB 346. st 2756

– Die Traumsuche nach dem unbekannten Kadath. Eine Erzählung. Aus dem Amerikanischen von Michael Walter. PhB 348. st 2758

Lovecraft, Howard Phillips / August Derleth: Die dunkle Brüderschaft. Unheimliche Geschichten. Aus dem Amerikanischen von Franz Rottensteiner. PhB 173. st 1256

– Das Tor des Verderbens. Aus dem Amerikanischen von Michael Koseler. PhB 307. st 2287

Der Einsiedler von Providence. H. P. Lovecrafts ungewöhnliches Leben. Herausgegeben von Franz Rottensteiner. PhB 290. st 1626

Morselli, Guido: Licht am Ende des Tunnels. Roman. Aus dem Italienischen von Arianna Giachi. PhB 298. st 2207

Neuwirth, Barbara: Dunkler Fluß des Lebens. Erzählungen. PhB 318. st 2399

Pakleppa, Fabienne: Die Himmelsjäger. Roman. PhB 299. st 2214

Phantastisches aus Österreich. Herausgegeben von Franz Rottensteiner. PhB 325. st 2479

Pieyre de Mandiargues, André: Schwelende Glut. Erzählungen. Aus dem Französischen von Ernst Sander. PhB 323. st 2466

Poe, Edgar Allan: Grube und Pendel. Schaurige Erzählungen. Aus dem Englischen von Erika Gröger und Heide Steiner. PhB 356. st 2818

Quiroga, Horacio: Weißer Herzstillstand. Erzählungen. Aus dem Spanischen von Astrid Schmidt-Böhringer. PhB 317. st 2393

Riedler, Heinz: Brot und Spiel. Roman. PhB 327. st 2502

Soyka, Otto: Die Traumpeitsche. Ein phantastischer Roman. PhB 326. st 2486

Strugatzki, Arkadi / Boris Strugatzki: Die bewohnte Insel. Roman. Aus dem Russischen von Erika Pietraß. PhB 282. st 1946

– Die dritte Zivilisation. Roman. Aus dem Russischen von Aljonna Möckel. PhB 294. st 2163

252/4/7.97

Phantastische Bibliothek
in den suhrkamp taschenbüchern

Strugatzki, Arkadi / Boris Strugatzki: Der ferne Regenbogen. Erzählung. Aus dem Russischen von Aljonna Möckel. PhB 330. st 2516

– Ein Käfer im Ameisenhaufen. Science-fiction-Roman. Aus dem Russischen von Erik Simon. PhB 314. st 2323

– Eine Milliarde Jahre vor dem Weltuntergang. Aus dem Russischen von Welta Ehlert. PhB 186. st 1338

– Montag beginnt am Samstag. Roman. Aus dem Russischen von Hermann Buchner. PhB 321. st 2452

– Picknick am Wegesrand. Utopische Erzählung. Mit einem Nachwort von Stanisław Lem. Aus dem Russischen von Aljonna Möckel. PhB 49. st 670

– Die Wellen ersticken den Wind. Phantastische Erzählung. Aus dem Russischen von Erik Simon. PhB 206. st 1598

– Die zweite Invasion der Marsianer. Erzählung. PhB 315. st 2381

Das Tagebuch der Rose und andere klassische Science-fiction. Herausgegeben von Franz Rottensteiner. PhB 343. st 2725

Turner, George: Das Menschenprojekt. Roman. Aus dem Englischen von Michael Koseler. PhB 354. st 2787

Vidal, Gore: Messias. Roman. Aus dem Amerikanischen von Helga von Tramin und Peter von Tramin. PhB 342. st 2717

Von den Vampiren und Menschensaugern. Dichtungen und Dokumente. Herausgegeben von Dieter Sturm und Klaus Völker. PhB 306. st 2281

252/5/7.97

suhrkamp taschenbücher
Eine Auswahl

Isabel Allende
- Aphrodite – Eine Feier der Sinne. Übersetzt von Lieselotte Kolanoske. Illustrationen von Robert Shekter. Rezepte von Panchita Llona. st 3046. 328 Seiten
- Das Geisterhaus. Übersetzt von Anneliese Botond. st 1676. 500 Seiten

Ingeborg Bachmann. Malina. Roman. st 641. 368 Seiten

Jurek Becker
- Jakob der Lügner. Roman. st 774. 283 Seiten
- Amanda herzlos. Roman. st 2295. 384 Seiten

Louis Begley
- Lügen in Zeiten des Krieges. Roman. Übersetzt von Christa Krüger. st 2546. 223 Seiten
- Mistlers Abschied. Roman. Übersetzt von Christa Krüger. st 3113. 284 Seiten
- Schmidt. Roman. Übersetzt von Christa Krüger st 3000. 320 Seiten

Thomas Bernhard. Ein Lesebuch. Herausgegeben von Raimund Fellinger. st 3165. 112 Seiten

Peter Bichsel
- Kindergeschichten. st 2642. 84 Seiten
- Cherubin Hammer und Cherubin Hammer. st 3165. 112 Seiten

Volker Braun
- Hinze-Kunze-Roman. st 3194. 240 Seiten

NF 266/1/10.00

- Trotzdestonichts oder Der Wendehals. st 3180. 160 Seiten

Truman Capote. Die Grasharfe. Roman. Übersetzt von Annemarie Seidel und Friedrich Podszus. st 3135. 208 Seiten

Paul Celan. Gesammelte Werke in sieben Bänden. Sieben Bände in Kassette. st 3202-st 3208. 3380 Seiten

Marguerite Duras. Der Liebhaber. Übersetzt von Ilma Rakusa. st 1629. 194 Seiten

Hans Magnus Enzensberger. Der Fliegende Robert. Gedichte, Szenen, Essays. st 1962. 350 Seiten

Max Frisch
- Homo faber. Ein Bericht. st 354. 203 Seiten
- Stiller. Roman. st 105. 438 Seiten

Norbert Gstrein. Der Kommerzialrat. Bericht. st 2718. 148 Seiten

Peter Handke. Mein Jahr in der Niemandsbucht. Ein Märchen aus den neuen Zeiten. st 3084. 632 Seiten

Hermann Hesse.
- Das Glasperlenspiel. Versuch einer Lebensbeschreibung des Magister Ludi Josef Knecht samt Knechts hinterlassenen Schriften. st 2572. 616 Seiten
- Siddhartha. Eine indische Dichtung. st 182. 136 Seiten

Ludwig Hohl. Die Notizen oder Von der unvoreiligen Versöhnung. st 1000. 832 Seiten

Yasushi Inoue. Das Jagdgewehr. Übersetzt von Oskar Benl. st 2909. 98 Seiten

NF 266/2/10.00

Uwe Johnson. Jahrestage. Aus dem Leben der Gesine Cresspahl. Einbändige Ausgabe. st 3220. 1728 Seiten

James Joyce. Ullysses. Roman. Übersetzt von Hans Wollschläger. st 2551. 988 Seiten

Franz Kafka. Der Prozeß. Roman. st 2837. 282 Seiten

Bodo Kirchhoff. Infanta. Roman. st 1872. 502 Seiten

Hermann Lenz. Vergangene Gegenwart. Die Eugen-Rapp-Romane. Neun Bände in Kassette. 3000 Seiten

Cees Nooteboom. Allerseelen. Roman. Übersetzt von Helga van Beuningen. st 3163. 440 Seiten

Juan Carlos Onetti. Das kurze Leben. Roman. Übersetzt von Curt Meyer-Clason. Mit einem Nachwort von Durs Grünbein. st 3017. 380 Seiten

Marcel Proust. In Swanns Welt. Auf der Suche nach der verlorenen Zeit. Übersetzt von Eva Rechel-Mertens.
st 2671. 564 Seiten

Mario Vargas Llosa. Tante Julia und der Kunstschreiber. Roman. Übersetzt von Heidrun Adler. st 1520. 392 Seiten

Martin Walser. Ein fliehendes Pferd. Novelle. st 600. 151 Seiten

Ernst Weiß. Der arme Verschwender. st 3004. 498 Seiten

NF 266/3/10.00